MYRICA

SIRENENBLUT

*I*ch war es also, die diesen wichtigen Auftrag erhielt. Ich musste mein Zuhause retten und beweisen,
dass ich mehr war, als alle dachten.
Ausgerechnet ich.

In Lupas Adern fließen zwei Blutlinien: Sie ist zur Hälfte
Sirene und zur anderen ein Wolfsblut. Doch auf der wichtigen Mission, die ihr anvertraut wird, muss sie sich allein
auf ihr Sirenenblut und die Macht ihrer Stimme verlassen.

Denn über dem magischen Orden, in dem sie lebt, schwebt
eine dunkle Gefahr und egal wie viel Angst sie davor hat,
sie ist eine der wenigen, die etwas dagegen tun kann.
Ein magisches Abenteuer beginnt.

KRISTIN WÖLLMER-BERGMANN

MYRICA

SIRENENBLUT

Bibliografische Information der Deutschen Nationalbibliothek: Die Deutsche Nationalbibliothek verzeichnet diese Publikation in der Deutschen Nationalbibliografie; detaillierte bibliografische Daten sind im Internet über dnb.dnb.de abrufbar.

Herstellung und Verlag: BoD – Books on Demand, Norderstedt

Umschlaggestaltung und Buchgestaltung: K. Wöllmer-Bergmann, Fotolizenz über Shutterstock, Photo by Alex Volot

ISBN: 9783752646184

TRAU DICH, DU SELBST ZU SEIN.

PROLOG

Bleierne Stille lag im Schloss über allen Korridoren. Sie schlich um Ecken und Kanten, durch Kammern und Säle. Das Zirpen der Grillen am Weiher lag in der Luft und das Schreien der Nachtvögel auf Beutezug erklang unheimlich zwischen den Wipfeln der alten Tannen. Drei Nächte noch bis Neumond. Die meisten Bewohner des Schlosses nutzten die ruhige Zeit, um sich auf diese besondere Nacht im Monat vorzubereiten.

Stiefelschritte hallten durch die dunklen Flure, wenn die Nachtwachen ihre Runden machten, stets wachsam, dass sich niemand unerlaubt im Schloss aufhielt. Bisher hatten sie nichts bemerkt. Es war still in dieser dritten Stunde nach Mitternacht.

So hörte niemand die Oberschülerin, die einen Liebeszauber in die Dunkelheit flüsterte, oder die raschelnden Buchseiten im Arbeitszimmer des Meisters der Zaubertränke, der im Schein des Kaminfeuers über einem Zauber brütete.

Und niemand hörte das Quietschen der rostigen Schrankscharniere im verbotenen Teil der Bibliothek, nachdem niemand das Lösen des Verschlussbannes, der auf dem Schrank lag, mitbekam.

Es sah auch niemand, dass etwas aus dem Rosenholzschrank entnommen und etwas anderes an seinen Platz gelegt wurde.

Der Dieb blickte sich über beide Schultern um und schloss die Schranktüren, so leise es ihm gelang. Dann murmelte er einen Bannspruch, der auf den ersten Blick wie der Verschlussbann aussah. Schaute man sich den Bann nicht genau an, bemerkte man den Unterschied nicht. Hoffentlich. Das verschaffte ihm den dringend benötigten Vorsprung.

Ihm entging der zweite Sicherungszauber, der sich mit einem feinen Klingeln in die Luft erhob, um seinen Erschaffer zu informieren.

Der Dieb verstaute seine Beute unter seinem Umhang und schlich aus dem verbotenen Teil der Bibliothek. Er hatte bekommen, weswegen er gekommen war, all die Planung und Vorbereitung hatten sich gelohnt. Das Herz schlug ihm noch immer bis zum Hals und die Hände zitterten.

›Nur nicht die Nerven verlieren‹, sagte er sich und lief weiter. Jetzt brauchte er ein sicheres Versteck für den kostbaren Gegenstand.

Er schloss die Augen und gönnte sich einen Moment des Triumphs. Das Vorhaben war geglückt und es war nur noch eine Frage des Herauskommens aus diesem schrecklichen alten Kasten. Diesem Gefängnis.

Er schlüpfte durch die schwere Eichentür auf den Korridor und lauschte auf Schritte.

Es war alles ruhig. Perfekt. Der Dieb huschte auf weichen Ledersohlen um eine Ecke … und sah in das verdutzte Gesicht eines Wachpostens, der am Fenster gestanden und in die Nacht gespäht hatte. Der Wachposten sah den nächtlichen Herumtreiber zunächst verdattert an, doch dann bemerkte er den Mantel und das Bündel darunter.

Der Dieb machte auf dem Absatz kehrt und rannte in dem Moment los, als der Posten begann, Alarm zu rufen.

Er bog um die Ecke und schlug einen Haken, als eine weitere Wache auf ihn zukam und die Waffe auf ihn richtete. Der Dieb und dieser Posten kannten sich flüchtig und die kurze Fassungslosigkeit des Wachmannes konnte er nutzen, um an ihm vorbei zu sprinten und den Gang hinunter zu hetzen.

Jetzt waren ihm beide Posten auf den Fersen und der Dieb begriff, dass er sich nur noch durch einen waghalsigen Sprung durch das nächste Fenster retten konnte. Sich schnappen zu lassen war keine Option. Er holte tief Luft und sprang mit einer Hockwende durch das Erkerfenster.

Zwei Meter tiefer landete er auf einem Sims, rannte auf der Burgmauer weiter und sprang in einen nahestehenden Baum. Dann war er in der Nacht verschwunden.

Die beiden Wachposten hielten am Fenster. Hinterher zu springen kam ihnen nicht in den Sinn, die Schwärze der Nacht verhinderte, dass sie die Richtung ausmachen konnten, in welche der Dieb entkommen war.

»Sie ist weg.« Der zweite Wachmann schlug mit der Faust auf den Fenstersims. Er hatte von den Fähigkeiten des Diebes gehört und von vornherein keine große Hoffnung, ihn zu erwischen. Dass er ihnen entkommen war, war dennoch ein großes Problem. Versagen wurde nicht gern gesehen. »Hat sie etwas gestohlen?«

»Du kennst sie?«, fragte der erste Wachmann überrascht. Der Zweite nickte düster. »Ich habe sie in der Nähe der Bibliothek getroffen, vielleicht hat sie ein Buch gestohlen.«

Der zweite Wachmann sah in die schwarze Nacht hinaus und schüttelte langsam den Kopf. »Lass uns hoffen, dass es kein allzu wertvolles Exemplar war.«

Denn sie beide wussten, was das für sie bedeutete.

KAPITEL 1

*I*ch träume vom Wasser.

Es umgibt mich, trägt mich. Ich fließe schwerelos mit ihm. Mein Körper bewegt sich mit den Wellen. Vielleicht zum letzten Mal.

Über mir steht der Mond am Himmel, eine dünne Sichel. Bald ist Neumond. Noch nie habe ich mich so vor einer Nacht gefürchtet.

Ich schaue zum Ufer, dort liegt das Dorf, in dem ich lebe. Noch.

Ich werde es verlassen.

Ich muss.

Ein Kloß bildet sich in meiner Kehle, weil ich nicht gehen will, doch ich habe keine andere Wahl.

Sirenenblut und Wolfsblut vertragen sich nicht, meine Mutter weiß nicht, wie sie mich aufziehen soll. Sie kann mit meinen besonderen Bedürfnissen nicht umgehen.

Ich bin anders als meine Schwestern und anders als die meisten anderen in unserem Dorf.

Manche Dinge, die für die anderen selbstverständlich sind, kann ich einfach nicht, egal, wie sehr ich mich anstrenge.

Das haben sie mich immer spüren lassen.

Trotzdem will ich nicht gehen.

Das Sirenenblut überwiegt, aber nicht genug, um eine von ihnen zu sein.

Wenigstens muss ich nicht allein gehen.

Mein Blick schweift über die Häuser am Ufer und meine Kehle schnürt sich zu.

Wer bin ich denn ohne meine Familie?

Was soll aus mir werden?

Plötzlich verändert sich die Szenerie und das Wasser verschwindet. Mir ist kalt und es ist dunkel. Blind taste ich nach etwas, woran ich mich festhalten kann, doch da ist nichts.

Vor mir erscheint ein Licht, eine offene Tür.

Ein eiskalter Wind streicht über meine Haut, ich bekomme Gänsehaut. Hinter mir höre ich schnelle Schritte, sie kommen näher. Ich wirble herum, sie werden lauter, doch ich kann niemanden erkennen.

Etwas trifft mich mit so viel Wucht, dass es mich fast von den Füßen reißt.

Ich keuche auf, da dringt ein vertrauter Duft in meine Nase. Erschrocken reiße ich die Augen auf, als ich ihn erkenne.

Was ...

Die Gestalt rennt einfach weiter, durch die offene Tür. Sie fällt zu und ich bin allein im Dunkeln.

»Lupa?«

Rhonas Stimme riss mich aus dem Schlaf. Ich erkannte sie, doch es dauerte, bis ich richtig wach war.

Jeden Morgen musste sie mich wecken und jeden Morgen fühlte ich mich, als hätte ich kein Auge zugetan.

Immer träumte ich vom Wasser, doch die Tür war neu.

Mein Hemd fühlte sich feucht an, als wäre ich schwimmen gewesen. Mühsam setzte ich mich auf und strich mein schwarzes Haar zurück. Es fiel mir immer in die Augen und war viel zu struppig für eine Sirene. Kaum einer wusste von dieser Blutlinie.

Rhona stand vor meinem Bett und sah mich sorgenvoll an. »Ist alles in Ordnung? Du bist kreidebleich.«

Ich rieb mir müde die Augen. »Dasselbe wie jede Nacht. Albträume und schlechte Erinnerungen.«

Ihr Gesicht war nachdenklich und ich sah die kleinen Rädchen in ihrem Kopf arbeiten. Sich nicht zugehörig zu fühlen war für sie ein ebenso ständiger Begleiter wie für mich. Manchmal hatte sie es noch schwerer als ich. Bevor sie sich Sorgen machen konnte, winkte ich ab und stand auf. Es war besser, wenn ich mich schnell fertigmachte und die dunklen Gedanken einfach vergaß.

Das funktionierte beinahe jeden Morgen.

Im Gemeinschaftsbad kam ich am Spiegel vorbei und sah mein schmales Gesicht mit dem spitzen Kinn und den hohen Wangenknochen. Meine goldenen Augen, die wegen der Augenringe noch seltsamer wirkten.

Ich schnaubte und wusch mich schnell. Mich selbst zu bemitleiden brachte mich nicht weiter. Die Tür ging auf und zwei Mitschülerinnen kamen herein.

»Guten Morgen, Lupa, du bist spät dran«, sagte Stacia. Sie legte den Kopf schief, sodass sich ihre kleinen Hörner zur Seite neigten. Ihr Geruch war mir vertraut, sodass ich sie nicht als Beutetier identifizierte.

Ich runzelte die Stirn. Rhona war nie spät dran und ich deswegen auch nicht.

»Sie hat noch nichts von der Versammlung gehört«, rief Innes und riss die hellen Augen auf. Vor Aufregung hob sie mehrere Zentimeter vom Boden ab, ihr helles Haar schwebte um sie wie Nebel. »Es ist etwas passiert. Es muss schlimm sein, sonst würden sie uns nicht alle einberufen. In zehn Minuten erwarten uns die Oberen in der Großen Halle. Alle.« Sie warf einen bedeutungsvollen Blick auf mein Nachthemd und kam auf den Boden zurück. »Du solltest dich beeilen und Rhona holen.«

Das tat ich. Ich rannte zurück zu unserem Zimmer und unterbrach Rhona beim Bürsten ihrer Haare.

Ihre Augen weiteten sich, als sie von der Versammlung hörte, dann presste sie die Lippen zusammen. Die anderen hatten ihr nichts gesagt, obwohl sie schon mehrere Mitschüler getroffen hatte. Ich sah ihren Frust, roch ihn sogar, so stark war er.

Ich verstand sie, aber dafür hatten wir keine Zeit.

Hektisch warf ich Kleid und Umhang über, schnürte meine Stiefel und rannte mit Rhona die Flure hinunter zur Großen Halle. Innerlich verfluchte ich die anderen für ihre Engstirnigkeit.

Warum war es für sie so ein Problem, dass Rhona ein Mensch war? Sie hatte das gleiche Recht, hier zu sein, wie alle anderen auch. Magiebegabte Menschen waren selten, also wurden sie in den Orden aufgenommen, wenn ihre Familien sie wegschickten.

Natürlich waren Menschen nicht gern gesehen, aber Rhona hatte nie jemandem etwas getan. Sie hielt sich immer zurück und versuchte, nirgendwo anzuecken. Sie konnte nichts für die schlechten Erfahrungen der Magischen Gemeinschaft mit ihresgleichen.

Trotzdem ließen die anderen sie spüren, dass sie sie nicht akzeptierten. Solche Dinge wie heute waren keine Seltenheit.

Ich ballte die Hände zu Fäusten. Am liebsten wollte ich mir diese Idioten vorknöpfen, aber das musste warten.

Wir erreichten den Saal, die Türen waren noch offen. Erleichtert wollte ich hindurchgehen, da legte sich eine schwere Hand auf meine Schulter. Ich fuhr herum und erblickte eine Tatze mit schwarzen Krallen und sandfarbenem Fell.

»Halt«, knurrte eine heisere Stimme. Rhona keuchte vor Schreck auf und mein Herz machte einen Satz. Neben mir stand Leonda, die Kommandantin der Palastwache. Ihr Löwenblut war so deutlich zu erkennen, dass ich jedes Mal dankbar dafür war, dass man mir mein Tierblut kaum ansah. Außer spitzen Ohren wies bei mir nichts darauf hin, solange nicht Vollmond war.

»Ihr seid zu spät.« Leondas Stimme war leise, doch sie vibrierte in meinem Brustkorb. Sprach sie lauter, klang es wie ein Brüllen.

»Verzeihung«, stammelte Rhona. Das Löwenblut ignorierte sie und sah mich an. Noch jemand, der sie nicht akzeptierte. Trotz stieg in mir hoch.

»Es wird nicht früher, wenn du uns aufhältst.«

Sie ließ mich los und zeigte mir ihre Reißzähne. Mein Mund wurde trocken. War ich zu weit gegangen?

»Rein mit euch.« Sie versetzte mir einen Stoß und ich stolperte in den Saal. Rhona folgte mir auf dem Fuß. Ich roch ihren Stress.

Alle starrten uns an. Hämisch, nur wenige wirkten mitleidig. Ich verbarg meine Fäuste unter meinem Umhang. Sie sollten meine Wut nicht sehen.

Leonda zeigte auf zwei Stühle in der letzten Reihe am Rand, auf die wir uns dankbar setzten.

Rhona war bleich, ich sah Tränen in ihren Augen. Sie hatte Leondas Ignoranz bemerkt.

Das traf sie. Jedes Mal.

Mir wäre es lieber gewesen, wenn sie es nicht allein auf mich abgesehen hätte, aber ich steckte den Stoß besser ein. Meine Schulter pochte. Die Löwin war alles andere als sanft.

Vorn in der Halle, auf dem Podest, stand bereits das Leitungsgremium des Ordens. Mein Blick glitt über die Lehrer, von denen ich die meisten täglich im Unterricht sah, und verharrte, wie immer, auf Mistress.

Ihr schwarzes Haar glänzte im Licht der Petroleumlampen und ihre feinen Züge waren angespannt. Wie immer stand sie da wie eine Königin und ihre rotgoldenen Augen schimmerten wie flüssiges Feuer.

Seitdem ich sie das erste Mal gesehen hatte, rätselte ich darüber, was sie war. Es gab viele Vermutungen, doch Mistress selbst beantwortete diese Frage nicht. Sie ließ ihr Aussehen für sich sprechen und tat alles andere ab.

Alles, was ich wissen musste, war, dass ich es mir weder mit ihr, noch mit den anderen Lehrern verscherzen sollte. Ich hing am Orden. Und an meinem Leben.

»Was kann so wichtig sein, dass sie uns noch vor dem Frühstück herholen?«, murrte jemand vor mir.

Mistress' Blick fiel auf uns und der Sprecher machte sich klein. Ihr Blick brachte jeden dazu, sich zu winden. Doch nicht sie trat vor, um zu uns zu sprechen, sondern Meister Oolph, ein Druide, dessen Gesicht und Glatze mit Runen und anderen magischen Zeichen tätowiert waren.

Ich mochte den Blick seiner hellblauen, beinahe farblosen Augen nicht. Er schien immer mehr zu wissen als alle anderen. Und ich mochte es nicht, von Blicken durchbohrt zu werden. Der Wolf hasste das und fühlte sich dadurch in die Enge gedrängt.

Oolph trug den nachtblauen Umhang des Ordens, den an der Brust eine goldene Spange in Form des Ordenssymbols zusammenhielt: eine geflügelte Schlange, Zeichen für Wissen. Meinen Umhang zierte die gleiche Spange. Jeder, der dem Orden angehörte, trug immer diesen Mantel und dieses Symbol.

»Der Anlass dieser Versammlung ist alles andere als erfreulich«, begann Meister Oolph. Seine tiefe Stimme hallte durch den Saal. »Ihr alle seid hier, weil wir für euch das Zuhause sind, das euch eure Familien nicht bieten können. Wir nehmen uns eurer an, wenn ihr eure Kräfte nicht kontrollieren könnt. Wir bilden euch aus, damit ihr später euren Platz in der Welt findet. Wir geben euch alles, was wir können. Als Gegenleistung erwarten wir eure Loyalität.«

Ich blickte zu Rhona hinüber, doch sie sah so ratlos aus, wie ich mich fühlte. Was der Meister sagte, wusste jeder, der im Orden eine magische Ausbildung erhielt. Die meisten von uns hatten sonst keinen Ort, an den wir gehen konnten. Ich bekam ein schlechtes Gefühl.

Was bezweckte er mit seiner Rede?

»In der letzten Nacht wurde das Vertrauen, das wir euch schenken, missbraucht. Einer von euch hat den Orden bestohlen. Es fehlt ein wertvolles Artefakt aus der Schatzkammer des Ordens. Aus diesem Grund werden wir heute Zimmerkontrollen durchführen und diejenigen befragen, die die Fähigkeiten haben, um sich Zutritt zu verschaffen. Alle anderen halten sich bereit. Es ist nicht ausgeschlossen, dass der Dieb Hilfe hatte. Der Unterricht fällt heute aus.«

Schweigen senkte sich über den Saal. Ich starrte Meister Oolph an, versuchte, seine Worte zu verstehen. Sie sickerten nur langsam in meinen Kopf, doch endlich bekam ich meine Gedanken sortiert.

Ich fasste es nicht. Wie konnte es jemand wagen, den Orden zu bestehlen? Das war nicht nur dumm, es war Verrat. An uns allen, die dieses Heim so sehr brauchten.

Wut stieg in mir hoch und ich spürte den Wunsch, denjenigen zu finden und so lange zu hetzen, bis ich ihn zur Strecke gebracht hatte. Er hatte es nicht verdient, hier unter uns zu sein. Er musste bestraft werden, so hart wie möglich.

Mistress trat vor. »Die Ordenswache hat bei der Verfolgung des Diebes festgestellt, dass es eine Frau war. Uns ist bewusst, dass es sich dabei um einen Täuschungszauber handeln könnte, doch dieser Spur werden wir als Erstes nachgehen. Die Schülerinnen der oberen drei Klassen bleiben hier. Alle anderen gehen zurück zu ihren Zimmern und lernen selbstständig so lange, bis wir sie rufen oder den Arrest aufheben.«

Meine Finger verkrampften sich bei dem Wort ›Arrest‹. Ich hasste es, in engen Räumen zu sein, deswegen war in unserem Zimmer meist das Fenster offen. Alles andere sorgte bei mir für Herzrasen und Schweißausbrüche. Ich legte meine plötzlich nassen Handflächen auf meine Oberschenkel und schloss die Augen.

Keine Panik. Ich musste jetzt nicht in mein Zimmer gehen. Rhona und ich gehörten zum Kreis der Verdächtigen, die befragt wurden. Glück im Unglück. Wir beobachteten, wie die restlichen Schüler den Saal verließen, ich sah viele miteinander tuscheln.

Sie warfen uns misstrauische Blicke zu, als erwarteten sie, dass wir die Schuldigen waren.

Was dachten die sich bloß?

Ich sah zu Rhona hinüber. Unsere magischen Talente waren zwar vorhanden, doch wir waren weit davon entfernt, zu den Begabtesten zu gehören. Meine Magie lag in meiner Stimme, was typisch für eine Sirene war. Rhona hatte ein phänomenales Gedächtnis. Ich wusste, dass wir damit nichts zu tun hatten, doch auch sonst hätte ich uns nicht zu den Hauptverdächtigen gezählt.

Es gab andere, viel talentiertere Schüler im Orden, denen jeder neue Zauber so leichtfiel wie atmen. Ich musste mir jeden Fortschritt hart erarbeiten, Rhona ging es genauso.

Doch wer war es? Wer hatte den Orden verraten?

Rhona und ich traten zu den übrigen Schülerinnen vor dem Podest, die eine Schlange bildeten. Mit uns warteten etwa zwanzig andere. Drei sah ich mit Mistress und zwei anderen Lehrerinnen weggehen. Ich war nervös, obwohl ich nichts zu verbergen hatte.

»Sieh an, sie ziehen wirklich jeden in Betracht«, erklang eine nur zu bekannte Stimme. Meine Hände begannen sofort zu zittern.

Ausgerechnet sie.

Ich hätte es wissen müssen.

Ich drehte mich um und sah in ihr Gesicht, aus dem mich goldene Augen anblickten, meinen so ähnlich, als gehörten sie zusammen.

Doch sie und ich hatten nichts miteinander zu tun.

Nicht mehr.

Und wenn es eine Möglichkeit gäbe, Lynx nie wieder zu sehen, würde ich sie ergreifen. Rhona stellte sich dicht neben mich. Sie wusste, was jetzt kam.

»Ich dachte, sie würden nur Leute befragen, die einen komplizierten Zauber allein durchführen können. Bei euch beiden ist das nicht der Fall.« Lynx strich eine Strähne ihres hellblonden Haares zurück und lächelte gehässig.

Alle meine Muskeln spannten sich an, bereit, sie anzugreifen und ihr das Gesicht zu zerkratzen. Der Wolf kam gefährlich nah an die Oberfläche.

Doch Lynx war eine ebenbürtige Gegnerin, in ihren Adern floss Luchsblut.

»Sie sprachen von Komplizen«, sagte Atra, Lynx' beste Freundin. Die Dunkelelfe reichte mir kaum bis zur Schulter, doch ich war nicht so dumm, sie zu unterschätzen. Ihre nachtschwarzen Augen waren auf mich gerichtet. Sie blieb wachsam. Sie wusste, was ich war und kannte die Gefahr, die von mir ausging.

Im Zweifel schlichtete sie eher, als Lynx anzufeuern.

»Eure?«, schoss Rhona.

Lynx' Augenbraue verzog sich, doch sie ignorierte Rhona. Ihr Blick ruhte lauernd auf mir, sie registrierte jede meiner Regungen und lauerte darauf wie eine Katze. Das lag in ihrem Blut. Sie kannte mich so gut, dass sie in mir las wie in einem Buch.

»Ist dir nicht aufgefallen, dass eine deiner Freundinnen fehlt? So viele hast du doch nicht, dass du den Überblick verlierst, oder?«

Betroffen sah ich mich um.

Wen hatte ich heute noch nicht gesehen?

Wer fehlte in dieser Runde?

Wer war bereits mit Mistress gegangen?

Ich sah Rhona an.

»Ich habe nicht darauf geachtet...«, murmelte sie.

»Und, wer ist es deiner Meinung nach?«, fragte ich aggressiv. Ich war ihre Katzenspiele leid.

Lynx' Lächeln wurde so breit, dass sich ihre Gesichtszeichnung verzerrte. Die schwarzen Streifen reichten von ihren Augenwinkeln bis zu ihren Ohrläppchen.

»Das müsst ihr schon selbst herausfinden. Ich bin schließlich nicht euer Kurier.« Damit drehte sie sich weg. Wütend starrte ich ihren hellblonden Hinterkopf an, doch mir fehlten die passenden Worte.

Wie so oft.

Mühsam kämpfte ich meine Wut nieder, die zusammen mit der Enttäuschung hochkochte. Ich wollte sie nie wieder sehen. Nie wieder in ihr gehässiges, mitleidloses Gesicht sehen, das so lange das Wichtigste für mich war. Sie war wie ein gerissenes Sicherheitsseil und ihr Anblick erinnerte mich immer daran, was geschehen war.

Mein Handgelenk schmerzte wieder und ich bekam meine Gefühle nur mühsam unter Kontrolle. Mit zusammengebissenen Zähnen wandte ich mich wieder dem Podium zu. »Sie weiß es doch auch nicht. Alles nur Aufschneiderei«, sagte ich zu Rhona, obwohl ich es besser wusste.

Sie zuckte unglücklich mit den Schultern und spähte in beide Richtungen der Schlange. »Sie würde nicht so aufschneiden, wenn sie nicht wenigstens einen Verdacht hätte.« Ihre Stimme war leise und angespannt. Wieder bemerkte ich den Stress, unter dem sie stand.

»Ist alles in Ordnung, Rhona?«

Sie strich sich die Haare aus der Stirn und zwirbelte sie zu einem Zopf, den sie hinters Ohr strich. »Es geht schon. Zu viel Aufregung so früh am Morgen.«

Ich wollte ihr helfen, sie unterstützen, doch ich war außerstande, mich auf sie zu konzentrieren. Meine Gefühle verwirbelten meine Gedanken wie den Inhalt eines Topfes, in dem kräftig gerührt wurde.

Genau, was Lynx beabsichtigte. Sie wusste, wie sie mich provozieren konnte. Und ich ging ihr jedes Mal auf den Leim.

Das machte mich noch wütender.

Die Schlange rückte weiter, als die drei ersten Schülerinnen aus dem Befragungsraum zurückkamen. Sofort wurden sie mit Fragen bestürmt.

Stacia zuckte mit den Schultern und zeigte auf ein mit schwarzer Asche auf ihren Unterarm gemaltes Symbol.

»Wir dürfen nicht darüber reden. Sie haben uns einen Schweigezauber auferlegt. Wenn wir an dem Symbol manipulieren, merken sie es.« Sie winkte ab. »Wartet einfach, bis ihr dran wart. Ich halte mich lieber dran.«

Das glaubte ich ohne Weiteres. Mistress war die Meisterin der Beherrschungszauber. Allein der Gedanke an eine Bestrafung durch sie war unerträglich.

Niemand wusste, was sie mit einem machte, denn es war denjenigen unmöglich, darüber zu sprechen. Wir alle taten gut daran, nicht gegen ihre Regeln zu verstoßen.

Die drei verließen den Saal, sie standen nun unter dem gleichen Arrest wie die übrigen Schüler.

Wir anderen warteten weiter in unserer Reihe. Ich blickte zu Rhona und sah ihr Unglück, während ich mir das Hirn zermarterte, wen Lynx gemeint hatte.

»Ich weiß es nicht«, seufzte ich, als wir am Anfang der Schlange standen.

»Wir werden es erfahren, wenn es stimmt«, erwiderte sie. »Lynx wird es sich nicht nehmen lassen, damit anzugeben.«

Die Tür ging wieder auf und Mistress erschien im Saal. Ihr Blick blieb an mir hängen. Mein Herz pochte. So hatte sie mich nie zuvor angesehen. So ... interessiert. Ich wusste nicht, ob mir das gefiel.

Dachte sie etwa, ich hätte mit dem Diebstahl zu tun?

Meine Handflächen wurden feucht und ich hoffte, dass ich sie schnell vom Gegenteil überzeugte, falls es so war.

»Lupa, Lynx, ihr kommt zu mir«, sagte sie und verschwand. Rhona sah mich sorgenvoll an, als ich auf die Tür zuging.

Ausgerechnet mit Lynx.

Was wollte sie von uns beiden?

Ich sah aus dem Augenwinkel zu ihr herüber, Lynx wirkte nicht im Geringsten beunruhigt.

Das entspannte mich ein wenig. Wenn sie mich im Verdacht hätten, würden sie kaum Lynx dazu holen.

Oder?

Wir folgten Mistress durch die Tür und nahmen auf ihre Aufforderung an einem Tisch Platz.

Sie setzte sich uns gegenüber und lächelte dünn. »Ich weiß, dass ihr nicht an dem Beutezug beteiligt seid.«

Ihr Blick glitt wieder von meinem Gesicht zu Lynx', doch ich war ratlos. Was wollte sie dann von mir? Warum sah sie mich so seltsam an?

Ich fühlte mich durchleuchtet, geprüft. Das war mir unangenehm und der Wolf drängte mich, Reißaus zu nehmen.

Mistress suchte etwas, doch ich wusste nicht, ob sie es fand. »Ich habe einen Auftrag für euch«, sprach sie weiter. »Wie ihr sicher schon bemerkt habt, fehlt Viola. Sie ist die Diebin.«

Ich riss die Augen auf und fühlte mich, als habe man mich mit Eiswasser übergossen. Viola war eine meiner Freundinnen. Sie war begabt und eine der besten Studentinnen. Ich hatte ihr Fehlen nicht bemerkt. Wie konnte mir das passieren?

Mein Blick zuckte hinüber zu Lynx, die nur zustimmend nickte. Sie hatte richtig geraten.

Ich fühlte mich schrecklich. Nicht nur, weil mir nicht aufgefallen war, dass Viola fehlte, sondern auch, weil sie etwas so Furchtbares getan hatte. Nie im Leben hätte ich auf sie getippt. Der bloße Gedanke erschien mir lächerlich, doch Mistress sah nicht aus, als mache sie Scherze.

Ihr schönes Gesicht mit den edlen Zügen war hart, ihre Augen kalt. Sie war mindestens so enttäuscht wie ich.

»Ich weiß, Lupa, damit rechnete auch niemand aus dem Kollegium.«

»Es aus Ihrem Mund zu hören ...«, stammelte ich und versuchte, nicht so dumm dazustehen. Lynx' Mundwinkel verzog sich hämisch. Wahrscheinlich nahm auch Mistress mir diesen schwachen Versuch nicht ab.

»Sie sagten, Sie hätten einen Auftrag für uns. Was dürfen wir für den Orden tun?«, fragte Lynx. Sie witterte eine Chance, gut dazustehen.

Ich hingegen hatte diese Andeutung schon wieder vergessen und hielt jetzt die Luft an.

Mistress legte den Kopf schief. Die Edelsteine auf ihrem Stirnband funkelten im Licht ihrer Tischlampe. Es ging das Gerücht um, sie habe Dschinn-Blut. In diesem Moment glaubte ich es auch.

»Wolf und Luchs«, sagte sie mehr zu sich selbst. »Ihr müsst euch auf das Blut eurer Mütter konzentrieren, um den Auftrag zu erfüllen. Eure sekundären Blutlinien mögen euch helfen, doch die Sirene ist, was ihr braucht.«

Ich schluckte. Wegen der zwei Blutlinien mussten Lynx und ich unser Heimatdorf verlassen. Unsere Mütter, Cousinen, kamen nicht mit unserer zweiten Natur zurecht. Sie ahnten nicht, dass unsere Väter keine normalen Männer waren, als sie sich mit ihnen einließen. Unsere Schwestern waren reinblütige Sirenen, doch wir ...

Wieder sah ich hinüber zu Lynx, die so lange meine engste Vertraute war. Wir waren lange Zeit wie Schwestern, da unsere leiblichen Geschwister uns mieden. Das war lange her. Viel war geschehen.

Zwischen ihren Augenbrauen runzelte sich die Stirn. »Meisterin, ich verstehe nicht.«

»Dann lass es mich dir erklären.« Mistress hob den Arm, ihre vielen goldenen Reifen klickten. »Viola hat eine Schriftrolle brisanten Inhalts gestohlen, die dem Orden zur sicheren Verwahrung anvertraut wurde. In den falschen Händen richtet sie großen Schaden an. Wir können nicht sagen, was sie damit vorhat, aber wir brauchen sie zurück. Ich will, dass ihr sie findet und mitsamt der Schrift herbringt.«

Ich presste die Lippen zusammen, damit mir nicht der Mund offenstand.

Tausend Fragen rasten durch meinen Kopf, doch ich fand weder die Kraft noch den Mut, sie zu stellen.

»Das ist eine große Ehre, Meisterin«, sagte Lynx. Ihre Augen funkelten, zweifellos sah sie sich schon als Heldin des Ordens. Mistress nickte knapp.

»Das ist es sicher. Ich würde euch nicht in Betracht ziehen, wenn die besonderen Umstände es nicht erforderten.«

Ich schwieg, mein Herz schlug mir bis zum Hals. Selbst Lynx wirkte beunruhigt. Was mochte jetzt noch kommen? Die Sache hatte einen gewaltigen Haken, ahnte ich. Und ich verstand nicht, warum Mistress ausgerechnet uns beauftragte.

»Viola hat den Orden verlassen und ist geflohen. Durch ein Portal in die zweite Dimension.«

Jetzt stand mir der Mund offen. Wir lernten viel über die fünf Ebenen, dieses Wissen war wichtig für jeden, der mit Magie zu tun hatte. Ich wusste, dass es Grenzgänger gab, die zwischen unserer Ebene und der zweiten, der Erdwelt, wandelten. Doch das waren erfahrene Meister der Magie.

Wie konnte Viola ...

»Ich verstehe das alles nicht.« Immerhin formulierte mein Mund wieder Worte.

»Viola muss diesen Diebstahl von langer Hand geplant haben. Wir vermuten, dass sie in jemandes Auftrag agiert. Jemand, der ihr viel für ihre Hilfe versprochen hat und mächtig ist. Jemand, der weiß, dass sie in der zweiten Dimension in relativer Sicherheit ist, weil die Magie dort anders wirkt.« Die rotgoldenen Augen meiner Lehrerin fixierten mich erbarmungslos.

Ich fühlte mich schwach und klein, obwohl ich nichts getan hatte.

»Hier kommt ihr ins Spiel. Sirenen gibt es auch in der zweiten Dimension, ihre Magie ist der euren ähnlich. Deswegen erfährt sie kaum eine Beeinträchtigung und ihr könnt sie nutzen, um Viola zu finden, zu fangen und zurückzubringen.«

Sirenenmagie.

Die Macht unserer Stimmen. Wenn ich sang, verstärkte sich meine Macht und gesungene Beschwörungen funktionierten zuverlässiger als gesprochene. Die Blutlinien unserer Mütter waren immerhin so ausgeprägt, dass sie uns ernähren würden, wenn wir ihnen die Oberhand ließen. Doch ich verdrängte sie, seitdem ich unser Heimatdorf verlassen hatte. Seitdem war ich Wolf und begrub die Sirene tief in mir. Bei Lynx war es genauso.

Das mussten Mistress und die anderen wissen und trotzdem wollten sie es nutzen?

Jetzt ergab aber auch die Bemerkung, dass wir die Blutlinien unserer Mütter nutzen mussten, einen Sinn. Ich wusste nicht, ob ich das konnte. Auf jeden Fall wollte ich es nicht. Ich wollte diesem Teil von mir keine Beachtung schenken.

Ich ahnte, dass ich es musste.

»Sie wollen, dass Lupa und ich Viola in die zweite Dimension folgen«, fasste Lynx zusammen. Mir wurde schlecht. Wenn ich eins auf keinen Fall wollte, dann allein mit Lynx auf eine ungewisse Mission geschickt zu werden.

Panik erfasste mich.

Das war alles viel zu viel. Zu groß. Zu kompliziert. Die zweite Dimension war riesig, Kontinente voll dicht besiedelter Länder. Und Massen an Menschen. Niemals könnte ich das mit Lynx an meiner Seite durchstehen und gleichzeitig den anderen Teil meines Ichs aufwecken.

»Es gibt drei Sirenen in unserem Orden. Wir werden euch alle nutzen.«

Ich hustete, als mir die Galle hochstieg. Es wurde immer schlimmer.

»Shark«, sagte Lynx mit ausdruckslosem Gesicht. Mistress hob die Augenbraue.

»Seamus, ja.« Den Namen hörte Shark nicht gern.

Meine Hände wurden taub. »Meisterin, ich ... es tut mir leid, aber ...« Ich brach ab, wusste nicht, was ich sagen sollte.

Ich musste ihr sagen, dass ich nicht mit Lynx und Shark zusammenarbeiten konnte. Die beiden, mit denen ich am wenigsten auf der ganzen Welt zu tun haben wollte. Ich konnte einfach nicht. Es wäre schlimm genug, Lynx ständig um mich zu haben, aber Shark ...

Mein Mund wurde trocken und mein Schädel dröhnte.

Mistress sah mich lange an, während Lynx schnaubend den Kopf abwandte. Sie war ebenso wenig darauf erpicht wie ich.

»Ihr werdet nicht gemeinsam nach Viola suchen, das wäre ineffizient«, sagte die Lehrerin schließlich. Ein Schimmer Hoffnung keimte in mir auf. »Das Kollegium und ich haben beschlossen, dass ihr in Vierergruppen losziehen werdet.

Viola hat, von uns allen unbemerkt, mächtige, teils schwarzmagische Zauber studiert, sodass ihr sie allein nicht einfangen könntet.« Ihre Augen blitzten. »Wir sind gespannt, wer von euch Erfolg haben wird.«

Sie spielten uns gegeneinander aus! Diese Erkenntnis schockierte mich, bis ich Lynx' siegessicheres Grinsen sah. Sie sah weder in mir noch in Shark eine ernst zu nehmende Konkurrenz. Und dass das Lehrergremium, das uns auf unser Leben nach dem Orden vorbereiten sollte, unsere Schwächen so offensichtlich nutzte, schmerzte mich. Ich dachte immer, sie seien auf unserer Seite.

›Sie wollen den Orden schützen und damit auch mich‹, sagte ich mir. ›Wenn Viola jemandem zuarbeitet, der es schlecht mit uns meint, sind wir in Gefahr.‹

Ich spürte tiefe Enttäuschung in mir. Ich mochte Viola. Sie vereinte eine Blutlinienkombination in sich, die ich bewunderte: Jäger- und Orakelblut. Sie verbanden sich zu ihrem Vorteil und machten Viola schnell und gelehrig.

»Ich werde mein Bestes tun, um Ihre Erwartungen zu erfüllen, Meisterin«, sagte Lynx. »Sicher sollen wir schnellstmöglich aufbrechen, damit Violas Vorsprung nicht zu groß wird.«

»Ja, allerdings. Zuvor werden wir eure und Seamus' Stimme mit einem Zauber stärken, damit ihr eine größere Reichweite in der zweiten Dimension erlangt. Das geschieht noch heute. In der Abenddämmerung brecht ihr auf.«

Ich fühlte mich überrumpelt. Die Abenddämmerung begann in weniger als acht Stunden. Viel zu wenig Zeit, um mich auf diese Aufgabe vorzubereiten.

»Wissen Sie, wo sich Viola in der zweiten Dimension aufhält?«, fragte Lynx.

»Leider nur im Groben«, erwiderte Mistress mit schmalen Lippen.

»Ich nehme an, sie hat einen Verschleierungsbann benutzt.« Lynx saß kerzengerade auf ihrem Stuhl und mimte die Musterschülerin. Das war typisch für sie. Sie wusste, wie sie sich verkaufen musste. Die Katze biederte sich immer im richtigen Moment an. Ich funkelte sie an, doch Mistress nickte beifällig.

»So ist es, gut, Lynx. Es ist ihr gelungen, einen derart starken Schutzschild zu errichten, dass ich sie nicht fassen kann. Immer, wenn ich sie aufgespürt habe, gleitet mein Geist von diesem Schild ab. Ich kann nur eine grobe Richtung ausmachen, in die sie sich bewegt. An diesen Ort werden wir euch bringen, wenn ihr das Portal durchschreitet.«

Meine Fingerspitzen kribbelten. Ich hatte Angst. Ich wollte das alles nicht.

Westlich des Ordens lag ein Feenring, der als Portal benutzt wurde. Mistress und andere Lehrer hatten bereits einen Dimensionssprung gemacht und manche waren der Ansicht, dass eine solche Reise die Ausbildung erst komplettierte. Rhona und ich hatten uns oft ausgemalt, wie es hinter dem Portal sein mochte. Doch jetzt, ohne Vorwarnung, ohne Planung hinter Viola herzujagen ... so hatte ich es mir nicht vorgestellt.

Die Mission war doch von vornherein zum Scheitern verurteilt.

Ein Blick in Lynx' Gesicht sagte mir, dass sie nichts lieber täte, als den Dimensionssprung jetzt und auf der Stelle durchzuführen. Sie war nicht im Mindesten beunruhigt, als wäre die Aufgabe leicht zu lösen.

Ich hatte den Verdacht, dass sie alles andere als das war.

»Reisen wir zum Ring?«, fragte Lynx.

»Nein, diesen Weg können wir uns sparen. Ihr werdet durch das Portal auf dem Bergfried gehen.«

»Der Bergfried besitzt ein eigenes Portal?« Lynx' Augen weiteten sich.

»Allerdings. Ich habe es dort selbst installiert.« Mistress erhob sich. »Begebt euch auf eure Zimmer und packt. Nehmt nicht zu viel mit, wir statten euch mit allem aus, was ihr braucht. Geht dennoch davon aus, dass es ein paar Tage dauern kann, bis ihr sie findet. Kommt um zwölf Uhr hierher zurück. Meister Ahearn wird den Zauber an euren Stimmen durchführen und euch den Bann beibringen, den ihr braucht, um sie festzusetzen.«

»Wer wird uns begleiten?«, fragte ich. Wenigstens das musste ich wissen.

»Dich begleiten Rhona, Innes und Stacia. Lynx, du gehst mit Atra, Enigma und Vulpix. Wir haben eure Begleitungen so ausgesucht, dass sie euch gut unterstützen. Sie werden dafür sorgen, dass eure Stimmen ihr volles Potenzial entfalten.«

Mir fiel ein Stein vom Herzen. Wenn Rhona bei mir war, konnte ich es schaffen. Stacia und Innes waren Freundinnen, die mit Rhona kein Problem hatten, sie behandelten sie gut. Vielleicht hatten wir eine Chance.

Auch wenn ich ein schlechtes Gefühl dabei hatte, eine Freundin zu jagen.

Ich schluckte. Das durfte mich nicht blenden.

Sie wollte dem Orden, und damit auch mir, Schaden zufügen. Mit keiner Silbe hatte sie erwähnt, dass sie weggehen wollte, dabei saßen wir gestern noch beim Abendessen zusammen. Jetzt fiel mir ein, dass sie angespannt und unkonzentriert gewirkt hatte.

Warum hatte sie das getan?

Ich hoffte, dass ich sie als Erste fand, damit ich ihr diese Frage stellen konnte.

»Eins noch: Bringt Viola unverletzt zurück«, sagte Mistress. »Und nähert euch ihr nur so weit wie nötig. Wir wissen nicht, zu welchen Zaubern sie in der Lage ist. Sie war eine ausgesprochen gute Schülerin mit hervorragenden Leistungen. Ihr Verlust ist schmerzlich für den Orden.«

»Was geschieht mit ihr, wenn wir sie zurückbringen?«, fragte ich, obwohl ich nicht wusste, ob ich die Antwort hören wollte.

Mistress' Augen, in denen eben noch Bedauern stand, wurden hart wie Eis. »Dann werde ich mich höchstpersönlich um ihre Bestrafung kümmern. Darum macht euch keine Gedanken. Wichtig ist nur, dass ihr sie findet und zurückbringt.« Sie erhob sich und wir taten es ihr eilig nach. »Geht jetzt und bereitet euch vor.«

Damit waren wir entlassen und verließen Mistress' Arbeitszimmer.

Mein Kopf brummte und ich fühlte mich außerstande, die Informationen zu verarbeiten.

Ich sah Lynx an, hatte den Mund schon zur Frage geöffnet, doch dann schloss ich ihn wieder. Ich wollte mit ihr nicht sprechen. Sie sollte meine Angst nicht sehen.

Sie drehte sich zu mir um. »Du hast keine Chance. Ich werde Viola zurückholen.« Damit ließ sie mich stehen.

Ich ballte die Hände zu Fäusten und kämpfte den Drang nieder, sie von hinten zu attackieren.

KAPITEL 2

Den Weg zu meinem Zimmer legte ich wie eine Schlafwandlerin zurück. Meine Gedanken rasten, doch ich bekam sie nicht zu fassen.

Rhona war noch nicht wieder da, also setzte ich mich auf mein Bett und wartete. Ich lehnte den Kopf an die Wand und schloss die Augen.

»Verdammter Mist«, murmelte ich.

Ausgerechnet Viola.

Ausgerechnet ich.

Ausgerechnet Lynx und Shark.

Sie zwangen mich, mich Ängsten zu stellen, denen ich lange aus dem Weg gegangen war. Mein Blut. Meine Vergangenheit. All das, womit ich mich nicht befassen wollte.

Die Sirene hatte lange keine Rolle in meinem Leben gespielt, ich ließ es nicht zu. Sie sollte dort bleiben, wo ich alles lagerte, was mit Sirenen zu tun hatte: Tief vergraben und bedeutungslos. Ich wusste, dass sie in mir war, aber das bedeutete nicht, dass ich ihr Beachtung schenkte. Ich ging nicht schwimmen und ich versorgte mich anderweitig mit Energie. Dabei wollte ich es belassen, doch wenn ich die Magie meines Blutes anwandte, würde sie stärker werden.

Ich biss die Zähne zusammen.

Ich hasste es, keine Wahl zu haben.

»Lupa?« Rhona stand in der Tür. Sie war blass.

»Haben sie es dir gesagt?«

Sie nickte und rieb sich die Nase. »Meisterin Scota hat mir alles erzählt. Viola ...« Sie brach ab.

»Ich weiß.«

»Sie sagen, dass du und Lynx die Einzigen sind, die sie in der zweiten Dimension fangen können.« Sie sah in Richtung unserer Lehrbücher. »Elementarmagie wirkt dort nur, wenn es ein Äquivalent gibt.«

»Ich weiß nicht, was das heißt, aber ja, sie sagte, dass Lynx und ich es tun sollen.« Ich holte Luft. »Und Shark.«

Rhona sah mich stumm an. Sie kam herüber und setzte sich neben mich.

Sie wusste, was geschehen war. Sie hatte es gesehen.

»Nur weil wir das Gleiche suchen, heißt das nicht, dass wir ihn oder Lynx oft sehen werden«, flüsterte sie. »Wir gehen unseren eigenen Weg. Komm jetzt, wir haben nicht viel Zeit.« Sie zog mich hoch und wir packten unsere Sachen zusammen.

Ich legte ein paar Kleidungsstücke in meine Tasche und starrte auf meine Lehrbücher. Rhona sah es und zuckte mit den Schultern. »Meisterin Scota sagte, sie würden uns alles bereitstellen, was wir brauchen, aber nimm vorsichtshalber deine Kräutervorräte mit. Ich habe lieber zu viel als zu wenig dabei.« Das leuchtete mir ein und ich suchte in meinem Schrank nach meinen Vorräten.

»Ich bin froh, dass Stacia und Innes uns begleiten«, sagte ich und stopfte die Büschel und Tütchen in meinen Stoffsack.

»Ich auch. Sie reden wenigstens mit mir.«

»Jeder andere hätte auch mit dir gesprochen. Dafür hätte ich gesorgt.«

Sie sah mich lange an. »Das weiß ich, Lupa, aber das ändert nichts. Für die meisten bin ich einfach wertlos. Nur ein Mensch, der nicht hier sein sollte.«

»Für mich nicht.« Rhona konnte wegen ihrer magischen Begabung ebenso wenig bei ihrer Familie sein, wie ich bei meiner wegen meines Blutes. Schlussendlich waren wir doch alle fern von Zuhause. Der Grund sollte egal sein.

Sie schulterte ihr Bündel. »Auch das weiß ich. Und solange das so ist, macht es mir viel weniger aus. Kommst du?«

Ich spürte wieder diese Wut im Bauch, doch dieses Mal schaffte ich es, sie niederzuringen. Meine Angst nahm mehr Platz ein, aber die Wut half mir, durchzuhalten. Ich musste sie pflegen, damit sie als Kraftspender an meiner Seite blieb und die Angst verdrängte.

Wir gingen hinunter in den Speisesaal, trotz aller Aufregung machte sich Hunger bemerkbar. Ich schluckte. Wir reisten noch vor dem Abendessen ab, also war es klüger, diese Gelegenheit zu nutzen.

Stacia und Innes waren bereits dort und winkten uns heran. Sie sahen so müde und aufgekratzt aus, wie ich mich fühlte.

»Was für ein Morgen«, murmelte Stacia und rieb sich die Schläfe. Der Schweigezauber schwärzte noch immer ihre Haut, aber mit uns konnte sie offenbar darüber sprechen. Ihr Blick fiel auf die Zeichnung und sie ließ den Arm unter den Tisch sinken.

»Eigentlich ist die ganze Geschichte unglaublich. Dass ausgerechnet Viola eine Verräterin ist, meine ich. Und die

Flucht durch das Portal ... Einfach über die Berge zu verschwinden hätte doch gereicht.«

»Dann hätten Mistress und die anderen Lehrer sie sofort gefunden. Sie hat zwar einen Verschleierungszauber gewirkt, aber die Lehrer sind so mächtig, dass sie ihn durchbrochen hätten«, meinte Rhona. Stacia zuckte mit den Schultern und stocherte in ihrem Essen herum. Innes schwieg bedrückt.

Ich spürte einen Druck auf mir, die anderen zu motivieren. Sie begleiteten mich, doch ich trug die Verantwortung. Auch dafür, ob sie mich unterstützten. Es gab noch eine andere Seite dieser Geschichte: Man setzte Vertrauen in uns. Das war eine Ehre, auf die wir uns konzentrieren sollten. Waren wir erfolgreich, half uns das auf unserem weiteren Weg.

Deswegen wäre Lynx am liebsten gleich losgestürmt. Sie sah sich schon nach ihrem Abschluss in einer bedeutenden Position. Ja, sie war gut, aber nicht unbesiegbar. Gleiches galt auch für Viola. Mit der richtigen Strategie konnten wir trotz aller Umstände unsere Aufgabe erfüllen.

Darauf wollte ich mich konzentrieren. Und es half, weniger Angst zu haben.

»Wir können durch diesen Auftrag Erfahrungen sammeln und die Lehrer davon überzeugen wie gut wir sind«, sagte ich mit einem Eifer, den ich gern gespürt hätte. Trotzdem: Darüber zu sprechen war eine gute Sache. Je öfter ich es sagte, desto wirklicher wurde es. Rhona warf mir einen schnellen Blick zu, doch Stacia und Innes sahen nicht überzeugt aus. »Seht es als Chance zu glänzen.«

»Sie haben uns erklärt, wie du es machen sollst und wie wir dir helfen können«, sagte Innes. »Und das klingt

plausibel. Aber warum stellen sie dir nicht Mistress'
Lieblinge zur Seite?«

»Damit, Viola zu finden, ist es ja nicht getan. Wir
müssen sie gefangen nehmen und zurückbringen. Ihr
wisst, *wie* gut sie ist«, ergänzte Stacia.

Ich zuckte mit den Schultern. »Dann hätten sie sich so
entschieden. Mistress sagte, sie haben mir Leute zur Seite
gestellt, die mich gut ergänzen und unterstützen. Sie und
die Lehrer gehen davon aus, dass wir besser
zusammenarbeiten, als wenn sie mir Leonda zur Seite
stellen. Und ich bin froh darüber.«

Die anderen schauderten.

»Mit der Löwenfrau könnte ich auch nicht arbeiten«,
meinte Innes und sah auf ihren Teller. »Gut, wir werden
es versuchen.«

»Wir haben keine andere Wahl, denke ich«, sagte Stacia.

Das Essen schmeckte mir nicht mehr.

Ich spürte die Aufregung, die die Zeit rennen ließ und sie
gleichzeitig unerträglich ausdehnte. Rhona, Innes und
Stacia ging es nicht besser. Stacias Gesicht war
mittlerweile fast grau und Innes' Augen waren gerötet. Sie
hatten Angst und das lähmte sie. Egal, was ich versuchte,
ich konnte sie ihnen nicht nehmen. Sie mussten sich selbst
helfen, doch ich sah, dass es ihnen misslang.

Nachdem ich anfangs froh über ihre Wahl war, fragte ich
mich nun, ob die beiden die richtige Begleitung für uns
waren. Ich ließ den Blick schweifen und entdeckte ein
Stück weiter an der Tafel Lynx und ihre Truppe.

Auch sie wirkten aufgeregt aber nicht verängstigt.
Obwohl ich keine von Lynx' Begleiterinnen mochte,
wünschte ich mir plötzlich, sie wären Rhona und mir
zugeteilt worden.

Atras Dunkelelfenmagie half sicher, Enigma war ein Orakel und Vulpix ... nun ja, die Füchsin war nicht so klug, wie ihr Blut es vermuten ließ, aber sicher konnte sie dennoch helfen.

Ich sah auf die Sylphe und den Faun vor mir und spürte mein Herz schwer werden. Ihre Naturmagie war gut, der Wolf könnte sie nutzen und sicher konnten wir mit Rhonas Hilfe bestehen, doch als ich Innes schluchzen hörte, schwand mein Mut.

Als das Mahl beendet war, trat Leonda zu uns.

»Lupa, Meister Ahearn wartet auf dich.« Ihre bernsteinfarbenen Augen betrachteten die anderen. Innes wich zurück, was ihre Mundwinkel zucken ließ. Auch sie war ein Raubtier, noch dazu eine Katze. Innes sollte sie nicht reizen. »Ihr wartet hier. Sobald Lupa fertig ist, werdet ihr abreisen.« Sie nickten stumm.

Ich stand auf und folgte ihr, Lynx wartete bereits an der Tür auf uns. Neben ihr stand Shark. Mein Brustkorb verengte sich schmerzhaft und ich heftete meinen Blick auf Leonda, die uns mit hochgezogener Augenbraue beobachtete.

Die beiden anderen ignorierten mich. Das war mir recht, ich wollte mit keinem von ihnen sprechen.

Schnell schloss ich zur Löwin auf und drehte ihnen den Rücken zu. Mühsam brachte ich meine beschleunigte Atmung wieder unter Kontrolle. Jedes Mal, wenn ich ihn sah, reagierte ich so. Die Panik kam zurück und der Drang, wegzurennen, wurde übermächtig.

An den Schritten hinter mir erkannte ich, dass Lynx zu mir aufschloss.

Immerhin etwas. Je mehr Leute zwischen Shark und mir waren, desto besser.

Wir erreichten den Studienraum von Ahearn, Meister für Banne und Verzauberungen.

Er war eines der magischsten Wesen im Orden, ein Zentaur, der durch seine schiere Größe beeindruckte. Der Geruch nach Pferd lag schwer in der Luft. Meine Wolfsnase zuckte.

Er erwartete uns bereits mit angespannter Miene, ein Buch in der Hand. Mehr als ein knappes Kopfnicken bekamen wir zur Begrüßung nicht.

»Wir haben nicht viel Zeit, Violas Vorsprung wird immer größer«, sagte er mit seiner atemlosen Stimme. »Ich wirke einen Zauber, der die Magie eurer Stimmen verstärkt. Ich habe einen vielversprechenden Bann herausgesucht, den ich euch erklären werde. Doch es ist nicht gesagt, welche Banne und Zauber in der zweiten Dimension wirken. Ihr müsst es ausprobieren.«

»Natürlich, Meister«, sagte Lynx, die demonstrativ einige Schritte vor Shark und mir stand. Ich spürte seinen lauernden Blick auf mir, wie ein Raubtier, das auf seine Gelegenheit wartete. Er würde keine bekommen.

Shark war etwas Besonderes, zumindest biologisch.

Männliche Sirenen sind selten, eine Laune der Natur. Die Geburt eines männlichen Kindes in einem Sirenendorf ist ein zwiespältiges Ereignis. Einerseits soll es Glück bringen, doch meist bringt es nur Unruhe und Streit. Begehrlichkeiten nach reinblütigen Kindern werden dadurch geweckt, die immer im Unglück enden.

In meinem Dorf hatte es seit Ewigkeiten kein männliches Kind gegeben, wofür alle dankbar waren.

Shark wusste, dass er eine magische Rarität war, und bildete sich viel darauf ein, obwohl er genau aus diesem

Grund hier im Orden und nicht in seiner Kolonie war. Er glaubte, er könne sich alles erlauben und jede wäre dankbar für seine Aufmerksamkeit. Er täuschte sich.

Meine Haut brannte, als die Erinnerungen zurückkamen. ›Nicht daran denken‹, beschwor ich mich. ›Konzentriere dich auf deine Aufgabe.‹

Der Zentaur winkte uns nach vorn, an sein riesiges Stehpult. Ich sah ein Buch darauf liegen, zudem magische Utensilien. Amulette, Edelsteine und Federn. Ich meinte, eine große Fischschuppe zu entdecken, doch darüber wollte ich nicht nachdenken. Bei manchen Dingen war es besser, nicht alles zu wissen.

»Es geht recht schnell«, sagte Ahearn und händigte uns die Amulette aus. »Ich habe den Zauber bereits auf die Amulette gelegt, jetzt werde ich sie individuell auf euch anpassen.«

Lynx war als Erste dran. Ich beobachtete, wie er eine Hand auf das Amulett und die andere auf ihre Kehle legte. Mein Nacken prickelte, als er seine Magie entfesselte und sie durch den Raum floss. Lynx schloss die Augen, ein leichtes Lächeln umspielte ihre Lippen.

Ahearn sprach ein paar leise Worte und es schien, als seufze jemand, doch Lynx war es nicht. Ich wagte nicht, mich umzusehen, ich spürte Sharks Blick auf mir. Der Drang, wegzulaufen, wurde immer größer.

»Lupa, jetzt du.«

Ich trat vor und er wiederholte die Prozedur. Seine raue Hand auf meiner Kehle war unangenehm, ich ließ mich nicht gern berühren. Auch nicht von einem Lehrer. Seine dunklen Augen mit den pferdeartigen Pupillen bereiteten mir Unbehagen.

Ich verstand, warum Lynx die Augen geschlossen hatte. Erneut wallte seine Magie auf und summte auf meiner Haut.

Zentaurenmagie ist erdig, sie riecht nach Wald. Er roch wie ein Beutetier. Ein gefährliches Beutetier, aber immerhin etwas, das ich jagen könnte. Ich atmete tief durch und bekämpfte den Wolf in mir. Vollmond war noch weit und ich durfte diese Instinkte nicht die Oberhand gewinnen lassen. Die Sirene war gefragt. Sirenen hetzten niemanden durch den Wald.

Meine Stimmbänder wurden warm, als hätte ich mehrere Stunden gesungen. Ich spürte das Bedürfnis, mich zu räuspern, als ein Kratzen stärker wurde. Ich atmete rasselnd ein und ballte die Fäuste. Es mochte schnell gehen, doch mein Unbehagen wuchs schneller. Er sollte fertig werden, solange ich mich noch unter Kontrolle hatte.

Ich kniff die Augen zusammen und versuchte, mich auf etwas anderes zu konzentrieren. Ich bekam einen magischen Schlag, dann sah ich wieder das Portal aus meinem Traum. Abermals rannte die Gestalt an mir vorbei und ihr Geruch stieg mir in die Nase.

Dieses Mal identifizierte ich den Duft von Veilchen.

Viola.

Der Druck auf meine Kehle nahm weiter zu, dann war er endlich verschwunden. Ich hustete und drehte mich weg. Mein Hals fühlte sich heiß und rau an, es hatte sich etwas getan.

Verschwommen bemerkte ich, dass Ahearn an Shark herantrat.

Meine Gedanken rasten. Warum hatte ich von Viola geträumt? War das Portal das Dimensionsportal, das sie durchquert hatte?

Ich hatte keine Visionen, nicht einmal eine besonders gute Intuition, dafür stand mir der Wolf zu oft im Weg, dessen Instinkte aufs Überleben und Jagen ausgerichtet waren. Ich konnte mir den Traum nicht erklären.

Ein kalter Schauder lief meinen Rücken hinunter. Hatte ich etwas mit dem Raub zu tun, ohne es zu wissen? Viola kannte sich auch mit Gedächtniszaubern aus, vielleicht hatte sie meine Erinnerung manipuliert.

Fieberhaft ging ich den letzten Abend durch, doch auch er konnte eine Manipulation sein. Ich musste mit Rhona sprechen.

Ich musste mit Mistress sprechen!

»Die Magie eurer Stimmen hat nun eine größere Reichweite, ich habe sie verstärkt. Legt die Amulette niemals ab, sonst wird die Verbindung gebrochen und der Zauber verliert seine Macht.« Ahearns Stimme riss mich aus meinen Gedanken.

Erschrocken sah ich auf. Mein Herz hämmerte gegen meine Rippen, doch endlich gelang es mir, mich zu sortieren.

Langsam schüttelte ich den Kopf, um ihn klar zu bekommen.

Woher kamen diese Gedanken? Es gab doch keinen Grund, an meiner Erinnerung zu zweifeln.

Oder doch?

Wäre es eine schlechte Idee, mit Mistress zu sprechen?

Unsere Abreise stand kurz bevor, wie würde sie handeln, wenn ich jetzt noch einmal das Gespräch suchte?

Würde sie mir überhaupt zuhören, vor allem, weil ich nur einen vagen Verdacht hatte? Und was bedeutete das für mich?

Endlose Gespräche? Schmerzhafte Zauber? Verhöre?

Der Wolf wehrte sich gegen diese Gedanken. Ich wollte nicht gefangen genommen und befragt werden.

Nicht ohne Grund. Und den gab es nicht.

Ich biss mir auf die Lippe und versuchte, mich wieder auf Meister Ahearn zu konzentrieren, der erklärte, wie die neue Macht wirkte.

Ich hatte den Anschluss verloren.

Mein Mund wurde trocken. Shark und Lynx nickten verständig, doch ich hatte nichts mitbekommen.

»Habt ihr noch Fragen?«

Sie schüttelten die Köpfe. Ich wagte es nicht, eine Frage zu stellen. Sie würden merken, dass ich nicht zugehört hatte.

Verdammt.

Meister Ahearn nickte an uns vorbei Leonda zu, die an der Tür wartete.

Es gab kein Zurück, erkannte ich. Ich würde vermutlich nicht einmal die Möglichkeit bekommen, mit Mistress zu sprechen.

Und mit Rhona konnte ich nicht vor Lynx und Shark reden, nicht einmal vor Stacia und Innes. Meine Zweifel würden ihnen den Rest an Motivation nehmen. Ich musste mich zusammenreißen und tun, was man von mir verlangte.

Auch ohne Kenntnis des Zauberspruchs.

Wir kehrten in den Speisesaal zurück, wo unsere Begleiter auf uns warteten.

Neben ihnen waren auch einige Lehrer anwesend. Ich ging zu Rhona hinüber und sah Shark mit verblüfftem Gesichtsausdruck zu seiner Gruppe schlendern. »Was ist hier los?«

»Eigentlich sollte Payton Shark begleiten«, sagte Rhona leise. »Doch er hat sich ausgerechnet auf dem Weg hierher verletzt. Wir wissen nicht genau, was geschehen ist. Jedenfalls ...« Sie sah hinüber zu den drei Studenten, die Shark begleiteten.

Ich kannte sie alle, doch bei dem Letzten stutzte ich.

Ich hatte mit jedem gerechnet, doch nicht mit diesem schönen Gesicht.

»Kinnon?«

Rhona nickte mit hochgezogener Augenbraue. »Meisterin Lenta hat ihn als Ersatz ins Spiel gebracht. Ich kann mir denken, warum.«

Kinnon war ein Inkubus, sein schönes Gesicht verdankte er seinem Blut. Gemäß seiner Natur verführte er jede, die es zuließ.

Ich betrachtete Meisterin Lenta, die mit roten Wangen vor den anderen Lehrern stand und sich offenbar rechtfertigte. Rhona musste recht haben: Sie war schwach geworden und wollte Kinnon jetzt loswerden.

Ich sah zu Innes und Stacia hinüber, deren Augen verzückt an dem Inkubus hingen. Es mochte sein, dass er gut aussehend war, er war groß, hatte eine muskulöse und geschmeidige Figur und seine Stimme war wie Musik. Er war nur leider nicht sehr geistreich und verließ sich vollkommen auf sein charmantes Lächeln und seine elektrisierenden Berührungen.

Ich konnte ihm nichts abgewinnen. Die Sirene in mir war selbst eine Verführerin und sein Zauber wirkte bei mir

45

nicht. Rhona hatte für sich ein Amulett hergestellt, das sie vor magischem Charme schützte - auch vor meinem.

»Ist alles in Ordnung?«, fragte sie mich leise.

Ich nickte. Was hätte ich ihr auch sagen sollen?

Mein Blick glitt hinüber zu den Lehrern, unter denen auch Mistress war. Es war unmöglich, hinüber zu gehen und sie um ein kurzes Gespräch zu bitten. Alle anderen würden es bemerken.

Außerdem ... fehlten mir die Worte.

Rhona sah mich besorgt an, doch mein Mund war wie versiegelt. Vielleicht konnte ich später mit ihr sprechen, wenn sich die Gelegenheit ergab.

Mistress trat vor. »Die Zeit eurer Abreise ist gekommen. Geht mit unseren besten Wünschen. Wir wissen, dass ihr unseren Erwartungen gerecht werdet. Bedenkt, wenn Mitleid euer Herz erweichen will, dass Viola dem Orden etwas gestohlen hat, mit dem sie uns großen Schaden zufügen kann. Erwartet von ihr kein Erbarmen, wenn ihr sie trefft. Setzt sie fest und ruft nach Vipera. Geht kein unnötiges Risiko ein.« Sie nickte der Frau zu, die neben Leonda stand.

Vipera, die Anführerin der Ordenswache.

Sie war ein paar Jahre älter als wir und ihre magische Begabung legendär. Sie war eine halbe Banshee, eine Todesfee, und verbarg ihr blutrotes Auge unter ihrem weißen Haar. Das andere war ebenso golden wie meine. Ich bewunderte Vipera noch mehr als ihre rechte Hand Leonda. Jeder im Orden wollte so sein wie sie.

Neben den beiden Frauen stand auch Blaine, der das Trio komplettierte. Er war eine beeindruckende Erscheinung von zwei Metern, mit einer Glatze und einem Symbol auf der Stirn, das ich noch nie in einem Lehrbuch gesehen hatte. Das Symbol des Ordens war es jedenfalls nicht.

Es hieß, er und Leonda seien ein Paar, doch dafür gab es keine Beweise.

»Vipera begleitet euch zum Portal. Folgt den Wächtern.« Die Lehrer blieben stehen, mehr Worte waren von ihnen nicht zu erwarten. Sie warteten nicht einmal, bis wir den Saal verlassen hatten, sondern gingen als erste.

Vipera winkte uns heran, dann wandte sie sich um und lief los. Wir mussten uns beeilen, um mit ihnen Schritt zu halten. Lynx und Shark waren schneller, sodass wir die Nachhut bildeten. Das war mir recht.

Stacia blieb mit kreidebleichem Gesicht stehen und schlug die Hand vor den Mund. »Ich habe meinen Mantel vergessen. Ohne ihn kann ich nicht gehen«, stammelte sie.

»Ich meinen auch«, keuchte Innes.

»Aber ...«, sagte Rhona, doch da wichen sie schon zurück.

»Wir kommen gleich zum Bergfried!« Sie machten auf dem Absatz kehrt, rannten um eine Ecke und waren verschwunden.

Rhona und ich gingen schweigend weiter, ich brachte es nicht über mich, ihnen nachzurufen. Das würde nur Ärger geben.

»Sie werden merken, dass wir nur zu zweit sind«, flüsterte Rhona.

»Lass uns hoffen, dass sie schnell genug sind«, flüsterte ich zurück. Da drehte sich Vulpix aus Lynx' Gruppe um und machte große Augen. Ich sah, wie sie ihre Anführerin anstupste, sodass sie sich umdrehte. Ihr Gesicht verzog sich zu einem höhnischen Grinsen.

»Haben deine Mitstreiter schon jetzt das Vertrauen in dich verloren und suchen das Weite?«

Ich nagte an meiner Unterlippe. »Sie haben etwas vergessen. Mach dir keine Sorgen um uns.« Allerdings machte ich mir Sorgen. Ich hoffte nur, dass die beiden nicht ihr Pflichtgefühl vergaßen.

Lynx schnaubte nur und schaute wieder nach vorn. Ich sah sie mit Atra tuscheln.

»Sie kommen zurück«, sagte Rhona leise. »Ganz sicher.«

Ich hoffte es. Zu zweit wäre die Aufgabe noch schwerer zu erfüllen und ich wusste nicht, ob sie uns in diesem Fall überhaupt gehen ließen.

Vielleicht wäre es so am besten, aber die Demütigung wollte ich mir ersparen. Und Rhona auch, die es schwer genug hatte.

Die Ordenswache ging schnell voran, Vipera verlor keine Zeit.

Rhona und ich tauschten einen unruhigen Blick. Es war ausgeschlossen, dass Stacia und Innes den Bergfried vor uns erreichten. Nicht einmal wenn Innes flog, konnte sie uns einholen.

Wir betraten den Korridor, von dem aus die Treppe zum Bergfried abging. Lynx stieß ein hämisches Gekicher aus, der Gang war leer.

Obwohl ich damit gerechnet hatte, verwandelte sich mein Magen in einen Eisklumpen. Meine Hände waren kalt und feucht, ich versteckte sie unter meinem Mantel.

Wo waren sie? Auf dem Weg? Versteckten sie sich? Ließen sie Rhona und mich im Stich?

Ich musste Vipera rufen, mir blieb keine Wahl. Meine Stimme zitterte dabei, obwohl ich versuchte, es zu unterdrücken.

In diesem Moment hasste ich die beiden. Sollten sie doch wegbleiben!

»Meine Begleiter mussten etwas Wichtiges holen. Sie kommen gleich. Bitte entschuldige.«

Viperas Gesichtsausdruck war nicht zu deuten, als sie Blaine befahl, an der Treppe auf Innes und Stacia zu warten.

»Zwei Mädchen mit Kapuzenumhängen, du kannst sie nicht verfehlen. Wir gehen weiter.« Sie winkte und wir setzten uns in Bewegung.

Auf der Treppe warf Lynx mir ein gehässiges Grinsen zu. Sie meinte zu wissen, wie die Sache ausging.

Ich hätte sie anspringen können, mied aber ihren Blick. Ich wollte ihr nicht zeigen, wie mies es mir ging.

Was machte Vipera mit uns, wenn die beiden ausblieben? Was machte Mistress mit ihnen, wenn sie sie in die Finger bekam?

»Sie kommen gleich. Sie würden es nicht wagen, wegzubleiben.« Rhona lächelte zaghaft, doch ich schaffte es kaum, es zu erwidern. Sie wollte mir nur helfen, doch mir war nach Weinen zumute.

Wir stiegen die steile Treppe hinauf und erreichten die Turmkammer. Es war kalt und zugig hier oben. Ich bemerkte, dass Vipera einen komplizierten Zauber wirkte, um die schwere Tür zu entriegeln. Mistress war vorsichtig, sonst hätte Viola dieses Portal genommen.

»Ihr geht zuletzt«, sagte Vipera zu mir. »Dann haben die Nachzügler eine letzte Chance.«

Sie ließ mitschwingen, dass sie verärgert war. Ich verstand das, aber was sollte ich tun?

»Sie sind hier«, sagte Leonda und deutete auf Blaine, der soeben das Turmzimmer betrat. Neben ihm standen Innes und Stacia, die Kapuzen tief ins Gesicht gezogen. Warum? Um ihre Angst zu verbergen? Ihr schlechtes Gewissen zu überspielen? Das schlechte Gefühl in meiner Magengegend wurde immer schlimmer, je länger wir hier standen und warteten.

Es war zu spät. Es gab keine Möglichkeit mehr, sich dieser Sache zu entziehen.

Ich drehte mich zu Vipera um und spürte, wie die beiden aufschlossen. Ich musste später herausfinden, wo sie gewesen waren.

Vipera deutete auf drei große Taschen, die vor ihr auf dem Boden standen.

»Hier sind Hilfsmittel für die andere Dimension. Lehrbücher und Zahlungsmittel, die es euch erleichtern, euch dort zurechtzufinden. Ich werde euch an verschiedene Stellen bringen, damit ihr eine möglichst große Fläche abdeckt. In den Taschen ist auch je ein Kristallamulett, das ihr ständig tragen werdet. Wenn ihr die anderen Gruppen sucht oder Hilfe benötigt, könnt ihr sie über das Amulett aufspüren. Den Rest könnt ihr euch später ansehen.«

Ich hob die Tasche auf und schlang den Gurt um meinen Leib. Vipera winkte Lynx und ihre Gruppe zu sich.

Aus dem Augenwinkel nahm ich eine Bewegung wahr und zuckte zurück, als ich Shark erkannte.

Er beugte sich zu mir herunter. Seine goldenen Augen bohrten sich in meine, er überragte mich um mehr als eine Haupteslänge.

»Ich denke, wir können es einrichten, uns trotzdem zu sehen. Was meinst du?«, raunte er in mein Ohr. Gänsehaut überzog meinen Körper, als er mir sein Raubfischlächeln zuwarf, dem er seinen Spitznamen verdankte. Das Atmen fiel mir schwer und um ein Haar wäre ich gerannt.

Jemand packte mich und zog mich beiseite - Rhona.

»Ich denke, das lassen wir lieber.«

Er sah sie herablassend an. »Wie gut, dass nicht du das entscheidest, Menschenmädchen.«

»Du auch nicht, Fischjunge.« Wenn sie wütend war, wurde Rhona schlagfertig, obwohl die Beleidigung unbeabsichtigt auch in meine Richtung ging. Ich lächelte dennoch. Shark lachte und schlenderte zu seiner Truppe.

Sie beobachteten uns. Ich hasste sie alle.

Vipera hob die rechte Hand und deutete Lynx, durch das Portal zu gehen, das sie soeben mit einem Schlüssel geöffnet hatte. Es wäre mir wegen Shark beinahe entgangen.

Ich schüttelte den Kopf. Ich musste mich konzentrieren, verdammt. Noch mehr Patzer durfte ich mir nicht erlauben.

Lynx straffte sich und ging erhobenen Hauptes hindurch. Die anderen drei folgten ihr, obwohl Vulpix, das Fuchsblut, einen panikerfüllten Blick zurückwarf. Offenbar wäre sie am liebsten getürmt und ich konnte es verstehen. Mir ging es ja nicht besser.

Wie in buntes Wasser tauchten Lynx und die anderen in das schillernde Chaos ein und verschwanden darin. Das Innere des Portals wirbelte in roten und schwarzen Strudeln, verwischte, waberte und mischte sich, dann wurde es wieder klar und hellblau, als sei nichts geschehen.

Vipera rief mich zu sich, meine drei Begleiterinnen schlossen zu mir auf – Innes und Stacia erst, als Blaine ihnen einen Schubs gab, den jeder bemerken musste. Meine Hoffnung sank mit jeder Minute.

Am Tor warf ich noch einen letzten Blick zurück und sah, wie Shark mir eine Kusshand zuwarf.

Schnell wandte ich mich wieder um und konzentrierte mich auf das leuchtende Portal.

»Ach du Donner, was ist das denn?«, hörte ich jemanden hinter mir sagen. Ich konnte die Stimme nicht zuordnen, doch das Summen, das aus dem Portal kam, übertönte vieles. Es verzerrte und veränderte, vielleicht auch Stimmen.

»Geht hindurch,« befahl Vipera. Rhona und ich gingen gehorsam zur Schwelle.

»He, so haben wir aber nicht gewettet!«, protestierte die Stimme noch einmal und ich hörte Geräusche, als ob es ein kleines Handgemenge gäbe.

Ich sah mich um.

»Jetzt!«, ertönte Viperas Stimme ungeduldig. »Sofort!«

Stress breitete sich in mir aus und ich drehte mich wieder nach vorn. Was war da los?

Ich hatte keine Zeit, mich darum zu kümmern. Ich musste jetzt gehen, bevor die Wachen Gewalt anwandten. Fragen konnte ich hierher immer noch.

Noch einmal gab es ein Schleifen und einen kurzen Schmerzensschrei. Ich musste mich beeilen, wenn ich nicht die Nächste sein wollte, die etwas abbekam.

Als ich mich beim Durchschreiten des Portals umwandte, sah ich, dass neben Rhona zwei Frauen das Portal passierten, die nicht Innes und Stacia waren.

Erschrocken riss ich die Augen auf, als ich sie erkannte. Das durfte doch nicht wahr sein!

Nicht sie!

Bei allen Geistern, Göttern und schicksalsgebenden Mächten, bitte nicht sie!

Ich wollte einen Satz zurück machen, doch es war zu spät: Ich hatte bereits den Boden unter den Füßen verloren und wurde von den Wirbeln des Portals erfasst und mitgerissen. Lichtblitze schlossen sich um mich und ich fiel.

Ich hörte Rhona schreien, da verlor ich das Bewusstsein und versank in der Finsternis.

KAPITEL 3

Lupa? Lupa, wach auf!«

Rhonas Stimme klang weit weg.

Ich blinzelte stöhnend. War schon wieder Morgen? Ich fühlte mich schwer, meine Glieder waren kalt und steif.

Ich wollte noch nicht aufstehen. Ich brauchte mehr Schlaf. Jemand rüttelte mich an der Schulter.

»Lupa, bitte, wach auf.«

Also war es doch schon wieder Morgen und ich musste zum Unterricht. Seufzend öffnete ich die Augen und sah über mir den Himmel. Die Farbe des Sonnenlichts wies auf den Vormittag hin.

Was?

Warum war ich draußen? Hatte ich die Vollmondjagd eskalieren lassen und war draußen eingeschlafen? Aber Vollmond war doch schon zwei Wochen her. Ich sah mich um, mein Schädel dröhnte. Rhona saß neben mir auf dem Boden. Sie sah unglücklich aus und hielt eine Tasche in den Händen.

Ich erkannte die Tasche. Jetzt kam alles zurück.

Ich stöhnte. Es war kein Traum gewesen, wie ich es kurz gehofft hatte.

Ich war in der zweiten Dimension. Mit Rhona, um Viola zu suchen und zurückzuholen. Ich hatte so gehofft, dass das nur ein böser Traum war. Da fiel mir etwas ein.

»Wo sind Innes und Stacia?« Ich setzte mich auf und rieb mir den Kopf.

Rhona schnaubte. »Das wüsste ich auch gern. *Die* beiden sind jedenfalls nicht mit uns hierhergekommen.«

»Aber wer ...«

Hinter Rhona kamen zwei Frauen heran. Ich erkannte sie und schloss stöhnend die Augen. »Bei allen Göttern, das darf doch nicht wahr sein!«

»Hallo Lupa!« Die fröhliche Stimme jagte mir kalte Schauder über den Rücken. Ich öffnete die Augen.

»Wie ist das passiert?« Ich blinzelte, als könne ich so die beiden vertreiben.

Sie blieben.

Unglücklicherweise waren sie sehr real.

»Das erzählen sie dir besser selbst«, sagte Rhona, also wandte ich ihnen meine volle Aufmerksamkeit zu.

Mir kam die Galle hoch.

Vor mir standen Carnie und Nairne, die schlimmsten Chaotinnen des gesamten Ordens. Die beiden sahen nicht annähernd so zerknirscht aus, wie sie es sein müssten.

»Das ist eine komische Geschichte, wenn man es genau nimmt.« Carnie strahlte mich aus ihren großen hellblauen Augen an. Ich spürte erneut den Schauder. Carnie war zum Teil ein Sukkubus und machte ihrem Blut alle Ehre. Sie war beinahe krankhaft hinter allen Männern her und dabei nicht allzu intelligent. Soweit ich es beurteilen konnte, ließ sie ihren Instinkten einfach freien Lauf und versuchte nicht einmal, sich in den Griff zu bekommen. Wenn das jeder im Orden so machen würde, versänken wir im Chaos.

Ich kämpfte jeden Tag gegen die beiden Naturen, die in mir stritten. Das war nicht leicht, aber machbar.

Nairne hingegen war auf andere Art schrecklich. Sie hatte Berserkerblut in sich, das sie stark und jähzornig machte. Gab es irgendwo eine Schlägerei, konnte man davon ausgehen, dass sie beteiligt war.

Die beiden waren die schlimmsten, mit denen wir hier hätten landen können.

Unsere Mission war gescheitert, ohne dass sie begonnen hatte.

Wütend ballte ich die Fäuste. Lynx und Shark würden alles dafür tun, um mich diese Demütigung spüren zu lassen. Mistress und die anderen Lehrer würden mich als Versagerin abstempeln. Ich wurde zum Gespött des ganzen Ordens.

Ich funkelte die beiden an, es war mir egal, ob Nairne mich angriff, wenn ich sie provozierte. Der Wolf würde sich zur Wehr setzen.

»Ich lache überhaupt nicht. Was habt ihr hier zu suchen?«

Nairne räusperte sich. Sie verdankte es einem Hauch Nymphenblut, dass sie nicht auch noch aussah wie ein Berserker.

»Wir hörten Innes und Stacia auf dem Flur reden. Sie waren ziemlich aufgeregt. Stacia sagte, dass sie nicht mitgehen will, das Ganze wäre zu groß für sie. Zu gefährlich.«

»Da haben wir uns gesagt: ›Groß und gefährlich, das klingt nach uns‹«, ergänzte Carnie.

»Sie sagten etwas vom Bergfried. Wir haben mitbekommen, dass jemand losziehen und den Dieb suchen soll, aber dass die beiden es sein sollten, tja, damit haben wir nicht gerechnet. Wir dachten, es ginge um eine geheime Feier.« Nairne zuckte mit den Schultern.

»In den letzten Tagen gab es immer wieder Hinweise auf eine und wir dachten, die beiden wären eingeladen. Also haben wir sie in eine Abstellkammer gesperrt, unsere Kapuzen übergezogen und sind zum Bergfried gelaufen. Und da stand auf einmal dieser Blaine vor uns und hat uns am Schlafittchen gepackt. Ich war ganz schön erschrocken, aber er hat nicht mit sich reden lassen.« Carnie zuckte mit den Schultern. »Und plötzlich standen wir im Turmzimmer und wurden durch dieses Portal geschubst.«

Ich starrte sie an und konnte einfach nicht glauben, was ich da hörte.

Wie konnte jemand nur so dumm sein? So ignorant? Verantwortungslos?

Mir schossen Tränen in die Augen, die ich nur mühsam niederkämpfte.

»Wie konntet ihr das nur tun?«, fuhr Rhona die beiden an. »Wir haben einen wichtigen Auftrag erhalten und euch hat Mistress nicht ausgesucht!«

»Mach mal halblang, Menschenkind«, schnauzte Nairne. »Deine Meinung interessiert nicht.«

»Lass sie in Ruhe!«, ging ich dazwischen. »Gerade ihr seht auf Rhona herab? Nach dem, was ihr euch hier geleistet habt?«

»Ich lasse mir von einem Menschen nichts sagen«, zischte Carnie und warf Rhona einen verächtlichen Blick zu.

»Du bist noch dümmer, als ich dachte!« Ich atmete tief ein und drehte mich zu Rhona um. »Was sollen wir denn jetzt machen? Ich kann doch nicht einfach zurückgehen. Sie lassen uns bestimmt nicht wieder losziehen.« Ich legte die Stirn auf meine Knie und rieb mir die Schläfen. Mein Kopf fühlte sich an, wie in einem Schraubstock. »Das ist eine verdammte Katastrophe.«

»Was, denkst du, machen sie mit uns?«, fragte Carnie zögerlich. Mein Kopf ruckte hoch.

»Das ist mir ehrlich gesagt scheißegal. Von mir aus können sie euch rausschmeißen, damit ihr nie wieder solchen Mist macht!« Ich sah in zwei betroffene Gesichter.

Sie tauschten einen Blick und zum ersten Mal, seit ich die beiden kannte, wirkten sie ängstlich. Nicht einmal sie wollten ohne den Schutz des Ordens sein, obwohl sie beinahe jede Regel brachen.

»Welchen Auftrag hast du bekommen, Lupa?«, fragte Nairne. Sie schnaubte. »Habt *ihr* bekommen, du und Rhona?« Carnie schnitt eine Grimasse, doch ihre Freundin zog die Augenbraue hoch und schüttelte den Kopf. Sie hatte beschlossen, es friedlich zu versuchen. Rhona entsprechend mit einzubeziehen war ein guter Anfang.

»Das ist geheim.« Ich wandte den Blick ab. »In der Tasche müsste das Amulett sein, mit dem wir Vipera rufen können.«

»Warte doch mal«, sagte Nairne schnell. »Vielleicht können wir ja für Innes und Stacia einspringen.«

»Nein, könnt ihr nicht! Euretwegen mache ich mich zum Gespött des gesamten Ordens.« Wieder schossen mir Tränen in die Augen, die ich trotzig wegblinzelte. Was für ein Riesenhaufen Mist.

Rhona hockte sich vor mich und tätschelte mein Knie. »Hey«, sagte sie leise. »Sonst versuchen wir es zu zweit. Wir schaffen das. Lass uns Carnie und Nairne zurückschicken und ...«

»Nein!«, entfuhr es Carnie, bei der anscheinend der Groschen gefallen war. Hatte ja auch lange genug gedauert.

»Lupa, es tut uns wirklich leid«, versuchte Nairne es noch einmal. »Wenn wir gewusst hätten, worum es geht, hätten wir das nie gemacht.«

»Allein der Gedanke war dumm. Selbst wenn es keine wichtige Sache gewesen wäre.« Ich sah Rhona an. »Sie haben sicher schon bemerkt, dass Innes und Stacia noch da sind. Wahrscheinlich werden sie uns ohnehin suchen und zurückholen.«

»Aber wenn du ihnen sagst, dass du mit uns weitermachen willst ...«, sagte Nairne langsam.

»Warum sollte ich das tun?«, fuhr ich sie an.

»Weil wir hier sind und Innes und Stacia nicht. Die beiden waren sowieso unglücklich mit ihrem Auftrag. Sie haben überlegt, zu kneifen. Wie hilfreich sind solche Begleiter? Wir könnten helfen.«

»Wir sind zumindest keine Schisser«, sagte Carnie und lächelte mich strahlend an. Netter Versuch, doch ihr Sukkubus-Charme wirkte bei mir nicht.

»Nein, dafür seid ihr unzuverlässig und verantwortungslos.«

»Auch wir können anders«, sagte Nairne gepresst, anscheinend hatte ich sie mit meinem Einwand getroffen. »Wir beweisen es dir. Und es ist deine einzige Möglichkeit, deine Aufgabe zu erfüllen.«

Ich dachte darüber nach und sah Rhona an. Sie wog die Möglichkeiten gegeneinander ab, keine war gut. Keine gefiel mir, aber ich sah ein, dass Nairne recht hatte.

Ich seufzte. »Gut, wir versuchen es zusammen. Ich werde Vipera nicht holen. Das heißt aber nicht, dass sie nicht eingreift, sobald sie den Fehler bemerken.«

Nairne atmete auf. »Danke. Das könnte ein bisschen dauern, wir haben die beiden gut weggesperrt.« Ich funkelte sie an und sie mied meinen Blick. »Schon verstanden. Lassen wir das. Jetzt wäre es gut, wenn du uns einweihst.«

Es war mir nicht recht, aber da ich mich jetzt für diesen Weg entschieden hatte, war das am vernünftigsten. Ich deutete auf den Boden neben mir und sie setzten sich. Jetzt ragten sie wenigstens nicht mehr über mir auf. Ich betrachtete meine beiden neuen Begleiterinnen. Carnies rotes Haar schimmerte im Sonnenlicht und sie sah mich an, als könne sie sich nichts Schöneres vorstellen. Sie legte den Kopf schief und krauste die kleine Nase mit der Handvoll Sommersprossen. Ich glaubte ihr den Eifer kein Bisschen, sie wollte mich nur einwickeln. Nairne saß neben ihr, sie war recht groß und athletisch, ich wusste, dass ihre Muskeln stark waren und sie es mit Gegnern aufnahm, die viel größer waren als sie. Ihr Gesicht war überraschend zart - das verdankte sie dem Nymphenblut - mit grünen Augen und einem vollen Mund, aus dem so oft Beschimpfungen kamen. Ihr weißblondes Haar fiel in einem festen Zopf über ihren Rücken.

»Wir wurden geschickt, um Viola zurückzuholen. Sie ist die Diebin, von der in der Versammlung gestern Morgen die Rede war.« Ich blickte in zwei ratlose Gesichter. »Das darf doch nicht wahr sein!«

»Ich habe nicht zugehört«, sagte Carnie lächelnd.

Ich musste mich ablenken, sonst platzte ich. Ich öffnete die Tasche, die wir von Vipera bekommen hatten. Wütend warf ich die Lasche zurück und wühlte darin herum. »Also… vier Bücher, das Amulett… oh, was ist das?« Ich zog ein schwarzes Lederetui hervor, klappte es auf und sah zwei kleine Teilchen, die mir bekannt vorkamen.

Rhona hob ein Blatt Pergament auf. »Die Inventarliste: Bücher über diese Dimension, Geld, einen Straßenatlas. Du hast die Kreditkarten.« Sie drehte das Blatt um und zeigte mir die Liste. »Wir können sie unbegrenzt einsetzen, das Depot ist verzaubert.«

Ich betrachtete die blaue Karte. »Wenigstens haben wir keine Geldsorgen.«

»Dann könnten wir uns auch eine schöne Zeit machen, oder?« Carnie zwirbelte eine Haarsträhne und sah mich provokant aus ihren riesigen blauen Augen an.

Ich verzog den Mund. Meiner Meinung nach war sie nur vulgär und aufdringlich. Mit ihr hier festzusitzen passte mir überhaupt nicht.

Ich zwang mich zur Ruhe und streckte die freie Hand nach der Liste aus, die Rhona mir reichte.

»Mach dir keine Sorgen, wir bekommen das hin«, sagte sie leise.

»Wir suchen nach Viola, weil sie den Orden bestohlen hat«, sagte ich. Nairne und Carnie sahen mich verblüfft an. Ich konnte einfach nicht glauben, wie gleichgültig sie durchs Leben gingen. Ich umriss kurz, was sich zugetragen hatte und wie unser Auftrag lautete.

»Scheiße«, machte Nairne, als ich fertig war und rieb sich die Stirn. »Damit hatte ich nicht gerechnet, als ich diese beiden Heulsusen eingesperrt habe.«

Das ließ meine Wut zurückkommen. So viel dazu, das Thema ruhen zu lassen. Die beiden waren und blieben einfach dumm und nutzlos.

»Ich kann einfach nicht glauben, wie gedankenlos ihr seid. Ihr bestätigt jedes dumme Gerücht, das ich je über euch gehört habe, und das in weniger als einer halben Stunde.«

»Pass auf, das müssen wir uns nicht gefallen lassen«, zischte Nairne mit verändertem Gesicht und erinnerte mich daran, warum ich um sie stets einen großen Bogen machte: Ihr Berserkerblut war nicht so stark, um sie zu einer rasenden Bedrohung zu machen, aber es war genug, um Rhona und mir wehzutun. Nairnes Jähzorn war legendär. Sie sprang auf und ballte die Hände zu Fäusten.

Erst jetzt bemerkte ich, dass ich ebenfalls stand und in Angriffshaltung gegangen war. Meine Instinkte waren manchmal schneller als mein Verstand.

Frustriert holte ich Luft. Sie zu provozieren brachte mich auch nicht weiter. Ich hob die Hände und trat zurück. »Schön, es tut mir leid. Trotzdem müsst ihr zugeben, dass das nicht eure Glanzleistung war.«

Das Funkeln in Nairnes Augen verschwand und jetzt erst nahm ich wahr, dass Carnie an sie herangetreten war und ihr die Hand auf den Arm gelegt hatte.

»Du hast recht, aber da es so ist, müssen wir wohl das Beste draus machen. Ich habe das dumpfe Gefühl, dass du dir nicht einfach eine gute Zeit machen willst, bis Lynx oder Shark Viola gefunden haben, oder sehe ich das falsch?«, fragte Carnie. Ich schüttelte den Kopf und sie seufzte. »Dachte ich es mir doch.«

»Könntet ihr es über euch bringen, uns wirklich zu helfen und nicht zu sabotieren?«, fragte Rhona mit schmalen Augen. Carnie zuckte mit den Schultern.

»Ich kann mich nicht erinnern, dass der Orden jemals viel für uns getan hätte, weswegen wir uns in Gefahr begeben sollten. Aber gut, ihr seid deutlich fahnentreuer als wir und macht einfach, was man euch sagt. Eine Hand wäscht die andere. Ihr schickt uns nicht zurück und wir helfen euch, die ach so wunderbare Viola zu fangen.« Sie wechselte einen Blick mit Nairne.

»Der Orden hat uns aufgenommen, um unsere Kräfte zu stärken. Er verhindert, dass wir andere verletzen und bietet uns ein Zuhause. Deswegen schulden wir ihm Treue und den Auftrag zu erfüllen ist das Mindeste, was wir tun können«, hielt Rhona dagegen. Carnie schnaubte.

»Du hast kein magisches Blut. Wie könntest du jemanden verletzen?«

Ich hätte nie vermutet, Carnie und Nairne, die beiden Außenseiterinnen, könnten auf jemanden herabsehen. Offenbar hatte ich mich geirrt. Sie waren genauso dumm wie die anderen. Es fiel mir immer schwerer, den Wolf in Schach zu halten.

»Ohne besondere Fähigkeiten wird man im Orden nicht aufgenommen. Und Rhonas sind nützlicher als eure, es sei denn, wir müssten uns körperlich verteidigen oder uns Geld dazu verdienen. Ihre Magie aber sollte funktionieren.« Ich biss mir auf die Lippe. Ich wäre lieber rein menschlich als mit Berserkerblut verflucht oder ein Sukkubus mit einem unstillbaren Appetit auf Männer.

Carnies Augen blitzten, doch sie ließ sich nicht aus der Ruhe bringen, im Gegensatz zu Nairne, deren Wangen sich schon wieder röteten.

»Das bringt so nichts«, schaltete sich Rhona ein. »Entweder kommen wir miteinander aus oder wir schicken euch doch zurück, damit ihr euch eure Strafe abholen könnt.« Die beiden wechselten einen schnellen Blick. Wenn sie Pech hatten, war Mistress diejenige, die die Strafe verhängte, die ihnen unweigerlich drohte. Unsere Lehrerin war nicht für ihre Nachsicht bekannt.

»Gut, lasst uns Viola suchen und das Beste draus machen. Wir stehen zu unserem Wort«, knurrte Nairne. »Du sollst sie also durch deinen Gesang anlocken, ja? Warum?«

»Wegen meines Sirenenbluts«, zwang ich mich zu sagen.

»Du bist eine Sirene? Ich dachte immer, du wärst ein Werwolf«, sagte Nairne stirnrunzelnd.

»Meine Mutter ist eine Sirene, mein Vater ein Wolfsmensch. Kein Werwolf.« Nairne stieß einen Pfiff aus.

»Und warum hängst du dann nicht mit Shark ab? Er ist doch auch ein ...« Carnie sah Nairne hilfesuchend an.

»Er ist eine Sirene«, verbesserte ich sie. »Genau wie Lynx. Deswegen führen sie die anderen Gruppen an. Und ich hasse beide.«

»Wie der ganze Orden weiß. Das interessiert ja auch niemanden«, sagte Nairne. Carnie zuckte mit den Schultern.

»Gut, dann bist du also eine Sirene. Und was ist daran so toll?«

Offensichtlich hatte Carnie den Unterricht so oft geschwänzt, dass sie sich gar nicht auskannte. Aber um auf Rhona wegen ihres Menschenbluts herabzusehen, reichte es trotzdem. Ich wandte den Blick ab, um nicht zu schreien.

Es brachte nichts, eine Konfrontation zu provozieren. Anscheinend musste ich mich mehr denn je in Geduld üben. Anders, das spürte ich, kam ich mit den beiden nicht zurecht.

»Die Stimmen von Sirenen sind magisch und locken Personen an. Wenn ich mich während des Singens auf sie konzentriere, wirkt die Magie stärker. Rhona wird versuchen, Viola aufzuspüren und mit meinem Gesang werde ich sie einfangen. Das ist zumindest der Plan, den Mistress ausgeheckt hat.«

»Wenn das der Plan ist, muss er gut sein. Immerhin hat *Mistress* ihn ersonnen.« Nairne warf Carnie einen Blick zu, der diese kichern ließ. »Okay, Streberin«, sagte sie dann in Rhonas Richtung. »Wo müssen wir nach ihr suchen?«

Rhonas Gesicht wurde blass. Sie wandte sich zu mir. »Das weiß ich erst, wenn ich einen Ortungszauber durchgeführt habe.«

»Schön, dann mach das.« Carnie verschränkte die Arme und zupfte an ihrem Halsausschnitt, der deutlich tiefer war, als das Ordensgewand es vorgab. Offenbar hatte sie selbst großzügig Stoff entfernt, um ihre Brüste besser zur Geltung zu bringen. »Könntest du das bei einem Happen zu Essen tun? Ich verhungere.«

»Genau, lasst uns ein bisschen die Gegend erkunden. Ich habe gehört, dass die zweite Dimension einiges zu bieten hat«, sagte Nairne und machte ein paar Schritte. Sie hielt inne, dann öffnete sie ihren Umhang und knüllte den Stoff zu einer Kugel zusammen. »Ich denke, hier müssen wir die Dinger nicht tragen.«

Im Gegensatz zu uns trug Nairne kein Kleid, sondern Hosen. Eindeutig die Kluft der männlichen Studenten.

Carnie warf mit einem zufriedenen Seufzen ihren Umhang ab und zeigte, dass sie nicht nur am Ausschnitt, sondern auch in der Länge großzügig auf Stoff verzichtet hatte. Ihre Oberschenkel waren kaum zur Hälfte bedeckt.

»Darauf wartest du schon ewig, oder?« Nairne schüttelte den Kopf. Carnie lachte.

»Lass uns das ganze doch von der positiven Seite sehen«, meinte sie und stemmte die Hände in die schmale Taille. »Freier als jetzt werden wir erst wieder, wenn wir es irgendwann raus aus dem Orden schaffen.«

Ich wollte dazu nichts mehr sagen und ging voraus, Rhona schloss zu mir auf.

»Wir stecken bis zum Hals in der Scheiße«, sagte ich leise. »Mit den beiden wird es unmöglich, Viola zu fangen. Wahrscheinlich können sie uns nicht einmal bei den einfachsten Bannen unterstützen. Was für ein Pech!«

Rhona machte ein bekümmertes Gesicht und nickte. »Ich weiß. Es tut mir leid.«

»Braucht es nicht. Den beiden tut es kein Bisschen leid.« Ich konzentrierte mich darauf, einen Weg zu finden. Nicht weit entfernt waren Häuser, genug, um als Stadt durchzugehen. Sie sahen denen aus dem Tal unterhalb des Schlosses ähnlich, bestanden aus Fachwerk. Sie schmiegten sich an einen Berghang, genau wie in unserer Heimat. Die gepflasterten Straßen waren sauber.

Ich sah Berge doch kein Meer, nicht einmal einen See. Wassergeister fanden wir hier nicht.

»Keine Großstadt, wie es aussieht«, sagte ich zu Rhona. Sie zuckte mit den Schultern.

»Unwahrscheinlich, dass Viola hier ist. Du wirst deine Großstadt bestimmt noch sehen.«

Weltenkunde war mein bestes Fach, ich fand die Berichte über die zweite Dimension interessanter als die Kunde über Myrica, unsere Heimatwelt. Myrica bot mir nicht viel, aber hier gab es so viele offene Türen. Das dachte ich mir zumindest. In Kürze würde ich erfahren, ob das stimmte.

Carnie und Nairne hatten recht damit, ihre Umhänge abzulegen. Die Menschen kleideten sich hier anders. Rhona und ich taten es ihnen jetzt gleich. Es fühlte sich seltsam an, doch das war Gewohnheitssache. Unsere blauen Kleider (und Nairnes Hosen) sahen dennoch uniform aus, wir brauchten neue, um nicht aufzufallen.

Die beiden Chaotinnen folgten uns, ich hörte sie sprechen. Rhona lächelte mich an. Sie hatte beschlossen, dass wir es hinbekamen. Ich wünschte, ich hätte ihre Zuversicht.

Wir erreichten die Stadt und sahen uns um.

Ich war enttäuscht. So groß war der Unterschied zu Städten in unserer Heimat nicht. Ich hatte mir mehr erhofft, bunte Lichter und flackernde Bilder. Doch hier war alles ruhig und idyllisch.

»Dort drüben ist eine Gaststätte«, sagte Rhona. »Wir sollten uns dort hinsetzen und etwas essen. Sicher fällt uns dabei ein, was wir als Nächstes machen.« Sie steuerte auf einen freien Tisch zu und wir setzten uns. Die anderen Gäste warfen uns milde interessierte Blicke zu.

Nairne griff nach der Karte, die auf dem Tisch lag. Stirnrunzelnd besah sie das Angebot und zuckte mit den Schultern.

»Ich weiß nicht, was an dieser Welt so besonders sein soll. Kleine Städte mit Gaststätten auf Marktplätzen, Springbrunnen, das ist doch keine Überraschung. Wenn man die Leute, die schon hier gewesen sind, so hört, könnte man meinen, es wäre ganz anders als bei uns. Aber bisher haut mich hier nichts um.«

»Umso besser, dann finden wir uns zurecht und haben mehr Zeit fürs Wesentliche.« Rhona nahm die Speisekarte und studierte sie. Eine Kellnerin erschien und nahm unsere Bestellung auf, sie schaute zwar neugierig, sagte aber nichts.

»Gut, dann sollten wir ein paar Dinge klären, denke ich.« Ich fischte ein Blatt Papier und einen Kohlestift aus meiner Tasche. Mir die nächsten Schritte zu notieren würde mich herunterbringen und mir ein besseres Gefühl geben.

»Erstens: Wir müssen herausfinden, wo wir sind. Zweitens: Wir finden heraus, wo Viola ist. Drittens, wir legen uns einen Plan zurecht, wie wir den Ort wechseln können. Ich weiß, dass hier keine Pferde dazu benutzt werden, sondern Automobile.«

»Großartig, aber kann eine von uns diese Maschine bedienen?«, fragte Carnie mit hochgezogenen Augenbrauen. »Ich kann nicht einmal reiten…«

»Zumindest kein Pferd«, warf Nairne feixend ein, worauf Carnie schmutzig lächelte.

»…und sicher kann ich kein Automobil bedienen.« Sie sah Rhona und mich auffordernd an, doch wir machten lange Gesichter. »Und ihr offenbar auch nicht.«

»Macht euch keine Gedanken«, sagte Nairne. »Das bekomme ich hin.«

Damit hätte ich niemals gerechnet. »Du? Wie kommst du darauf?«

Nairne spitzte die Lippen. »Das kann ich dir sagen: Mein Vater ist Werkzeugmacher und hat immer gern an Maschinen getüftelt. Das ist eine gute Therapie gegen das Berserkerblut. Ich war oft mit ihm in der Werkstatt, um ihm zuzusehen. Einmal hat er eine Dampfmaschine gebaut, die einen Wagen angetrieben hat. Gut, als etwas nicht funktionierte, ging sein Blut mit ihm durch und er hat das Ding abgefackelt, aber bis dahin durfte ich es ein paar Mal ausprobieren.« Sie grinste. »Ich fürchte, ich bin das Beste, was du hast, Lupa.«

Ich brauchte einen Moment, um diese Information zu verdauen. Ich hatte mich gedanklich darauf eingestellt, dass meine unfreiwilligen Begleiterinnen uns ein Klotz am Bein waren, den ich nach Möglichkeit ruhig stellen musste. Auf die Idee, dass sie helfen könnten, war ich nicht gekommen. Aber wenn Nairne die Wahrheit sagte, waren wir mobiler, als ich zu hoffen wagte.

»Das wäre großartig«, sagte ich langsam und fing ein triumphales Glitzern in Nairnes Augen auf. Allmählich hatte ich das Gefühl, zumindest sie ein wenig einschätzen zu können. Sie kämpfte genauso wie ich mit dem Raubtier. Wenn ich darauf Rücksicht nahm, könnte ich mit ihr auskommen.

»Wenn wir Viola finden, fangen wir sie mit deinem Gesang ein«, führte Rhona weiter aus.

»Wie soll das funktionieren? Stellt Lupa sich dann einfach auf die Straße und singt ein flottes Liedchen?«, fragte Carnie und sah mich abschätzig an. »Tut mir leid, aber ich kann mit diesem Sirenending nichts anfangen.«

»Sirenengesänge haben eine anziehende hypnotische Wirkung. Vor allem, wenn ich mich auf jemanden konzentriere. Meister Ahearn hat mich mit einem Zauber belegt, der meine Stimme verstärkt.« Ich zeigte ihr das Amulett, doch Carnie war mit den Gedanken woanders.

»Meister Ahearn ...«, hauchte sie.

Nairne schüttelte den Kopf. »Ich würde die Finger von dem Zentauren lassen.« Sie sah mich an. »Aber dann brauchen wir eine Gelegenheit für dich, deine Stimme auch zu nutzen.«

Ich beobachtete, wie die Kellnerin kam und Wasser und ihre Speisen brachte. Missmutig starrte ich auf den Eintopf, den ich mir ausgesucht hatte. Mittlerweile war mir der Appetit vergangen. »Am besten kann ich mich konzentrieren, wenn ich von Musik begleitet werde.« Ich sah meine Begleiterinnen an. Ich hatte keine von ihnen jemals musizieren hören. »Aber das wird wohl nichts.«

»Ich spiele ein wenig Mandoline«, sagte Rhona. »Wenn du willst, kann ich es versuchen.«

»Im Musikunterricht habe ich nicht aufgepasst«, gab Carnie zu. Dieses Problem schien sie zu verfolgen.

»Nein, denn meistens lagst du unter dem Lehrer.« Sie streckte Nairne die Zunge aus. Mein Blick glitt über ihr Gesicht. Die Natur hatte sie so geschaffen, dass sie für die meisten Männer unwiderstehlich war.

Innerlich schauderte ich.

»Wie ist das eigentlich für dich?«, wagte Rhona zu fragen. »Ist der Drang so groß?«

»Ja, ist er«, antwortete Carnie zu meiner Überraschung mit neutraler Stimme und nippte an ihrem Wasser. »Anfangs habe ich versucht, mich dagegen zu wehren, mit dem Ergebnis, dass es mir immer schlecht ging. Sie haben verschiedene Sachen an mir ausprobiert, aber nichts half. Da hab ich es einfach gemacht. War nicht mal schwierig, die meisten der Männer im Orden sind einfach nur notgeil. Und was soll ich dir sagen: Seitdem geht es mir deutlich besser und allen, die mit mir zu tun haben, ebenfalls. Ich finde, Kompensation ist deutlich besser als Unterdrückung.«

»Ich kann das bestätigen«, sagte Nairne. »Sie war unerträglich, als sie versucht hat, es zu unterdrücken.«

»Ich bin eben zum Teil Sukkubus, warum es also leugnen? Ich tue, was getan werden muss. Mal davon abgesehen, dass die Tränke, die ich sonst brauchte, um meine Lebensenergie zu erhalten, scheußlich schmeckten und Nebenwirkungen hatten. Sie haben alles versucht, nach den Tränken kamen Runen.« Sie hob den Saum ihres Kleides und zeigte uns die Innenseiten ihrer Schenkel, die voll tätowierter Runen waren. Die meisten hatte ich noch nie gesehen. Carnie zuckte mit den Schultern. »Die Runen waren genauso erfolglos wie die Tränke, also habe ich ihnen gesagt, dass ich sie nicht mehr will, und das Blut tun lassen, was es will. Ich finde, es gibt Schlimmeres. Eigentlich tue ich einen Dienst an der Allgemeinheit.«

Schweigen senkte sich über den Tisch, während ich über Carnies Worte nachdachte.

Gänsehaut bildete sich auf meinen Oberarmen. Ihre Eskapaden waren legendär und machten den Großteil ihres zweifelhaften Rufs aus. Ich wollte nicht in ihrer Haut stecken.

Erinnerungen an den schlimmsten Abend meines Lebens kamen zurück. Es waren Bilder, Gerüche, Geräuschfetzen, was mir nur einmal mehr zeigte, wie sehr ich versuchte, ihn zu verdrängen.

Nein, um nichts in der Welt wollte ich mit Carnie tauschen.

Rhona bemerkte es und legte ihre Hand auf meinen Arm. Außer ihr wusste nur eine weitere Person davon. Schlimm genug.

»Alles klar?«, fragte Nairne stirnrunzelnd. Ich winkte ab.

»Was ich sagen wollte«, setzte Carnie erneut an und warf einen bekümmerten Blick auf ihren Ausschnitt, den ein hässlicher Eintopffleck verunzierte. »Ich bin nicht die musikalischste, aber ein bisschen Rhythmusgefühl habe ich. Wenn ich ein wenig übe, kann ich die Mandoline in den Griff bekommen. Und Nairne hatte schon immer ein Händchen für Trommeln.«

»Zuschlagen ist mein Ding«, stimmte diese lakonisch zu.

Ich rang mir ein Lächeln ab. »Das klingt gut. Außerdem müssen wir uns nach einem fahrbaren Untersatz und Instrumenten umsehen. Mit etwas Glück bekommen beides in dieser Stadt.« Doch die anderen sahen noch nicht glücklich aus, wie ich stirnrunzelnd feststellte. »Was ist?«

»Ich finde es unwürdig, als Straßenmusikerin aufzutreten«, beschwerte sich Carnie. »Es ist meistens kalt und ungemütlich. Die Leute laufen einfach an einem vorbei, im schlimmsten Fall werfen sie einem Geld hin.

Das ist doch furchtbar. Könnten wir nicht wenigstens in Gaststätten spielen?«

Ich schloss die Augen und zählte bis zehn. Immer wenn ich dachte, wir könnten doch so etwas wie eine Gruppe sein, belehrten mich die Chaotinnen eines Besseren.

Ein langer und steiniger Weg lag vor mir.

KAPITEL 4

Wir beendeten unsere Mahlzeit und Rhona bezahlte mit der Kreditkarte. Es war nur ein kurzes Anhalten der Karte an ein kleines Gerät, dann ertönte ein Piepen und alles war geschehen.

»Vielleicht ist diese Technologie doch ein bisschen beeindruckend«, gab Nairne zu.

»Weißt du, ob es hier ein Musikgeschäft und einen Automobilhändler gibt?«, fragte ich die Bedienung. Ich verwendete Englisch, die Sprache, mit der man in dieser Welt beinahe überall zurechtkam. Deswegen wurde sie im Orden unterrichtet. Sie war viel einfacher als unsere Sprache und leicht zu lernen.

Tatsächlich befanden sich beide Händler im Ort. Die junge Frau beschrieb uns mit Händen und Füßen den Weg.

Als Erstes liefen wir zum Automobilhändler. Sein Gelände lag abseits des Zentrums auf einem unbebauten Grundstück. Ich erkannte die Fahrzeuge, so ähnlich sahen sie auch in den Lehrbüchern aus. Über dem Grundstück spannten sich Schnüre mit silber-blauen Fähnchen. Daran, so hatte uns die Kellnerin gesagt, erkannten wir, dass wir richtig waren.

Der Händler war ein untersetzter Mann mit schütterem Haar, das er mit Pomade eng an den Kopf gestrichen hatte.

Er grinste schief, als er uns kommen sah, zweifellos erwartete er ein leichtes Spiel. Auch davor hatte uns die Kellnerin gewarnt.

Neben mir murmelte Rhona einen Wahrheitszauber. Ich spürte einen Windhauch, als sie ihn aktivierte.

Jetzt konnte der Mann uns nicht mehr über den Tisch ziehen.

Er bemerkte schnell, dass etwas mit ihm nicht stimmte. Mehrfach setzte er an, unsere Fragen zu beantworten und brach jedes Mal ab, wenn er zugeben musste, dass der Wagen, den er uns zeigte, einen Unfall oder schadhafte Teile hatte. Entsetzen verzerrte sein Gesicht und wich schließlich Resignation. Er zeigte uns ein größeres Automobil, einen ›Bus‹, der genug Platz für unsere Sachen bot.

»Wenn ihr als Band auf Tour geht, ist der das Richtige.« Ich wusste nicht, was er meinte, aber der Bus sah gut aus und Rhona machte sich an die Preisverhandlung. Ihre Eltern waren Kaufleute in ihrer Heimatstadt und sie war mit dem Verhandeln aufgewachsen. Nairne und Carnie beobachteten sie schweigend und, wie ich mit Genugtuung feststellte, mit einer widerwilligen Bewunderung.

Bei dieser Mission war Rhonas menschliche Abstammung mehr wert als jedes noch so magische Blut.

Ich sah hinunter auf das Amulett von Meister Ahearn. Erneut stieg mir der Duft von Veilchen in die Nase und meine Eingeweide verkrampften sich.

Was war in jener Nacht geschehen?

Ich erinnerte mich nur an meinen Traum.

War es wirklich ein Traum?

Mein Mund wurde trocken und der Drang, mich zu bewegen, übermächtig.

»Ich bin gleich zurück«, sagte ich zu Carnie. »Bleibt hier bei Rhona.« Sie wollte protestieren, doch Nairne hielt sie auf. Ich drehte ihnen den Rücken zu und lief ziellos die Straße hinunter.

Ich fragte mich, wo Lynx und Shark gelandet waren. Speziell, wie Lynx vorging. Sie war klug - dafür hatte ich sie immer bewundert - und äußerst erfinderisch, wie es nur Katzen waren. Ihre Gerissenheit verschaffte ihr einen Vorteil, den ich nicht durch überstürzte Aktionen ausgleichen würde.

Ich atmete tief ein. Ich konnte ihr das Feld nicht einfach kampflos überlassen. Sie würde mich die Niederlage mein ganzes Leben lang spüren lassen. Für die Meister machte es vermutlich keinen Unterschied, wer Viola schnappte, aber ich könnte es nicht ertragen, gegen Lynx oder Shark zu unterliegen.

Meine Hände ballten sich zu Fäusten. Am wenigsten könnte ich es ertragen, gegen Shark zu verlieren.

Ungebetene Erinnerungen stiegen wieder hoch, die ich nur mit tiefen Atemzügen vertreiben konnte.

›Verdräng es!‹, sagte ich mir. Wieder und wieder, bis es klappte. Ich durfte ihm keine Macht über mich geben.

Was Viola anging ... Mir blieb nichts anderes übrig, als sie zu finden und zurückzubringen. Wenn es stimmte, was Mistress sagte, war sie gefährlich. Mir brach diese Erkenntnis das Herz, aber ich konnte nicht zulassen, dass jemand mein Zuhause gefährdete - das Einzige, das ich hatte.

Ich wollte es aus ihrem Mund hören, vor allem, warum sie das getan hatte. Doch dazu musste ich diejenige sein, die sie fasste. Es führte kein Weg daran vorbei.

›Erst der Bus, dann die Instrumente‹, sagte ich mir. ›Anschließend versuchen wir, sie zu finden.‹

Mein Kopf schmerzte, erst jetzt bemerkte ich, dass ich die Zähne die ganze Zeit zusammenpresste. Müde lockerte ich meinen Kiefer und streckte mich.

Ich könnte eine Mütze Schlaf gebrauchen, doch es sah nicht so aus, als käme ich in der nächsten Zeit zur Ruhe. Es blieb mir nichts anderes übrig, als die Dinge zu nehmen, wie sie kamen.

Als ich zurückkam, stieg Nairne gerade aus dem Bus. »Er hat mir alles erklärt, das sollte ich hinbekommen. Lenken, Gas geben, Bremsen, kein Problem. Die Dampfmaschine meines Vaters war komplizierter.«

Ich fing einen hilflosen Blick von Rhona auf, beschloss aber, dass das reichen musste. Wenn Nairne sich ihrer Sache sicher war, war das in Ordnung. Irgendwie kamen wir hier weg.

Rhona ließ sich die Dokumente aushändigen. Stirnrunzelnd betrachtete ich die kleine Karte in ihrer Hand. Der Name und ein Bild des Autoverkäufers waren darauf zu sehen. Was sollten wir damit?

»Eine Fahrerlaubnis. Sie ist Pflicht«, sagte Rhona. »Ich schreibe sie mit einem Blendezauber auf Nairne um.« Das dauerte nicht einmal zwei Minuten.

»Kannst du mir verraten, woher du solche Zauber kennst?«, fragte Carnie mit widerwilliger Bewunderung und wendete das Plastikstück in den Händen. »So was lernt man nicht im Unterricht.«

»Blendezauber schon«, gab Rhona mit unterdrücktem Stolz zurück. »Im dritten Jahr, wenn ich mich richtig erinnere, aber du hast recht: Oft benutzt haben wir ihn bisher nicht.«

»Rhonas Stärke ist ihr Gedächtnis«, warf ich ein. Carnie zog die roten Augenbrauen hoch und sah sie fragend an.

»Was ich lese oder höre, vergesse ich nicht mehr«, erklärte Rhona. Ihre Wangen röteten sich unter den Blicken der anderen. Dann lehnte Carnie sich auf ihrem Sitz zurück und schlug die Beine übereinander.

»Bei manchen Dingen ist es besser, wenn man sie vergisst.«

»Denkst du da an jemand bestimmten?«, fragte Nairne.

»Mehrere.« Sie lächelte. »Gut, das Thema Auto ist abgehakt. Lasst uns die Instrumente besorgen. Nach können wir uns um eine Unterkunft kümmern und um Rhonas Aufspürzauber.«

Ich holte Luft, um zu protestieren, unterließ es dann aber. Carnie hatte recht und die Reihenfolge war sinnvoll. Trotzdem ärgerte ich mich darüber, dass nicht ich diese Ansage gemacht hatte. Ich war die Anführerin, nicht sie.

Vorsichtig steuerte Nairne den Bus vom Grundstück des Autohändlers herunter und parkte ihn in der Nähe. Den Rest des Weges zum Musikgeschäft legten wir zu Fuß zurück, um noch mehr von der neuen Welt zu sehen.

Doch der erste Eindruck bestätigte sich: Kleine Läden und Gaststätten, die genauso gut aus unserer Heimat stammen könnten. Der erhoffte Aha-Effekt blieb aus. Mittlerweile wirkten auch die anderen enttäuscht.

»Viola ist nicht hier«, meinte Rhona überzeugt. »Wir werden noch andere Orte sehen.«

Wir erreichten das Musikgeschäft. Es war schummrig beleuchtet und dunkel eingerichtet.

Es fühlte sich beinahe an wie die wenig benutzten Teile des Schlosses, in denen alte Bücher und Artefakte aufbewahrt wurden. Als ich zum Orden kam, hatte ich, wie jedes Kind, mein neues Zuhause erkundet. Daran erinnerte ich mich jetzt. Es war wie ein surreales Stück Heimat. Abgesehen von den Waren, die verkauft wurden.

Staunend blieben wir vor Schaukästen stehen. Die Instrumente sagten mir nichts. Ich sah etwas, das vage an eine Mandoline erinnerte, doch ich hätte beim besten Willen nicht gewusst, wie sie zu spielen war.

Carnie betrachtete mit glänzenden Augen ein Bild an der Wand, auf dem die Menschen in schwarzes Leder gekleidet waren und grimmig dreinschauten. Die Frau in der Mitte trug ein Mieder mit tiefem Ausschnitt, ihre Augen waren dunkel geschminkt.

»Perfekt«, hauchte sie und strich ihr Haar zurück. »Schaut mal«, winkte sie uns heran. »Ich finde, das passt zu uns.«

Rhona rümpfte die Nase, doch mich sprach es an. Wenn wir nicht gerade im Wasser waren, trugen wir Sirenen viel Leder, es war robust und langlebig. Nie wäre ich auf die Idee gekommen es so zu schneidern. Der Ausschnitt müsste nicht so tief sein, doch mir gefiel die Aura, die von der Frau ausging. Sie wirkte geheimnisvoll, dabei kühl und gleichzeitig strahlte ihr Blick ein dunkles Feuer aus. Wenn ich es nicht besser gewusst hätte, hätte ich sie für eine der meinen gehalten.

»Lupa?«, fragte Rhona zaghaft.

»Ich find's gut«, meinte Nairne.

»Es erinnert mich an zuhause«, sagte ich. »Ich bin einverstanden.«

»Kann ich euch helfen?«, fragte der Mann hinter dem Verkaufstresen. Sein Gesicht zierten mehrere Schmuckstücke aus Metall, sein Hals und Handrücken waren großflächig tätowiert. Ich war verblüfft. Er sah aus wie Eòin, unser Meister für Zaubertränke und Amulette, ein Druide, dessen sichtbare Haut mit so vielen Runen verziert war, dass man ihre Farbe kaum noch erkennen konnte.

Es schien, als gäbe es doch mehr Verbindungen zwischen den Welten, als ich gedacht hatte. Dennoch bezweifelte ich, dass der Verkäufer ein magisches Wesen war.

Er betrachtete uns misstrauisch. Sein Blick glitt über unsere dunkelblauen Gewänder und unsere langen Haare, keine Erkenntnis zeichnete sich auf seiner Miene ab. Er erkannte uns nicht, aber wir brauchten dringend neue Kleidung. Ich hasste es, angestarrt zu werden. Der Wolf wurde unruhig. Ein schlechtes Zeichen.

»Wir suchen Instrumente und sind zu dir geschickt worden«, erwiderte Rhona.

»Hab ich«, nickte der Mann. »Wenn ihr Equipment für eine Rockband sucht.« Er machte eine Pause und schien auf eine Reaktion zu warten. Ratlos sahen wir einander an.

»Wir machen das, was die machen«, sagte Carnie und deutete mit dem Daumen auf das Bild an der Wand.

Der Mann hob zweifelnd seine metallverzierten Augenbrauen. »Ihr spielt Gothic Metal?«

Ich hatte keine Ahnung, was er meinte, aber ich beschloss, das zu ignorieren. »Wir wollen Musik machen. Gute Musik und suchen dafür Instrumente.«

Der Mann betrachtete uns einen Moment lang schweigend, dann zuckte er mit den Achseln. »Müsst ihr selbst wissen. Scheint aber so, als bräuchtet ihr alles.«

»Sieht nach einer Gelegenheit für dich aus, ein gutes Geschäft zu machen«, gab Nairne zurück. Sie sah zu Carnie hinüber, deren blaue Augen ihre Farbe gewechselt hatten und jetzt in einem intensiven Grün strahlten. Ich bemerkte es erst jetzt, als Nairne seufzte. »Das hatte ich befürchtet. Und gern schnell, wenn es geht.«

Die Mundwinkel des Mannes zuckten, als er hinter dem Tresen hervorkam. »Wer von euch singt? Du?«, fragte er mich. Ich nickte überrascht. Sah man mir mein Talent an? »Dann spielt ihr wohl E-Gitarre und Bass. Und du spielst sicher das Schlagzeug«, sagte er zu Nairne, die frech grinste.

»Klingt nach mir.« Er nickte knapp und winkte sie in den hinteren Teil des Ladens.

»Folgt mir.«

»Mit dem größten Vergnügen«, hauchte Carnie, deren Augen mit jeder Minute intensiver glühten.

»Wir sollten schnell machen«, sagte Nairne zu mir. »Ohne Witz, sonst werdet ihr alles zu sehen bekommen. Und wenn ich alles sage, meine ich *alles*.« Sie sah hinüber zu Rhona. »Ich fürchte, das steht sie nicht durch.«

»Ich kann auch darauf verzichten«, gab ich zurück und beeilte mich, dem Mann zu folgen.

Das Zeitfenster, in dem Carnie sich unter Kontrolle hatte, stellte sich als kürzer heraus als ich gedacht hatte.

Das Geschäft hatte ein Hinterzimmer, in das sie sich mit dem Mann, der ihrem Sukkubus-Charme nichts entgegenzusetzen hatte, zurückzog, als ihre Instinkte überhandnahmen. Bis dahin konnte er uns sagen, was wir brauchten, sodass wir die Instrumente, Kabel und Verstärker bereits beiseitegelegt hatten, als Carnie ihn am Arm packte und mit sich zerrte. Ihre Augen brannten wie grünes Feuer und sie strömte einen Duft aus, so schwer und süß, dass ich Kopfschmerzen bekam.

Nun hielten wir uns in dem Bereich mit der Kleidung auf, möglichst weit entfernt von der Tür, durch die die Geräusche dennoch kaum gedämpft in den Raum drangen.

»Sie bringt ihn doch nicht um, oder?«, fragte Rhona, nachdem es ein lautes Poltern gegeben hatte. Ihr Gesicht war blass und ich war froh, dass uns der Anblick erspart blieb. Die Geräusche waren auch mir beinahe zu viel.

Die Sirene in mir war ebenfalls eine Verführerin, doch sie war so tief unter meinen Ängsten vergraben, dass sie fast nie an die Oberfläche kam.

Nairne schüttelte den Kopf und zog eine lederne Jacke über. »Nein, aber es wird nicht mehr viel mit ihm anzufangen sein, wenn sie mit ihm fertig ist. Sie trinkt sich an seiner Lebensenergie satt, das haut die meisten für mehrere Stunden um. Guck nicht so schockiert, das ist eben so.«

»Das sagst du so einfach«, murmelte Rhona und zuckte bei einem weiteren lauten Geräusch zusammen. »Daran müssen wir uns erst einmal gewöhnen. Findest du das normal?«

Nairne zuckte mit den Schultern. »Es ist normal für Carnie und ehrlich, ihr hättet sie erleben sollen, als die Oberen sie mit ihrem ganzen Scheiß am Wickel hatten. *Das* war beängstigend. Ihre Augen haben so geglüht, dass ich dachte, sie könne damit Kerzen schmelzen. Und gerochen hat sie, bei allen Göttern, das hat jeden in ihrer

Nähe beinahe um den Verstand gebracht. Dagegen war das eben nichts.«

»Dich auch?«, fragte ich provokant. Auch darüber gab es reichlich Spekulationen im Orden.

Nairne lächelte gelassen. »Mich hat sie schon vor Jahren um den Finger gewickelt. Pass auf, dass sie es mit dir nicht auch macht. Geht schneller, als man denkt.« Ich wandte mich schnell ab, als sich meine Wangen röteten. Meine Angelegenheiten gingen Nairne nichts an. Auch über mich gab es Gerüchte, zu denen ich mich niemals äußerte.

»Meint ihr, wir haben alles?«, fragte Rhona in die eingetretene Stille hinein und betrachtete den Berg Kleidung und Musikequipment, den wir auf den Tresen gestapelt hatten. Ich zuckte mit den Schultern.

»Ich hoffe es zumindest.«

Die Tür zum Hinterzimmer ging auf und ich wandte mich Carnie zu, die noch ihre Kleidung richtete.

»Hast du von dem armen Kerl noch etwas übrig gelassen?«, fragte Nairne und warf die Lederjacke auf den Haufen.

»Nicht viel. Er wird ein bisschen brauchen, bis er sich erholt hat.« Carnies Augen hatten ihre ursprüngliche Farbe angenommen, dafür war sie jetzt von einer leuchtenden Aura umgeben, ein Effekt, der sich allerdings bereits abschwächte.

»Wie lange hält das ungefähr vor?«, wollte ich wissen. Carnie wiegte den Kopf.

»Ich vermute, zwei bis drei Tage. Menschliche Energie baut sich leider schneller wieder ab, als wenn es jemand mit magischem Blut ist. Aber so jemanden werde ich wohl erst einmal nicht treffen, es sei denn, Shark und seine Freunde laufen uns über den Weg.«

Carnie wartete auf meine Reaktion. Als diese ausblieb, suchte sie schulterzuckend einige Kleidungsstücke zusammen und packte sie zu den anderen Sachen. Dabei summte sie zufrieden vor sich hin.

Ich beobachtete sie und versuchte, mir vorzustellen, wie es war, in ihrer Haut zu stecken. Dem Drang einfach nachzugeben, wenn er kam.

Auf der einen Seite war es beeindruckend, dass sie es einfach tat, doch ich wollte es nicht. Bei Vollmond mit der Wilden Jagd zu rennen verlangte mir schon einiges ab, ich nahm meist Reißaus, bevor der ganz wilde Teil begann. Doch meine Stimme für das nutzen, wofür sie ihre Magie besaß, vermied ich konsequent: das Anlocken von Männern. Nein, es war besser, mich weiter in Disziplin zu üben.

»Lasst uns bezahlen«, meinte Rhona und warf einen unruhigen Blick in Richtung Hinterzimmer, aus dem kein Laut kam.

Carnie winkte ab. »Das kannst du vergessen, er ist vollkommen außer Gefecht. Kannst du nicht einfach einen Haufen Geld hier lassen? Keine Ahnung, was der Kram kostet, aber wir haben doch genug.«

Rhona durchsuchte die Tasche und zog ein Bündel Scheine hervor, die sie zweifelnd betrachtete. »Ich weiß es auch nicht, aber du hast recht. Wir können nicht auf ihn warten.« Sie zählte ein paar der größeren Scheine ab und legte sie in Carnies Hände. »Steck sie ihm zu, nicht, dass er bestohlen wird, falls jemand hereinkommt.« Der Sukkubus nickte und verschwand kurz im Hinterzimmer, dann machten wir uns daran, die Sachen zu verpacken, um sie zu transportieren.

»Ich frage mich die ganze Zeit, warum die Oberen uns losgeschickt haben«, sagte Carnie und stopfte Kleidung in eine Papiertasche. Ein Oberteil hatte sie sich schon übergezogen.

Ich warf ihr einen indignierten Blick zu. »Sie haben euch nicht losgeschickt.«

»Geschenkt. Aber auch Innes und Stacia sind nicht hochbegabt. Sie wären euch keine größere Hilfe als wir«, winkte sie ab. Nairne nickte.

»Da hat sie recht. Das frage ich mich auch, seitdem du es uns erklärt hast, Lupa. Wieso schicken sie Leute wie dich, Lynx und Shark und nicht solche wie Vipera?«

»Wegen meiner Stimme, das habe ich euch doch schon erklärt«, gab ich zurück. Was sollte die Fragerei? Meine Hände verkrampften sich an den Tragehenkeln meiner Taschen.

»Ja, das hast du, doch es gibt andere Studenten, die zwar keine Zauberstimme haben, aber mächtige Magier sind. Es gibt Orakel und Seher, es gibt Jäger und was weiß ich noch, aber sie haben dich ausgesucht. Dich, Lynx und Shark. Ich finde die Geschichte von der Sirenen-Gang ja ganz nett, aber wenn ich Mistress wäre, hätte ich Vipera und die Löwin losgeschickt.«

»Dieser Blaine ist mir unheimlich«, sagte Carnie. »Wie er uns gepackt und mit sich geschleift hat. Wortlos. Ich dachte, er bringt uns in einen Folterkeller. Und nein, das hätte mir *nicht* gefallen.«

»Es wird einen Grund geben, warum die Ordenswache nicht beauftragt wurde«, schaltete sich Rhona ein. »Aber egal, wie lange wir uns den Kopf zerbrechen, wir werden ihn nicht finden. Wir wissen nur, dass Viola etwas gestohlen hat, das der Orden zurückhaben will.

Wenn Lupa und die anderen mit ihren Stimmen die Besten sind, um sie zu fangen, sollten wir das akzeptieren. Würden sie uns nicht zutrauen, dass wir es schaffen, wären wir nicht hier.« Sie zog ein kleines Ledersäckchen und eine Pergamentrolle aus der Tasche. »Diesen Zauber soll Lupa in ihren Gesang weben. Wir werden ihn auch auswendig lernen, um sie zu unterstützen. Und jetzt suchen wir eine Unterkunft, damit wir gemeinsam den Ortungszauber durchführen können.« Sie verstaute die Utensilien wieder in der Tasche und marschierte aus dem Laden.

Ich folgte ihr auf dem Fuß. »Ich danke dir.«

Sie zuckte mit den Schultern. »Ich kann diese Fragerei nicht ertragen«, erwiderte sie verhalten. »*Wieso? Wieso? Wieso?* Das bringt doch niemandem etwas. Und selbst, wenn wir es wüssten, was hilft es uns? Wir sind hier, niemand sonst. Nicht Blaine, nicht Vipera, nicht die Löwin. Ich verstehe nicht, warum sie so viel fragen, wo sie sich doch gar nicht für die Mission interessieren. Wir geben unser Bestes und sind hoffentlich schneller als die arroganten Pinsel Lynx und Shark.«

Ich starrte auf meine Hände, die noch immer um die Papierhenkel verkrampft waren. Was würde ich nur ohne Rhona tun? Hinter mir hörte ich die Schritte der anderen beiden. Sie unterhielten sich leise – zu leise, um sie zu verstehen, aber ich konnte mir denken, worüber sie sprachen.

Nur wenige Meter von dem Musikgeschäft entfernt war eine Gaststätte, die Zimmer vermietete. Kurz entschlossen trat Rhona durch die Tür und kümmerte sich um zwei Zimmer. Nairne und Carnie holten derweil den Bus, um die Instrumente zu verladen.

Ich war dankbar für Rhonas Tatkraft. Ich bekam eine Ahnung, wie zerrissen sich meine Freundin zwischen ihrem menschlichen Zuhause, wo sie ein Außenseiter war, und dem Orden, wo es nicht anders war, fühlen musste. Jetzt konnte sie ihre Stärken ausspielen und wir machten, was wir am besten konnten: Uns gegenseitig den Rücken freihalten.

Wir verstauten die übrigen Einkäufe in unseren Zimmern und ließen uns auf unserem Doppelbett nieder. Rhona schüttete den gesamten Inhalt der Tasche auf das Laken und glich die Inventarliste ab: »Zwei Bücher mit Bannsprüchen. Ein magisches Amulett. Ein Lehrbuch über diese Welt. Eine Pergamentrolle mit dem Bannspruch, um Viola zu fangen. Kreditkarten. Bargeld. Ein magisches Notizbuch. Eine Auswahl an Kräutern, die es hier nicht gibt. Eine Grundausstattung Mineralien und Metalle zur Erschaffung von Amuletten. Alles da.«

Carnie zog die Beine unter sich und betrachtete die Utensilien. »Wenn ihr mich fragt, ist davon nichts nützlich. Die Banne müssen wir selbst heraussuchen und wissen nicht einmal, ob wir sie hinbekommen, ebenso bei den Amuletten.«

Ich warf ihr einen giftigen Blick zu. »Muss ich dich daran erinnern, dass du nicht als Teil dieser Mission vorgesehen warst? Uns werden die Sachen durchaus helfen, weißt du? Und sicher haben sie uns nichts an die Hand gegeben, das unsere Kompetenzen weit übersteigt. Sie dachten schließlich, sie wüssten, wen sie aussenden.«

»Ist ja gut«, wehrte Carnie ab und biss auf eine ihrer Haarsträhnen.

Rhona öffnete das Buch über die Erdwelt und entfaltete eine Karte mit dem Vermerk ›Europa‹, die sie auf dem

Bett ausbreitete. Mit gerunzelter Stirn suchte sie das Papier mit den Augen ab, schließlich deutete sie mit dem Finger auf einen Fleck auf der Karte.

»Hier sind wir.« Zumindest das hatten wir mittlerweile herausgefunden.

Ich beugte mich vor und betrachtete den Namen der Stadt. »Neunkirchen«, murmelte ich. »Nie gehört. Darüber haben die Meister im Unterricht nie gesprochen.«

»Hätte mich auch gewundert«, brummte Nairne und deutete auf einen anderen Fleck auf der Karte. »Hier, ›Wien‹, das habe ich wenigstens schon mal gelesen.«

Mein Blick glitt auf den Maßstab am unteren Ende der Karte und mein Herz sank. Wien war über hundert Kilometer entfernt, die anderen großen Städte noch viel weiter. Myrica war keine kleine Welt und ich kannte nur einen Bruchteil von ihr, doch diese Welt erschien mir riesig, nahezu grenzenlos. Dabei wusste ich, dass Europa der kleinste Kontinent war.

»Und Viola ist sicher irgendwo hier in der Nähe?«, fragte Carnie.

»Das müssen wir hoffen«, sagte Rhona.

»Mistress sagte, dass sie einen Verschleierungszauber nutzt, damit sie nicht gefunden werden kann. Zumindest funktionierte es vom Orden aus nicht«, erklärte ich. »Ich vermute, dass es ohne die Barriere möglich ist. Und irgendeinen Anhaltspunkt muss Mistress haben, sonst hätten sie uns nicht hierher geschickt. Sie klang nicht so, als wollten sie und die anderen lange auf uns warten.« Ich sah Rhona an. »Wie funktioniert der Ortungszauber, den du anwenden willst? So wie ein magischer Kompass?«

Sie wiegte den Kopf.

»Dazu bräuchten wir einen persönlichen Gegenstand von ihr. Ich kenne einen Zauber, der magische Gegenstände und Personen sichtbar macht. Da es hier nicht so viele magische Wesen gibt, ist es einen Versuch wert.«

»Es ist das Beste, was wir haben«, sagte ich. »Und wir können herausfinden, wo Lynx und Shark sind. Vielleicht erfahren wir so mehr. Wenn sie sich auf einen bestimmten Punkt hinbewegen ...«

»Besser gut geklaut, als schlecht selbst gemacht«, sagte Nairne. Ich warf ihr einen wütenden Blick zu, den sie mit einem Schulterzucken abtat. »Was denn? Das ist eins meiner Lebensmottos.«

»Meins nicht«, knurrte ich, zügelte mich aber. Diese Diskussion führte zu nichts. »Wie können wir dir helfen?«, fragte ich Rhona stattdessen.

»Das sage ich euch, wenn es so weit ist.«

Rhona breitete ein dunkelblaues Tuch auf dem Boden des Hotelzimmers aus. In der Mitte war das Symbol des Ordens eingestickt: Eine geflügelte Schlange, die sich nach links wand. Ich mochte es nicht, ich hatte Angst vor Schlangen, doch ich verstand den Gedanken dahinter. Schlangen standen immerhin für Weisheit.

»Ich brauche Königskraut, einen Jaspis, Kupfererde und Ginsterblätter«, sagte Rhona, die mit geschlossenen Augen ihr Gedächtnis durchforstete. »Außerdem ein Gefäß aus Metall, am besten Eisen.«

»So was haben sie uns natürlich nicht mitgegeben, Königskraut ist hier auch keins«, moserte Carnie und betrachtete missmutig die restlichen Zutaten des Zaubers, die sie vor sich hingelegt hatte. »So wird das nichts.«

»Ich habe alles andere da«, sagte ich und griff nach meinem eigenen Bündel, das neben dem Bett lag. Darin befanden sich ein paar meiner eigenen Magieutensilien. Gut, dass Rhona darauf bestanden hatte, dass ich sie mitnahm. Ich reichte Carnie einen kleinen eisernen Teller und zwei Zweige Königskraut. »Wir werden mit diesen Vorräten nicht ewig auskommen.«

»Vielleicht haben wir in der nächsten Stadt Glück und können unsere Vorräte auffüllen. Bitte im Uhrzeigersinn, Carnie«, sagte Rhona. Ich beobachtete den Sukkubus dabei, wie er die Zutaten neben dem Teller ausbreitete.

Sie zwinkerte. »Bei Meister Eòin habe ich immer gern am Unterricht teilgenommen. Er ist sehr unterstützend und hilfsbereit.« Ich ahnte, was sie meinte.

»Sind die Lehrer wirklich auf dich eingegangen?« Ich musste diese Frage einfach stellen, sie brannte mir seit Carnies ersten Andeutungen auf der Seele.

»Auch die Meister sind nur Männer«, sagte sie nach kurzem Zögern. Ich erinnerte mich an das knallrote Gesicht von Meisterin Lenta, die dafür verantwortlich war, dass der Inkubus Kinnon zu Sharks Gruppe gehörte. Auch sie hatte sich auf ihn eingelassen.

»Nicht alle sind dafür empfänglich, doch je ›menschlicher‹ sie sind, desto einfacher ist es«, erklärte Carnie.

»Ich weiß ja, dass du waghalsig bist, aber spätestens bei dem Zentauren solltest du dankbar dafür sein«, warf Nairne ein. Carnie zuckte mit den Schultern.

»Ich bin so weit«, sagte Rhona. Die Vorbereitungen waren abgeschlossen, nun griff sie nach Feuerstein und Zunder.

Nairne hielt sie auf, sie hatte eine kleine Schachtel in der Hand. »Streichholz? Das andere dauert ja ewig.«

»Es kommt nicht auf die Zeit, sondern auf das Ritual an.« Rhona zeigte auf die Runen, die in den Feuerstein eingeritzt waren und auch das Metall des Schlageisens zierten, dann zuckte sie mit den Schultern. »Angesichts des Teppichbodens sind Streichhölzer aber keine schlechte Idee.« Sie riss ein Holz an und hielt es an das Königskraut. Die getrockneten Äste fingen sofort Feuer, sie beeilte sich, sie auf den eisernen Teller zu legen. Der schwere ätherische Duft des Krauts erfüllte den Raum. Nairne hustete leise.

Jetzt ließ Rhona eine Prise der Kupfererde in die Flamme rieseln, die sich daraufhin zischend dunkelrot färbte. Summend griff sie nach den Ginsterblättern. Sie murmelte die Beschwörung und zerrieb die Blätter zwischen ihren Fingern. Abermals zischte die Flamme, jetzt färbte sie sich grün. Beißender Rauch stieg von dem Teller auf, meine Augen tränten.

»Wir hätten ein Fenster öffnen sollen«, hustete Nairne. Ich legte ihr die Hand aufs Bein, damit sie still war. Rhona durfte nicht abgelenkt werden.

Jetzt griff meine Freundin nach dem Jaspis und dem Schlageisen. Höchste Konzentration war gefragt, damit sie sich dabei nicht verletzte. Sie holte tief Luft und schlug das Eisen gegen den Stein in ihrer Handfläche.

Steinstaub rieselte aus ihrer Faust in die Flamme, die sich blutrot färbte.

Ich atmete auf.

Sie hatte es geschafft.

Rhona murmelte die Beschwörungsformel, dann sprach sie das Aktivierungswort. Sofort verdichtete sich der beißende Rauch über dem Feuer. Staunend beobachtete ich, wie er eine Landkarte bildete, ähnlich jener in dem Buch. Doch bei dieser magischen Darstellung erhoben sich die Gebirge und die Meere flossen über ihre Ränder. Sie war atemberaubend, beinahe hypnotisch.

Ich verglich die Küsten mit der Karte in dem Buch, um ein Gefühl dafür zu bekommen, wo wir uns befanden.

Da waren wir, vier winzige schimmernde Lichter. Rhona machte eine Handbewegung und vergrößerte einen Bereich der Karte, auf der mehrere Punkte zu sehen waren. Außer uns noch zwei weitere Ansammlungen mit je vier Lichtern. Und da, nicht allzu weit von uns entfernt, war ein einzelner Punkt, so schwach, dass ich ihn fast übersehen hätte.

Er flackerte in einem schwachen lila Schein, verwaschen, als läge ein Schleier über ihm. In meine Nase stieg ein schwacher Geruch von Veilchen.

»Das ist sie.« Ich deutete auf den Punkt.

Die Flamme zischte noch einmal und verlosch. Die Kräuter waren verbrannt, die Magie verflogen, doch der beißende Rauch kehrte zurück. Nairne lief hustend zum Fenster, das sie weit aufriss und sich keuchend hinauslehnte. Ich wollte mit den Augen rollen, entschied mich aber anders und tat es ihr gleich.

»Sie ist also hier in der Nähe.« Carnie schüttelte ihr rotes Haar aus, als könne sie so den Rauch vertreiben.

»›In der Nähe‹ ist relativ«, erwiderte Rhona. »Es lagen einige Kilometer dazwischen.«

»Für mich sah es so aus, als wäre sie östlich von uns«, meinte Nairne. Sie lehnte sich nach draußen und hielt ihre Nase in die frische Luft. »Was denkst du darüber, nach Wien zu fahren, Lupa?«

Ich überlegte und sah auf die Karte in dem Buch, das ich noch immer in der Hand hielt.

»Ich denke, das ist eine gute Idee.«

Obwohl Lynx und Shark ebenfalls auf dem Weg dorthin zu sein schienen. Ich hatte keine Lust, sie zu treffen, doch wahrscheinlich war dies die sinnvollste Entscheidung.

KAPITEL 5

*I*ch träume vom Wasser.

*Es ist kalt und dunkel, doch das macht mir nichts aus.
Mein Sirenenblut braucht keine Wärme. Der Wolf schon,
doch ich ignoriere ihn, so lange ich kann.*

Dieses Mal.

Das Wasser ist anders als sonst.

Es riecht anders.

Es schmeckt anders.

Es gleitet anders über meine Haut.

Die Sterne über mir sind fremd.

Ich bin nicht zuhause.

*Neben mir taucht jemand auf, ich höre seinen Atem. Ich
muss ihn nicht sehen, um zu wissen, wer es ist. Kühle
Finger streichen über meine Haut. Ich bekomme
Gänsehaut. So lange wie ich mich nach dieser Berührung
sehnte, so sehr stößt sich mich nun ab.*

Ich will sie nicht.

*»Lass mich allein«, flüstere ich. Mein Besucher
schweigt. Und bleibt.*

*Ich schließe die Augen. Die Berührung ist noch da. Ich
halte still, doch mein Unwillen wächst.*

»Ich hasse dich.«

Das Schweigen wird lauter, dann taucht er ab und verlässt mich.

Ich warte mit angehaltenem Atem und spüre Verlust.

Über mir geht der Mond auf und zerrt an meinem Blut. Der Wolf ist da, er lauert auf seine Gelegenheit. Die Sirene beobachtet ihn genau. Sie warten ab. Sie harren aus. Es ist ungewiss, was das mit mir macht.

Wer gewinnt.

Ich will das nicht.

Weder das eine, noch das andere. Warum kann ich nicht einfach so sein, wie sie es wollen?

Veilchenduft dringt in meine Nase.

›Es muss sein‹, höre ich eine Stimme wie durch Wasser sagen.

»Nein«, sage ich. »Muss es nicht.«

»Doch, Lupa. Und wüsstest du, was ich weiß, würdest du nicht widersprechen.«

Ich will noch etwas sagen, doch da werden meine Fußknöchel gepackt und ich unter Wasser gezogen. Es schlägt über mir zusammen, ich bin orientierungslos. Ich sehe mich erschrocken um, doch da ist niemand.

Niemand, der mich berührt.

Ich sehe das fahle Licht über mir. Als ich wieder an die Oberfläche schwimme, bin ich allein.

Allein in der Fremde.

Ich fuhr schweißgebadet hoch.

Wo war ich?

Das Zimmer war fremd, ich musste hier raus! Ich atmete tief durch und sah neben mich, wo Rhona lag. Sie blinzelte verschlafen, doch ihr Anblick beruhigte mich. Sie war bei mir. Glücklicherweise.

»Alles in Ordnung?« Sie rieb sich die Augen.

Ich stieß die angehaltene Luft durch die Nase aus und versuchte, meinen Puls zu beruhigen. »Ein Albtraum.«

Sie saugte ihre Unterlippe ein, als sie nachdachte. »Vielleicht sollten wir etwas dagegen tun. Ich könnte nachschauen, ob es etwas gibt, das ...«

»Nein«, unterbrach ich sie. »Es ist schon gut. Mach dir keine Sorgen.« Ich rieb mir den Nacken und strich mein widerspenstiges Haar zurück. »Ich habe diese Albträume jetzt seit acht Jahren. Ich würde sie wahrscheinlich vermissen.«

Sie nickte unglücklich.

Mein Blick fiel auf das Amulett um meinen Hals. Ihre Augen folgten meinen.

»War der Zauber unangenehm?«, fragte sie leise.

»Eigentlich nicht, aber ich hatte währenddessen eine Art Wachtraum.« Ich sah auf die Bettdecke, um mich zu sammeln. »Deswegen habe ich nicht zugehört, als Meister Ahearn uns den Zauber erklärte, der Viola anlockt und festsetzt.« Rhona schwieg betroffen. Ich wagte nicht, sie anzusehen.

»Glaubte ich an Vorsehung, würde ich sagen, dass unsere Mission unter einem schlechten Stern steht«, sagte sie schließlich. Ich schluckte an dem dicken Kloß in meiner Kehle. »Aber ich bin überzeugt, dass man sein Schicksal selbst in die Hand nehmen muss«, fuhr sie fort. »Der Zauber ist auf einem Pergament in der Tasche beschrieben.« Sie streichelte meinen Handrücken. »Es ist noch nichts verloren, Lupa. Und egal, was du befürchtest, wir haben eine Chance.« Sie sah aus dem Fenster, durch das das Licht der Straßenbeleuchtung fiel.

»Ich kann immer noch nicht glauben, was Viola getan hat. Sie hat nie auch nur eine Andeutung gemacht.«

Wenn du wüsstest, was ich weiß, würdest du nicht widersprechen.

Meine Hände verkrampften sich an meiner Bettdecke. Wusste ich denn irgendetwas? Oder machte mir alles so zu schaffen, dass ich mir Dinge einbildete?

»Manchmal ist es nicht so leicht, optimistisch zu sein«, flüsterte ich.

»Ich weiß, das liegt dir nicht.« Ich sah hoch in Rhonas Gesicht. Sie hatte schelmisch die Augen verdreht. »Ich versteh dich ja, aber du musst versuchen, das Gute zu sehen. Ja, Carnie und Nairne sind eigen.«

»Sie sind vollkommen verrückt«, korrigierte ich sie. »Und gemeingefährlich.«

»Mag sein, aber ich habe das Gefühl, dass du mit Nairne schon fast warm geworden bist. Vielleicht sind sie bei all ihrer Verrücktheit gar nicht so übel.«

»Dass ausgerechnet du das sagst, nachdem Carnie dich so angefahren hat ...«, sagte ich kopfschüttelnd.

»Du hast ihr gleich klargemacht, dass du das nicht duldest«, erwiderte sie. »Das hat sie sofort verstanden. Seitdem bemühen sie sich. Beide. Außerdem«, fuhr sie fort. »Weder Stacia noch Innes hätten den Bus fahren können. Dass wir Nairne haben, ist also Glück. Und Carnies ›Talent‹ könnte uns auch noch nützlich werden.«

Ich sah in ihr herzförmiges Gesicht. Dankbarkeit überflutete mich, weil sie an meiner Seite war. »Ich weiß gar nicht, was ich ohne dich täte«, murmelte ich.

Rhona zuckte mit den Schultern. »Wahrscheinlich würdest du durch den Wald rennen und den Mond anheulen.«

Sprachlos sah ich sie an, dann musste ich lachen. »So unwahrscheinlich ist das nicht.«

»Denk dran, dass wir die Sirene brauchen, nicht den Wolf.« Sie imitierte Mistress' dunkle Stimme gekonnt.

»Ach, Meisterin, was soll aus uns werden?«, seufzte ich. »Wir sind ein Wolf-Sirenen-Mischblut, ein Berserker und ein Sukkubus. Die Einzige, die etwas taugt, ist ein Mensch.«

»Hey.« Sie sah mich ernst an. »Jeder kann etwas beitragen, wir müssen nur unsere Stärken nutzen. Fürs Erste fahren wir nach Wien.«

»Ich hoffe nur, dass wir dort nicht auf Lynx und Shark treffen«, sagte ich.

Ihr Augenlid zuckte, nur kurz, aber meine Nase nahm einen kleinen Adrenalinstoß wahr. »Und wenn doch, werden wir entsprechend reagieren.«

Es war ein hartes Stück Arbeit, Carnie und Nairne aus dem Bett zu bekommen. Kurz befürchtete ich eine Eskalation, doch dann kamen sie freiwillig.

»Ist ja schon gut«, sagte Nairne rau und rieb sich den Nacken. »Wir haben's ja verstanden.« Carnie zog sich gähnend eines ihrer neuen Kleidungsstücke über den Kopf, das kaum ihre Brüste bedeckte.

»Du solltest noch etwas überziehen«, sagte ich. Sie murrte, zog aber eine Jacke über und schulterte ihre Taschen.

»Ich bin so weit.«

Wir nahmen noch ein schnelles Frühstück in der Gaststätte ein, dann bezahlte Rhona die Übernachtung und wir standen auf der Straße vor unserem Bus.

Mit einem seltsamen Gefühl im Magen nahm ich vorn neben Nairne Platz. Jetzt saß ich zum ersten Mal in einem Automobil.

Unbehaglich glitt mein Blick über die Armaturen. Diese Maschine sollte uns hundert Kilometer weit transportieren? Ich hatte eher das Gefühl, dass wir eine böse Überraschung erlebten. Doch all unsere Sachen passten in den Kofferraum und die Sitze waren bequem. Ich musste mich um mehr Vertrauen bemühen. Es gab keine Alternative.

Ich zuckte zusammen, als Nairne den Motor startete. Sie grinste und warf mir eine Straßenkarte zu.

»Wenn wir auf der großen Straße sind, könnt ihr euch ja um unsere musikalische Ausrichtung kümmern«, sagte sie.

Ich starrte auf die Karte und hatte keine Ahnung, was ich tun sollte. Schließlich reichte ich sie an Rhona weiter, die Nairne mühelos aus dem Stadtkern heraus lotste. Wir erreichten die ›Autobahn‹ und Nairne gab Gas. Dabei lachte sie.

»Ich hätte nicht gedacht, dass es so einfach ist«, meinte sie zufrieden. »Einfach Gas geben und entspannen. Wien, wir kommen.«

»Nairne hat recht, wir sollten uns um die Musik kümmern«, sagte Rhona. »Wenn wir in Wien nach Viola suchen wollen, müssen wir deine Magie auch nutzen können.«

»Ich habe gestern noch recherchiert«, mischte sich Carnie mit wichtiger Miene ein.

»Du hast ferngesehen«, korrigierte Nairne.

»Was?« Das Wort hatte ich noch nie gehört.

»Das schwarze Bild an der Wand im Zimmer«, erklärte Carnie. »Das war kein Bild, sondern ein Zauberspiegel. Oder zumindest das Erdwelt-Äquivalent. Hat ein bisschen gedauert, bis wir das rausgefunden hatten, aber dann ... Eine zweite neue Welt.«

»Der Zauberspiegel hat uns etwas über die ›Clubszene‹ von Wien erzählt«, berichtete Nairne. Ich zuckte hilflos mit den Schultern. Auch darunter konnte ich mir absolut nichts vorstellen.

»Einfache Sache«, winkte Carnie ab. »Damit sind Schenken und Festsäle gemeint, in denen gefeiert wird. Meist mit Musik aus dem Zauberspiegel, aber es gibt auch ›Clubs‹ und ›Bars‹, in denen Musiker auftreten.« Sie zerrte einen kleinen Zettel aus ihrem Oberteil. »Ich habe mir die Namen notiert. Hier können wir versuchen, uns einen Auftritt zu organisieren.«

Ich war sprachlos und fing einen Blick von Rhona auf. Sie hatte recht: Man musste ihnen eine Chance geben. Schon jetzt hatten sie uns mehr geholfen, als ihnen wahrscheinlich bewusst war.

Ich sah aus dem Fenster. Hier auf der Autobahn verlor ich das Gefühl für die Geschwindigkeit, mit der wir uns bewegten. Die Straße war trist, eingefasst von grauen Wänden, da war nichts, was mir einen Aufschluss darüber gab, wo wir uns befanden und wie weit es noch bis nach Wien war.

Hinter mir schnappte ein Schloss auf, dann hörte ich Rhona an den Saiten der elektrischen Gitarre zupfen.

Es klang nicht gut.

»Du musst sie an den Verstärker anschließen«, sagte ich. Das hatte uns der Verkäufer erklärt, bevor Carnie über ihn hergefallen war.

Es dauerte nur kurz, dann hatte Rhona das Gerät herausgesucht und das Instrument angeschlossen. Dieses Mal kam ein sauberes Dis zum Vorschein. Auch wenn es anders klang, als ich es gewohnt war.

»Carnie, ich weiß nicht, ob der Musikstil zu Lupa passt«, sagte Nairne. Der Sukkubus zuckte mit den Schultern, das sah ich aus dem Augenwinkel.

»Wie wichtig kann das sein? Wir möbeln ein paar von den größten Musikperlen der Sirenen auf und Lupa schwingt die Hüften in einem knappen Höschen. Wird schon.«

»Das werde ich nicht tun«, sagte ich und sah an mir herunter. Ich trug schwarze Stoffhosen und ein schwarzes Oberteil mit halblangen Ärmeln, dessen Vorderseite ein Bild zierte - ›Bandshirt‹ hatte der Verkäufer es genannt. Ich mochte einfach den Namenszug: *Guns'n'Roses*. Hart und zart. Irgendwie passte das zu jeder von uns.

»Doch«, zwitscherte Carnie. »Du wirst nicht in dieser Kluft da auftreten. Ich habe die Sachen schon gesichtet, die ihr mitgenommen habt: schrecklich. Wenn meine Familie so aufgetreten wäre, hätte auch das Sukkubus-Blut nichts genützt.«

»Wie meinst du das?«, fragte ich.

»Meine Familie besteht aus Schaustellern«, erzählte Carnie. »Meine Mutter ist eine gute Sängerin, das verdankt sie ihrem Nymphenblut. Hat sie mir leider nicht vererbt. Jedenfalls haben wir die Leute landauf landab begeistert. Und etwas mehr Haut hat dabei nie geschadet.«

»Aber wenn deine Mutter eine Nymphe ist ...« Ich runzelte die Stirn.

»... ist sie kein Sukkubus. Das stimmt. Mein Vater war ein Inkubus. Hat sie jedenfalls erzählt. Kennengelernt habe ich ihn nie«, meine Carnie wegwerfend.

Ich zuckte mit den Schultern. »Es geht auch ohne Vater.«

Sie nickte. »Was ich sagen will: Wenn du in einem Club auftreten und deine Stimmmagie entfalten willst, solltest du dich dafür ins Zeug legen.« Sie hielt ein winziges Stück Leder hoch. »Ich habe da mal was vorbereitet.«

Ich schüttelte vehement den Kopf und sie zog eine Schnute. »Ich lasse mir was einfallen«, versprach sie dann.

Inzwischen gelang es Rhona, eine saubere Tonleiter zu spielen. Sie hatte tiefgestapelt, was ihre Musikalität anging, denn es klang gut.

Glücklicherweise. Ein Hoffnungsschimmer. Einer von vielen, mit denen ich nicht gerechnet hatte, aber es war nur ein Anfang.

»Ich kann mir trotzdem nicht vorstellen, dass uns irgendjemand auftreten lässt, weil ich zur Tonleiter singe.«

»Noch ist der Tag nicht zu Ende«, sagte Carnie und fummelte an ihrem E-Bass herum. »Das wird schon.«

»Du hältst das Instrument verkehrt herum«, sagte Rhona. »Die Saiten müssen nach vorn zeigen.« Carnie kicherte.

»Mach dir keine Sorgen, Lupa.«

Machte ich doch.

Erstaunlich schnell erreichten wir die Stadt Wien. Mir gingen beinahe die Augen über, als wir hineinfuhren. Genau darauf hatte ich gehofft: große Häuser, breite Straßen, Lichter, Farben. Es war, als beträten wir eine neue Welt in der neuen Welt.

Ich schloss die Augen, um mich zu konzentrieren. Wir waren nicht hier, um Städte kennenzulernen.

Wir hatten eine wichtige Mission. Es stand viel auf dem Spiel. Auch unsere eigene Zukunft.

Falls Viola Böses im Schilde führte, hatten wir bereits kostbare Zeit verloren. Über meine Schulter sah ich auf die Rückbank, wo Rhona noch immer versuchte, Carnie die richtige Handhaltung für einen Fis-Akkord zu zeigen. Seit über zwanzig Minuten. Carnies Lächeln war mittlerweile verschwunden. Ihr schwante, ebenso wie Nairne, deren Gesicht starr war, dass sie hier keinen Bonus bekamen.

Es war eine Katastrophe. Niemand würde uns spielen lassen, es sei denn, er wollte, dass seine Gaststätte sich leerte.

Ich ballte die Hände zu Fäusten. Schwer zu sagen, wie es bei den anderen aussah, doch mit der Schwarzelfe Atra hatte Lynx jemand musikalisch Begabtes an ihrer Seite. Musik floss in den Adern einer jeden Elfe, was man weder von Berserkern noch von Sukkuben behaupten konnte. Stöhnen und Scheppern zählten nicht.

Was Shark anging ... es interessierte mich nicht, wie er und seine Leute zurechtkamen. Solange wir uns nicht über den Weg liefen, war er mir egal.

Nairne folgte der Beschilderung durch die Stadt, die uns in das Viertel brachte, von dem sie im ›Fernsehen‹ erfahren hatten. Sie suchte einen Parkplatz und ich stieg aus. Müde streckte ich meine steifen Glieder. Das lange Sitzen war schlimmer als im Unterricht.

Jetzt nahm ich mir die Zeit, mir die Umgebung genauer anzusehen. Die hohen Gebäude hatte ich schon vom Bus aus bewundert, ihre Schönheit verschlug mir beinahe den

Atem. Ich schüttelte den Kopf, um ihn wieder freizubekommen.

»Wir teilen uns auf und sehen uns ein wenig in der Umgebung um. Rhona und ich schauen nach einem Hotel. Dort können wir noch einmal versuchen, Viola zu orten. Haltet bitte Ausschau nach einem Ort, wo wir zumindest versuchen können, den Rufzauber durchzuführen.« Carnie und Nairne nickten eifrig. Nairne gab mir den Zweitschlüssel für den Bus und sie zogen ab. Ich hoffte, dass sie nicht vergaßen, weswegen sie hier waren.

»Die Musik ist eine Katastrophe«, sagte ich zu Rhona, als wir in die andere Richtung liefen. »Du könntest mich begleiten, aber für Carnie sehe ich schwarz.« Sie rieb sich das Kinn.

»Es ist nicht leicht, aber sie hat sich Mühe gegeben. Ich würde noch nicht aufgeben.«

»Niemand wird uns ermöglichen, zu spielen, wenn er uns gehört hat.«

Sie verzog den Mund zu einem schwachen Lächeln. »Das wird schon. Und wenn ich dich begleite und die anderen beiden schauen zu, dann ist das so.« Ihr Blick glitt über die Fenster der Geschäfte, an denen wir vorbeigingen. »Vielleicht habe ich eine Idee.« Sie blieb stehen und betrachtete die Beschriftung des Fensters. »Lass uns hier hineingehen.«

›Kristalle und Mineralien‹ stand auf dem Fenster. Darunter ›Esoterik-Shop‹. Rhona war schon durch die Tür, also beeilte ich mich, ihr zu folgen.

In dem Geschäft war es dunkel, ein penetranter Geruch nach Kräutern und ätherischen Ölen lag in der Luft.

Ich roch Weihrauch, so schwer, dass mir beinahe schwindelig wurde. In den Holzregalen standen Kristalle, Trommelsteine und einiges an Gegenständen, die auf den ersten Blick magisch anmuteten. Ich trat näher heran und stellte fest, dass es unmagische Dinge waren.

Dekorationsartikel für Menschen.

»Seid gegrüßt, namasté«, raunte die Dame hinter dem Tresen. Sie war mit Halbedelsteinketten behängt, die bei jeder Bewegung klackten. Ihre rauchige Stimme war geheimnisvoll. Rhona fragte sie auf Englisch nach Kräutern. Die Frau führte sie in den hinteren Teil des Ladens. Ich blieb in der Nähe der Tür, um ein wenig frische Luft zu bekommen.

Meine Wolfsnase wurde stark gefordert, meine Augen waren kurz davor, zu tränen.

Ich musste versuchen, den Wolf in den Hintergrund zu drängen. Das war nicht so leicht, seit Jahren ließ ich ihm den meisten Raum, um mich weniger wie eine Sirene zu fühlen.

Weniger wie die Tochter, die nicht gewollt war. Weniger wie jemand, der etwas mit Lynx gemeinsam hatte. Und mit Shark.

Durch die halb offene Tür drang ein schwacher Veilchengeruch in den Laden, so fein, dass ich ihn fast übersehen hätte.

Mein Herz machte einen Satz, als ich hinaus auf die Straße stürzte. Wild sah ich mich um.

Wo war sie?

Ich holte tief Luft, versuchte, den Geruch wieder in die Nase zu bekommen.

Ich reckte den Hals und hielt nach ihrem hellblonden Haarschopf Ausschau. Nach dem dunklen Blau der Ordenskleidung, falls sie sie noch trug. Ich spitzte die Ohren, ob ich ihren unverwechselbaren Gang erkannte, die langen Schritte, den sicheren Tritt.

Nichts.

Mein Herz sank, Enttäuschung breitete sich in mir aus.

Kühler Wind kam auf und zerzauste meine Haare. Wütend strich ich sie zurück.

Hatte ich wirklich geglaubt, dass Viola mir auf offener Straße vor einem Esoterik-Laden in die Arme lief?

Nach all der Mühe, die sie sich gemacht hatte, all der Planung, wäre sie kaum so unvorsichtig, einfach in mich hineinzulaufen.

Ich hatte sie immer bewundert. Sie war klug und hatte gute Einfälle, die ihr beim Lösen kniffliger Aufgaben halfen. Sicher rechnete sie damit, dass der Orden ihr jemanden nachsandte, um sie zu suchen. Sie war auf der Hut und ihr Jägerblut unterstützte sie dabei bestens.

Mir blieb nur eine Chance: Ich musste darauf bauen, dass sie nicht mit mir rechnete. Nicht mit meiner Stimme. Ich musste sie überraschen. Sie frontal anzugreifen war von vornherein zum Scheitern verurteilt. Ich musste cleverer sein als sie. Ich musste sie überlisten.

Sirene, nicht Wolf.

Ich brauchte schnellstmöglich eine Gelegenheit, um meine neue Stimmmagie auszuprobieren.

Dazu musste ich als Erstes den Zauber auswendig lernen. Ihn ausprobieren und feststellen, ob mir die anderen helfen konnten. Ich musste versuchen, ihre Kräfte in mir zu verstärken, damit sich meine Reichweite vergrößerte.

Ich strich mir erneut das Haar aus der Stirn. Die schwarzen Strähnen verhakten sich an meinen Fingern und ziepten.

Mein Plan war kompliziert, ich wusste nicht einmal, ob es einen solchen Zauber gab. Hinzu kam, dass er zu schwierig für mich sein könnte. Mit diesem Thema hatte ich mich noch nie auseinandergesetzt.

Ich sollte darauf lieber nicht bauen. Stattdessen sollte ich mit Rhona ein paar Lieder einstudieren und hoffen, dass es Carnie und Nairne gelang, einen Auftritt für mich zu organisieren. Das war ein erreichbares Ziel.

»Lupa?« Rhona stand hinter mir, eine Papiertüte in der Hand. Offenbar hatte sie gefunden, was sie gesucht hatte. »Ist alles in Ordnung?«

»Die Luft war furchtbar schlecht in dem Laden«, erwiderte ich.

»Verständlich. Ich habe gute Neuigkeiten«, wechselte sie das Thema. »Mir ist etwas eingefallen, wie wir uns mental verbinden können. Durch den Zauber könntest du Carnie, Nairne und mir etwas von deiner Musikalität leihen, sodass wir besser für dich musizieren können.«

Ich sah sie sprachlos an.

»Wenn ... du das nicht möchtest, musst du es sagen«, murmelte sie. »Es war nur eine Idee.« Sie missverstand mich. Mit einer solchen Lösung hätte ich im Leben nicht gerechnet.

»Rhona, ich ... danke.« Ich lehnte mich an die Hauswand.

»Ich denke die ganze Zeit, dass der Auftrag viel zu groß für mich ist. Dass ich es unmöglich schaffen kann. Aber dann kommst du mit einer Idee und ich habe das Gefühl, dass ich doch eine Chance habe.«

»Du brauchst es ja auch nicht allein zu tun«, sagte sie. »Du kannst auf mich zählen und Carnie und Nairne sind wertvollere Begleiter als gedacht.«

»Ich frage mich, warum uns noch niemand zurückgeholt hat«, gab ich zu. »Ich hatte schon gestern damit gerechnet. Sie müssen doch mittlerweile bemerkt haben, dass Innes und Stacia geblieben sind. Sie werden sich doch bei Mistress gemeldet haben. Egal, wie gut Nairne sie weggesperrt hat.«

»Davon gehe ich auch aus, aber ich vermute, dass sie darauf warten, dass du dich meldest. Bis dahin werden sie uns machen lassen, schließlich sind wir hier und warum sollten sie Aufwand betreiben, wenn wir uns nicht beschweren? Solange nichts Dummes passiert«, sagte Rhona.

»Ich glaube nicht, dass Mistress über diese Änderung erfreut ist. Sicher hätte sie Carnie und Nairne nie ausgesucht«, sprach ich weiter.

»Bestimmt nicht, aber ich kann mich nicht mehr darüber ärgern. Wir müssen es doch eh so nehmen, wie es ist.«

Ich schwieg und sah die Straße hinunter. Vielleicht holten sie uns auch deswegen nicht zurück, weil Mistress und die anderen Meister von vornherein nicht an meinen Erfolg glaubten. Ich selbst hätte auch auf Lynx gesetzt.

»Geh nicht so hart mit dir ins Gericht«, sagte Rhona.

»Habe ich laut gedacht?«

»Nein, aber ich kann dir deine Gedanken vom Gesicht ablesen.« Sie legte mir die Hand auf die Schulter. »Wir werden allen beweisen, dass wir gut genug sind. Und manchmal ist es gar nicht schlecht, unterschätzt zu werden.«

Ich lächelte. »Du bist die geborene Motivatorin.«

»Ich gebe mein Bestes.« Sie grinste schelmisch. »Und was für ein Glück, dass meine Magie hier einwandfrei funktioniert. So manche Schwarzelfe hat hier sicher größere Probleme als ich.«

»Das würde mir gefallen.« Je schwieriger es für Lynx wurde, desto besser. »In Sharks Gruppe wird es ähnlich sein.«

»Shark wird von Laird begleitet«, erinnerte sie mich. »Er ist ein Druide und damit auch menschlich. Weitestgehend.«

Ich schwieg und mied den Blickkontakt. Zwischen Rhona und Laird war etwas, aber ich hatte Angst, danach zu fragen. Ich spürte, dass mir die Antwort nicht gefallen würde. Sie bemerkte es und räusperte sich.

»Lass uns nach einer Unterkunft suchen und dann versuchen, den Rest unserer Truppe aufzuspüren.«

Kurze Zeit später saß ich in einem Hotelzimmer und starrte auf die Schriftrolle mit dem Stimmzauber, während Rhona nach Carnie und Nairne suchte. Meine Gedanken schwirrten, ich musste mich zur Konzentration zwingen.

Nicht gut.

Ich wünschte, es fiele mir leichter, doch stattdessen breitete sich eine unangenehme Überforderung in mir aus.

Selbstzweifel wurden größer, ich musste das Fenster aufstoßen, um Luft zu bekommen. Mein Brustkorb fühlte sich plötzlich eng und kalt an.

›Keine Panik‹, sagte ich mir. ›Du schaffst das. Tu einfach, was du kannst.‹

Also legte ich den Zauber beiseite, um Stimmübungen zu machen. Es war lange her, dass ich das letzte Mal gesungen hatte. Meine Stimmbänder fühlten sich dick und kratzig an, bis ich sie durch meine Atmung und Übungen lockerte. Die Stimme einer Sirene sollte immer trainiert und einsatzbereit sein, doch ich hatte diese Blutlinie so verdrängt, dass ich sie vernachlässigt hatte.

Es würde etwas dauern, bis ich eingesungen war.

Hoffentlich erwartete Mistress nicht zu viel von mir.

Ich schüttelte den Kopf und begann mit den Tonübungen. Die Stimme war meine natürliche Gabe, sie gehörte zu mir wie Carnies Gelüste und Nairnes Wutanfälle. Ich *konnte* in dieser Disziplin nicht versagen. Nur unterliegen.

Das hatte ich nicht vor.

Die Vokale funktionierten immer besser, ich konzentrierte mich nun auf die Konsonanten. Ich spitzte die Lippen, lockerte sie wieder und verfuhr genauso mit der Zunge, bis sich alles geschmeidig anfühlte.

Erneut griff ich nach dem Zauber.

Ich musste die richtige Intention finden, den richtigen Ton in einem Lied, um damit zu beginnen.

Die Beschwörung hatte keinen richtigen Text, sie bestand aus einer Abfolge von Gesten, Tönen und Absichten, die ich miteinander verbinden musste.

Dies war der vermutlich schwierigste Zauber, den ich je versucht hatte.

Ich schnaubte, schüttelte die Zweifel ab und konzentrierte mich neu. Ich durfte jetzt nicht aufgeben. Es war möglich. Ich brauchte nur den richtigen Punkt, um anzusetzen. Ich begann ein weiteres Lied, suchte nach der richtigen Stelle, um mit den Gesten zu starten.

Es dauerte eine gefühlte Ewigkeit, bis es mir das erste Mal gelang. Jetzt tat sich etwas. Die Luft verdichtete sich und plötzlich hing der Geruch von Salzwasser in der Luft.

Sirenenblut.

Sirenenmagie.

Ich hatte diesen Geruch vermisst, auch wenn ich es mir kaum eingestehen mochte. Die damit verbundenen Emotionen verschlugen mir beinahe den Atem, meine Stimme zitterte, als ich weitersang.

Ich sang. Aus vollem Herzen, schöpfte Kraft aus den Gefühlen, auch wenn es Trauer und Schmerz waren, auf die ich zurückgriff. Sie machten den Zauber noch stärker, dehnten meine Magie und vergrößerten meine Kraft.

Der Zauber umfloss mich wie Wasser, er strich über meine Haut wie Wellen.

Er war sanft. Lockend. Betörend. Wie ein Kuss, der zart begann und immer leidenschaftlicher wurde.

Die Seele der Sirenenmagie.

Das Lied, zu dem er passte, hatte mir meine Mutter beigebracht, als ich noch ein kleines Kind war.

Ich hatte es ewig nicht mehr gesungen.

Sie waren füreinander gemacht, das Lied und der Zauber.

Ich hatte es geschafft.

»Wow ...«, eine Stimme riss mich aus meinen Gedanken. Ich erblickte Rhona, Carnie und Nairne, die an der Tür standen und mich anstarrten. Ich hatte sie nicht einmal hereinkommen hören.

»Das war wirklich schön, Lupa«, sagte Carnie, ihre Augen glänzten. »Das war ein wunderschöner Moment.«

»Ich bin immun gegen dich«, erinnerte ich sie, als sie einen Schritt auf mich zu machte, die Arme schon nach mir ausgestreckt.

Sie hielt inne und grinste schief.

»Mag sein, aber ich weiß nicht, wie immun *ich* gegen dich bin.« Sie klimperte mit den langen Wimpern.

»Da kann ich zur Not helfen«, sagte Rhona. Sie lächelte. »Es hat also geklappt.«

»Ja, aber ich kann nicht sagen, ob es reicht, wenn ich den Zauber in ein Lied webe. Ich weiß nicht, welche Reichweite ich habe.«

»Wir werden dir dabei helfen.« Sie hielt ein Amulett hoch. »Während du geübt hast, haben wir schon den Verbindungszauber durchgeführt.«

Die drei trugen ebenfalls Amulette. »Du musst es nur noch umlegen.« Ich sah sie sprachlos an.

»Und wir sollten schleunigst etwas üben«, sagte Nairne. »Carnie und ich haben einen Gig organisiert.«

KAPITEL 6

Rhonas Zauber entpuppte sich als wirksam. Beinahe zu wirksam für meinen Geschmack.

Dadurch, dass ich die anderen mit meinen Gedanken lenken konnte, spürte ich sie in mir.

Carnies und Nairnes Gemüter waren voller Hitze, doch von unterschiedlichem Wesen. Carnies Hitze pulsierte lustvoll mit ihrem Herzschlag, dehnte sich und zog sich wieder zusammen. Sie war stark, doch momentan gebändigt.

Nairnes Hitze jedoch war unkontrolliert. Sie schwelte wie ein Brand, der jederzeit ausbrechen konnte. Ich bekam eine Ahnung, wie schwer es für sie war, den Funken fernzuhalten. Welche Kraft sie brauchte, um sich dagegen zu stemmen. Und ich verstand auch, warum sie manchmal verlor, denn die Hitze war stark.

Beängstigend stark.

Rhonas Geist hingegen war wie kühlendes Wasser. Ihre Ausgeglichenheit war wohltuend, auch wenn ich ihre Angst spürte. Doch auch die Angst war eher kühl. Sie war wie ein angenehmes Gegengewicht, dass mich erdete und stabilisierte. Es tat mir gut, mit ihr verbunden zu sein.

Ich wusste nicht, wie viel sie von mir fühlten, doch ich hoffte, dass es weniger war, als ich empfing.

Mit leise gestellten Verstärkern übten Rhona und Carnie mit mir im Hotelzimmer. Nairne behalf sich mit einer kistenartigen Trommel, die nicht allzu viel Lärm machte. Carnie meinte zwar, sie würde jeden Wächter von unserer Unschuld überzeugen, aber das wollte ich vermeiden. Ich hatte eine Ahnung, dass ich noch einen ihrer Anfälle erleben würde und wollte das so weit wie möglich hinauszögern.

Wir studierten drei Lieder ein, mehr schafften wir nicht, bis wir uns um neun im Club einfinden mussten. Carnies Leuchten verriet mir, wie wir zu der Chance kamen.

»Drei Lieder sind besser als nichts«, beruhigte mich Rhona. »Zur Not singst du noch ein weiteres ohne Musik.«

»Wir klingen nicht so, wie ich es mir vorgestellt habe«, sagte Carnie. Sie kaute auf einer ihrer Haarsträhnen und pustete weitere aus ihrer Stirn. »Das haben wir auch gestern im Fernsehen gesehen. Was ich im Kopf habe, klingt ...« Sie überlegte. »Wilder. Kraftvoller.«

»Wie ein Schlag ins Genick«, bestätigte Nairne.

»Ich möchte aber nicht wie ein Schlag ins Genick klingen«, widersprach ich.

»Natürlich nicht, könnte ja Spaß bringen«, murmelte Carnie, aber ich hörte sie trotzdem.

»Es geht hier nicht um Spaß«, maßregelte ich sie.

»Aber Musik *ist* Spaß«, beharrte sie. »Zu Musik wird getanzt, gefeiert. Ich liebe es, während Musik läuft ...«

»Kann ich mir denken«, unterbrach ich sie.

»Schön. Dann sag mir doch, warum wir klingen müssen, als müssten sich gleich Seefahrer in einer Klippe umbringen.« Sie wusste also doch, was Sirenen sind. Ich wollte sie gerade anfahren, als Rhona die Hand hob.

»Vielleicht treffen wir uns in der Mitte.« Die pure Diplomatie. »Oder, Lupa? Wir können es ausprobieren.«

»Dazu haben wir keine Zeit.«

»Ich regle das«, sagte Carnie. Sie klimperte wieder mit den Wimpern.

»Schön«, grollte ich. »Du hast eine halbe Stunde.«

»Oh, wunderbar! Du wirst es nicht bereuen!« Ich hatte das Gefühl, dass sie diesen Satz schon oft gesagt und der Angesprochene es hinterher immer bereut hatte.

Sie werkelte eifrig an den Reglern der Verstärker herum. So konzentriert hatte ich sie noch nie erlebt. Nairne dehnte und streckte ihre Finger. »Jetzt wäre das große Instrument doch keine schlechte Idee.«

Carnie spielte einen Akkord. Ich verstand sofort, was sie meinte: Der Klang war nun ein anderer, metallischer, voller und finsterer. In meinem Inneren regte sich etwas, als hätte sie auch dort eine Saite geschlagen. Die Musik, die wir bisher gespielt hatten, war die Abenddämmerung.

Dies war Mitternacht.

Die Sirene regte sich. Sie wiegte sich im Klang dieser Musik und machte sich bereit, ihren Zauber zu entfalten. Ich bekam sie nur mit Mühe gebändigt.

Auch in mir war Hitze, doch wieder anders als bei Carnie und Nairne. Meine brodelte wie ein Unterwasser-Geysir, der sich langsam aber unaufhaltsam seinen Weg an die Oberfläche suchte.

Ich atmete durch. Je vorsichtiger ich mit ihr umging, desto besser kam ich mit dieser Blutlinie klar. Ich musste mich auf mein Leben vor dem Orden zurückbesinnen. Dann müsste es gehen.

Carnie stellte Rhonas Verstärker um und bat sie, einen Akkord zu spielen. Dieses Mal war der Effekt noch größer. Ich bekam Gänsehaut.

Carnie beobachtete mich, sie spürte, was in mir vorging. »Ich glaube, es ist besser, als du dachtest, oder?« Ihr Lächeln war freundlich, kein bisschen boshaft. Ich schaffte es dennoch nicht, zu antworten, und nickte nur knapp.

»Wir können noch daran feilen«, plauderte Carnie. »Aber du musst zugeben, dass es so viel besser klingt. Oder?« Sie legte mit weit aufgerissenen Augen den Kopf schief und strahlte mich an.

»Es hat was«, gab ich zu. Sie grinste. »Du hast also doch ein musikalisches Gehör.«

»Sicher. Ich bin nur meistens zu faul, um etwas damit anzufangen.«

Wenigstens war sie ehrlich.

Wir mussten uns umstellen, mit dem veränderten Klang passte das Zusammenspiel nicht mehr. Erneut war ich erstaunt, wie schnell die Synchronisation dank Rhonas Zauber gelang. Ich musste nur daran denken, dass Rhona die Noten um eine Achtel langsamer spielen sollte, und schon tat sie es. Nairnes Part ging ich so oft mit ihr in meinem Kopf durch, dass sie ihn blind spielen könnte, ohne jemals am Schlagzeug gesessen zu haben.

»Wir spielen die drei Lieder und dann das erste noch einmal in der ursprünglichen Version«, ordnete ich an. »Zur Not kann ich ein viertes mit deiner Begleitung singen, Rhona. Die Akkorde sind einfach, das schaffst du auch ohne es zu üben.«

»Mittlerweile glaube ich das auch«, sagte sie.

»Gut, da wir nun mit dem musikalischen Kram durch sind, können wir uns um mein Lieblingsthema kümmern«, schaltete sich Carnie ein. Ich fragte mich, was jetzt kam. Gleich darauf bereute ich es, als sie aus ihrem Zimmer mit den Tüten zurückkam.

»Wisst ihr, ich war noch einmal in unserem Lieblingsladen im Städtchen und habe alles geholt, was wir brauchen: Leder, Nieten, Strass, Spitze ...« Sie seufzte. »Endlich.«

»Ihr ahnt gar nicht, was sie zuhause alles aus der Ordenskleidung gemacht hat«, sagte Nairne. »Manches ist direkt von der Wache einkassiert worden.«

»Dank mir hatten sie schließlich keine Ersatzkleidung mehr.« Carnie lachte vergnügt und reichte mir ein paar Kleidungsstücke. »Anziehen!«

Ich sah an mir hinunter und schloss die Augen. »Das werde ich nicht tragen.«

»Warum nicht? Du hast nie besser ausgesehen. Wenn du mich fragst, solltest du dich immer so kleiden.« Sie umkreiste mich und zupfte an den knappen Hosen, die ich trug. »Du hast einen wunderschönen Körper, zeig ihn doch einfach.«

»Lieber nicht.«

»Ganz schön verklemmt für eine Sirene.«

»Ganz schön vorlaut für einen Sukkubus.«

»Touché. Aber sieh in den Spiegel und sag mir, dass du nicht heiß aussiehst.«

Ich betrachtete mich. Zu dem knappen Höschen und einem tiefausgeschnittenen Oberteil hatte sie mich in ein Netz gesteckt, das meine Beine und Arme bedeckte.

Meinen Hintern und meine Brüste zierten Rüschen aus schwarzer Spitze.

Mein Bauch war nackt und zeigte die Runen, die jeder Sirene meines Dorfs mit zehn Jahren tätowiert wurden: Eine Raute mit einem Kreis in der Mitte, die von vier geschwungenen Linien umgeben war.

Die Kleidung brachte die Sirene perfekt zur Geltung, doch ich tat mich schwer.

Rhona trat neben mich, sie trug einen ledernen Einteiler mit Schnürungen und zeigte deutlich weniger Haut.

»Das hätte es auch getan«, maulte ich.

»Nein, das ist Rhonas Stil. Bei Gelegenheit werde ich euch die Haare schneiden, aber das schaffen wir heute nicht mehr«, sagte Carnie unbeeindruckt. Nairne kam herein, sie trug eine lange Lederhose und ein kurzes ledernes Oberteil.

»Ich sitze schließlich«, brummte sie. »Im Gegensatz zu Carnie zeige ich nicht gleich alles.«

»Warum warten, wenn du so schneller zum Ziel kommst?«, zwitscherte ihre Freundin, deren Höschen kaum ihre Pobacken bedeckte. Ihre Ledercorsage drückte ihre großen Brüste nach oben. Die Männer würden bei ihrem Anblick reihenweise verrückt werden. Vor allem, wenn sie die ganzen Runen auf der Innenseite ihrer Schenkel und ihren Hüften sahen.

Ihre Augen folgten meinem Blick und sie zuckte mit den Schultern.

»Ich mache das Beste aus diesen ›Verschönerungen‹. Bei Gelegenheit suche ich mir eigene Motive aus.« Sie strich Nairne eine weißblonde Strähne aus dem Gesicht. »Du siehst wunderbar aus.«

»Du auch.«

Mir lagen erneut viele Fragen auf der Zunge, doch wieder fehlte mir der Mut, sie zu stellen. »Wir sollten uns auf den Weg machen«, sagte ich deswegen.

»Was glaubst du, wie stehen unsere Chancen?«, fragte Rhona auf dem Weg nach unten.

»Ich weiß es nicht. Fürs Erste möchte ich sichergehen, dass wir alles richtig machen. Wenn ich dann einen Anhaltspunkt finde, wo Viola sich aufhalten könnte, bin ich schon zufrieden.«

»Was die anderen wohl tun?«

»Vermutlich das gleiche wie wir.« Ich wollte nicht darüber nachdenken. »Sie sind auch erst seit gestern hier und durch Carnie und Nairne stehen wir wahrscheinlich besser da als sie.«

»Das hören wir doch gern«, sagte Carnie hinter uns. Ich sah über meine Schulter, mittlerweile fiel es mir leichter, sie anzulächeln. Aus irgendeinem Grund begann ich, die beiden zu mögen.

»Lynx würde ich nicht unterschätzen«, meinte Nairne. »Sie ist ein hinterhältiges Miststück. Solche Leute kommen immer mit ihrem miesen Charakter durch.«

»Wem sagst du das?«, murmelte ich.

»Um Shark und seine Mannen brauchen wir uns wenig Gedanken machen«, meinte Carnie. »Drei von vier Typen denken nur mit ihrem Schwanz. Dagegen hat Laird keine Chance.« Sie machte eine Pause, als erwarte sie eine Reaktion von mir, doch erneut schwieg ich.

»Eines Tages werde ich herausfinden, was da los ist, Lupa«, versprach sie mir.

»Ich hoffe, du bist bereit, lange zu warten«, erwiderte ich.

Sie lachte.

»Eine Sache noch: Ich habe dem Inhaber des Clubs den Namen unserer Band gesagt.«

»Ich kann mich nicht erinnern, dass wir schon einen ausgesucht haben.« Ich runzelte die Stirn und blieb stehen. Wieder schenkte sie mir diesen unschuldigen Blick, den ihr niemand bei Verstand abkaufen würde.

»Tut mir *so* leid. Er wollte ihn gleich wissen. Da wurde ich kreativ.«

»Zum zweiten Mal bis dahin«, warf Nairne ein. »Carnies Kreativität hat heute viel zu tun.«

»Dann lass hören«, knurrte ich.

Carnie legte den Kopf schief und ihr wildes rotes Haar raschelte. Ihre Augen glänzten.

»Wir sind *Vixen's Desire*.«

Wir erreichten den Club und entluden den Bus. Meine Aufregung wuchs. Bekamen wir es hin?

Carnie winkte zwei Männer heran, die hinter dem Tresen standen. Sie lächelte und rollte einmal die Hüfte von links nach rechts, da waren sie schon am Bus und halfen beim Tragen.

Sprachlos sah ich sie an.

»Du kannst es, du tust es«, sagte sie schulterzuckend.

Dem hatte ich nichts entgegenzusetzen. Die beiden bauten sogar das Schlagzeug auf und schlossen die Instrumente an. Dann stand ich auf der schmalen Bühne und griff nach dem Mikrofon.

»Wir machen jetzt den Soundcheck«, sagte ein dritter Mann, dem der Club gehörte. »Hör genau hin und gib mir Handzeichen, damit wir die Gäste nicht stören.«

Es waren schon ein paar Leute da, sie saßen an den Tischen und schenkten uns nur milde Beachtung. Ich sah die Blicke mancher Männer, die wie Leim an Carnie klebten.

Und an mir.

Ich ignorierte das Unwohlsein und die Gänsehaut deswegen.

Misstrauisch nahm ich das Mikrofon zur Hand und sang einen Ton.

Es dauerte einen Moment, bis ich herausgefunden hatte, dass ich es an meine Oberlippe drücken und darüber die Lautstärke variieren musste. Nach mir kamen die anderen dran, bis wir so ausgerichtet waren, dass der Mann zufrieden war.

»Wir sind so weit«, sagte er in ein zweites Mikrofon an seinem Pult. »Wir präsentieren euch *Vixen's Desire*. Viel Spaß.«

Adrenalin schoss in meinen Körper, als die Menschen uns ihre Aufmerksamkeit zuwandten.

Ich hatte Lampenfieber.

Das letzte Mal, dass ich vor anderen gesungen hatte, war lange her.

›Egal‹, sagte ich mir. ›Blende sie aus. Konzentriere dich auf deinen Gesang. Konzentriere dich auf Viola.‹

Ich schickte den anderen den Impuls und Nairne gab den Takt vor. Beinahe ohne meine Hilfe. Mir fiel ein Stein vom Herzen. Es war etwas einfacher als gedacht. Sie hielt den Takt und meine Hüften bewegten sich wie von selbst mit dem Rhythmus.

Rhona und Carnie stimmten mit ein, gaben mir die Melodie. Rhonas Akkorde saßen akkurat, doch die Melodie klang anders, als ich sie kannte. Nicht so klagend, stattdessen düsterer und noch lockender.

Sie rollte über meine Haut wie Wellen, sanft streichend und doch war da dieser Sog, der mich tiefer und tiefer in das Wasser der Melodie zog. Carnies Bass verstärkte diesen Eindruck.

Ich atmete einmal tief ein, schloss die Augen und sang.

Die ersten zwei Töne zitterten leicht, dann war ich in dem Lied. Als hätte ich nie etwas anderes getan, formte ich die Worte, spann mein Netz und entfaltete den Zauber meines Blutes. Die Magie der Sirenen erschließt jedem Zuhörer die Sprache und ich spürte, wie ich die Menschen in meinen Bann zog.

Oh, komm hinab zum Meeresgrund
Finde den Pfad des Ozeangotts
Silbernes Mondlicht auf den Wellen
Spiegelt sich auf meinem Kleid

Oh, komm hinab zum Meeresgrund
Hinein ins dunkle Grab der Seligkeit
Heiße Küsse werde ich dir schenken
Rot von deinem Leben

Oh, komm hinab zum End der Welt
Deiner Welt, wie du sie kennst
Gib deine Seele in meine Hand
Lass mich hinein, lass dich hinter dir.

Ich versank in dem Text, in den Gefühlen, die mit ihm verbunden waren. Ich schenkte den Zuhörern einen Teil meiner Sehnsucht, meiner Trauer. Meines Verlusts. Und auch die Hoffnung, die noch in mir lebte, tief vergraben.

Ich verband den Gesang mit den Gesten des Zaubers. Meine Magie glomm auf, entfaltete sich, dehnte sich über den Raum. Sie war wie Wasser, das wie eine Welle über mein Publikum glitt.

Ich berührte ihre Seelen, spann Fäden, die ich zu einem Seil verknüpfen könnte, wenn ich es darauf anlegte. Ich spürte Rhona, Carnie und Nairne, die sich mir kaum entziehen konnten.

Nicht einmal Rhonas Charme-Amulett bestand gegen meine geballte Magie und ihre Auren veränderten sich. Wurden noch heißer. Ich musste sie ausklammern, damit mein Zauber sie nicht überrollte und sie sich weiterhin auf die Musik konzentrieren konnten.

Ahearns Zauber hatte mich mächtig gemacht. Ich trank mich an der Lebensenergie der Menschen satt, füllte meine Reserven auf, die ich für den nächsten Zauber brauchte. Die Sirene frohlockte und verlangte nach mehr.

Ich gab es ihr.

Heute.

Auch wenn ich nicht wusste, welche Konsequenzen das hatte. Was es mit mir machte.

Jetzt streckte ich meine mentalen Fühler aus, über den Club hinaus. Ich floss mit ihnen über die Straße und Dächer der Häuser.

So wurde aus der Welle ein Schleier, doch das war in Ordnung, ich konnte mich jederzeit auf einen Punkt konzentrieren und meine Kraft bündeln.

Wie über das weite Meer, wenn meinesgleichen nach Schiffen suchte, glitt ich durch die Stadt Wien. Bald blieb meine Aufmerksamkeit an bekannten Auren hängen, um die ich schnell einen Bogen machte: Lynx, Shark und ihre Begleiter. Sie nahmen mich wahr und ich spürte ihre Irritation über meine Anwesenheit. Ich zog weiter, doch sie wussten, dass ich auch hier war. Falls es ihnen nicht vorher schon bekannt war.

Der Geruch von Veilchen stieg in meine Nase und mein Geist ertastete eine bekannte Aura. Meine Berührung glitt von ihr ab wie von einem nassen Stein.

Viola.

Sie tarnte sich gut, beinahe hätte ich sie übersehen. Vorsichtig streckte ich mich nach ihr. Langsam. Behutsam. Ich musste herausfinden, wo sie war. Das Netz spinnen, das Seil knüpfen und sie dann zu mir holen. Wenn ich zu forsch vorging ...

Sie bemerkte mich im gleichen Augenblick, als ich mich auf sie konzentrieren wollte. Der zarte Duft der Veilchen verschwand und mit ihr die Aura.

Sie war fort.

Vor Enttäuschung entglitt mir meine Konzentration und ich stockte in meinem Gesang. Carnie spielte einen schiefen Ton und holte mich gewaltsam in den Club zurück. Auf die Bühne. Die Augen der Menschen waren noch immer auf mich gerichtet.

Ich beeilte mich, weiter zu singen, doch die Macht des Zaubers war gebrochen. Und selbst, wenn es mir gelänge, ahnte ich, würde ich Viola nicht mehr finden.

Wir spielten unser Repertoire und als der letzte Ton verklang, erwachten die Menschen wie aus einer Trance. Erst jetzt fiel mir auf, dass einige aufgestanden waren, um zu tanzen. Ich war mindestens so in der Musik versunken wie sie. Jetzt jubelten sie uns zu und applaudierten.

Ich hatte vergessen, wie gut sich das anfühlte, und genoss den Moment.

»Lupa?« Rhonas Stimme holte mich zurück. Ich zuckte zusammen. »Tut mir leid. Hast du sie gefunden?«

»Ja, aber sie hat mich abgeschüttelt.« Die Leute forderten eine Zugabe. Ich spürte ihre Euphorie auf meiner Haut. Sie prickelte wie sanddurchsetztes Wasser. »Das erste noch mal«, sagte ich und wir spielten die Zugabe, die sich schließlich auf die Wiederholung des gesamten Programms ausdehnte. Dann gab ich dem Besitzer einen Wink und er löschte das Licht. Wir nutzen die Zeit, um die Bühne zu verlassen.

»Alle Achtung«, murmelte Nairne und streckte sich. »Das ist anstrengender als gedacht.«

»Frag mich mal«, erwiderte ich matt und strich mein Haar zurück. Meine Haut war von einem Schweißfilm überzogen.

»Ich hole uns was zu trinken«, sagte Carnie und war schon an der Bar. Ich sah sie mit einem unserer Helfer flirten. Sicher bekamen wir die Getränke gratis.

»Also hast du sie noch nicht gefunden«, nahm Rhona das Gespräch wieder auf. Ich schüttelte den Kopf.

»Sie war hier in der Nähe, aber sie hat mich zu früh bemerkt. Jetzt ist sie bestimmt schon über alle Berge.«

»Dann müssen wir weitersuchen.« Sie verstaute ihre Gitarre im Koffer. »Hast du ein Gefühl, in welche Richtung sie verschwunden ist?«

Ich wollte gerade antworten, als Nairne einen zornigen Schrei ausstieß. Ich fuhr herum und sah Carnie, die von zwei Typen belagert wurde. Sie hatte abwehrend die Hände gehoben und wich zurück.

»Hey, Finger weg!«, bellte Nairne und war schneller bei ihnen, als ich erfassen konnte, was vor sich ging. Nairnes Wangen hatten sich bereits rot gefärbt, ein untrügliches Warnsignal, das die beiden Männer nicht verstanden.

»Hinterher!«, keuchte Rhona. Wir mussten Schlimmeres verhindern.

»Chill mal, Mädchen«, sagte einer der Männer und packte Carnie am Arm.

»Lass mich los!«, rief sie und versuchte, sich loszureißen.

»Komm schon, jetzt stellst du dich so an? Eben noch die Titten zeigen und jetzt auf einmal ...« Er kam nicht mehr weiter, denn Nairne packte ihn und schleuderte ihn von ihrer Freundin weg.

»Scheiße!«, keuchte ich und machte einen Satz auf sie zu. »Nairne, hör auf!« Doch sie holte schon aus und erwischte den Mann mit der flachen Hand im Gesicht. Sein Glück, ihre Faust hätte seinen Kiefer sicher gebrochen. So flog sein Kopf herum und er prallte gegen den Tresen.

»Alter, was ist das denn?«, stammelte sein Kumpan und wich mit erhobenen Händen zurück.

»Nichts für ungut, ich ...« Doch Nairne holte schon wieder aus. Ich machte einen Satz auf sie zu, prallte gegen sie und riss sie zurück.

»Lass mich los!«, schrie sie. »Der wird bereuen, dass er geboren wurde!«

»Nairne, bitte!«, rief Rhona, doch Nairne stemmte sich mit aller Macht gegen mich. Ich konnte sie nicht mehr lange halten.

»Nairne!« Carnie schlang die Arme um sie und drückte sich der Länge nach an ihren Körper. Sofort versteifte Nairne sich, die flammende Röte nahm etwas ab und ihre grünen Augen loderten nicht mehr so gefährlich. Sie drehte den Kopf in Carnies Richtung, die die Augen schloss und sie küsste. Nairnes Körper erschlaffte, jetzt musste ich sie halten, damit sie nicht zu Boden ging. Gemeinsam rutschten wir auf die Knie.

»Verdammte Freaks!«, keuchte Carnies Angreifer, dessen Wange ungesund angeschwollen war.

»Haut einfach ab, bevor es noch schlimmer für euch wird«, sagte Rhona mit tödlicher Ruhe. Die beiden murmelten ein paar Unflätigkeiten, dann zogen sie ab.

»Carnie, was ist passiert?«, fragte eine männliche Stimme auf Englisch. Ich sah auf. Der Barmann war zurückgekommen. Die ganze Aktion hatte kaum zwei Minuten gedauert.

Der Sukkubus löste sich von Nairne, zog ihr verrutschtes Oberteil zurecht und half uns, wieder auf die Beine zu kommen. »So was geschieht leider manchmal.« Ich betrachtete Nairne, die wie ein Häufchen Elend auf ihre Hände starrte.

Sie wirkte benommen, als stünde sie neben sich und könne selbst nicht glauben, was gerade geschehen war. Ihr Blick war trüb.

»Ich musste eingreifen«, erklärte Carnie und ich verstand: Sie hatte ihr Lebensenergie abgezogen, als sie sie küsste.

»Was für eine Aufregung«, murmelte Rhona.

»Ich fürchte, das ist normal«, sagte Carnie schwach grinsend. »Es klingt wie ein Witz: ›Kommen ein Wolfsblut, ein Mensch, ein Sukkubus und ein Berserker in eine Bar‹.«

»Ich glaube nicht, dass ich wissen will, wie er ausgeht«, stöhnte ich.

»Seid ihr in Ordnung?«, fragte der Barmann zweifelnd.

Carnie nickte. »Gerade so. Gibst du einen aus?«

»Klar.« Er schenkte vier kleine Gläser voll und schob sie über die Theke. Ich zögerte kurz, entschied aber, dass ich nach dem Schrecken einen Schluck verdient hatte. Der Schnaps brannte nur kurz und tatsächlich ging es mir besser.

»Mädels, ihr wart fantastisch!« Der Clubbesitzer kam zu uns, offenbar hatte er von der Eskalation nichts mitbekommen. Das war auch besser so. Wüsste er, wie nah er der völligen Zerstörung seines Hauses gestanden hatte, wäre er sicher nicht so euphorisch. »Die Leute sind begeistert. Könnt ihr morgen noch einmal auftreten? Oder am besten gleich die ganze Woche?«

Carnie und Rhona sahen mich an.

Ich schüttelte den Kopf. »Tut mir leid, aber wir müssen weiter.«

»Weiter«, echote er erschüttert. »Und wohin?«

Schweigen senkte sich über uns, als ich über diese Frage nachdachte.

Wohin war Viola verschwunden?

Ich schloss die Augen und versuchte, mich zu erinnern. Beschwor noch einmal das Gebiet herauf, das ich abgesucht hatte. Sie war geflohen, ich hatte es als eine Art Zerren gespürt.

Wenn du wüsstest, was ich weiß, würdest du nicht fragen.

Ich würde fragen, sobald ich die Gelegenheit dazu bekam.

»Nach Osten.« Ich öffnete die Augen. »Wir fahren nach Bratislava.«

KAPITEL 7

Mein Kopf fühlte sich schwer an.

Meine Augen waren verklebt und mir war, als wäre ich die ganze Nacht durch den Wald gerannt. Der Druck auf meine Schläfen war unangenehm und meine Finger knackten, als ich die Hände streckte.

Neben mir atmete jemand, doch ich erkannte Rhona sofort an ihrem Geruch. Er war mir fast so vertraut wie mein eigener.

»Was für eine Nacht«, murmelte sie.

»Mmhm.« Der Barbesitzer hatte versucht, mich mit einigen Drinks zu überzeugen, dass wir doch noch wenigstens einmal bei ihm spielten. Schließlich musste ich die Notbremse ziehen und Carnie überreden, zu gehen. Nairne ging es nicht gut, sie saß wie betäubt am Tresen und hielt sich an ihrem Glas fest. Das hatte ihre Freundin schließlich überzeugt.

»Das mit Nairne war haarscharf. Ich möchte nicht wissen, was passiert wäre, wenn du sie nicht aufgehalten hättest«, murmelte Rhona.

»Es wäre nicht mehr lange gut gegangen«, sagte ich. »Sie hat eine Kraft, das ist Wahnsinn. Ohne Carnie ...« Ich seufzte. »Es ist alles nicht so einfach.« Ich fühlte in mich hinein. Seit gestern hatte sich etwas in mir verändert.

Die Sirene war wiedererwacht und drängte an die Oberfläche. Sie hatte die Energie unseres Publikums gierig aufgesaugt und lechzte jetzt nach mehr. Ich wusste nicht, wie lange ich standhalten konnte. Außerdem sehnte ich mich nach Wasser.

Meine Hände verkrampften sich an meiner Bettdecke. Ich hatte Angst. Diesen Teil von mir hatte ich so lange unterdrückt, dass ich nicht wusste, ob sich die Sirene mit meiner Persönlichkeit vereinbaren ließ. Im schlimmsten Fall machte sie jemand anderen aus mir. Jemanden, mit dem ich mich erst arrangieren musste.

Das wollte ich nicht. Es hatte mich viel Zeit und Kraft gekostet, mich so zu akzeptieren, wie ich war.

»Du riechst anders«, sagte Rhona. »Weniger nach Wald und mehr nach Salzwasser.«

Ich schloss die Augen und kämpfte gegen die Angst. »Das habe ich befürchtet.«

»Geht es dir gut?« Sie wusste, wie anstrengend es für mich war, die beiden Blutlinien in Schach zu halten. Sie hatte es so gut, konnte einfach sein, wer sie war. Niemand konnte ändern, als was er geboren wurde, aber ich wünschte mir wieder einmal, ich wäre ein Mensch. Egal, wie sinnlos das war.

»Ja. Alles in Ordnung.«

Noch.

Es raschelte neben mir, als sie sich aufsetzte. »Wir sollten uns auf den Weg machen. Es ist zwar nicht weit nach Bratislava, aber wir haben keine Zeit zu verlieren.«

Es gefiel mir nicht, aber ich sah ein, dass sie recht hatte. Hier in Wien gab es nichts mehr für uns zu tun und wir mussten weitermachen. Mit allen Konsequenzen. Je eher ich mich mir selbst stellte, desto besser.

Mit schweren Gliedern setzte ich mich auf und rieb mir die Augen. »Ich weiß nicht, was ich erwartet hatte, aber das hier war es nicht.«

»Neuer Tag, neues Glück«, sagte sie lächelnd und verschwand im Bad.

»Das ist ein typischer Menschenspruch«, brummte ich und suchte meine Sachen zusammen. Meine Kleidung hatte ich letzte Nacht einfach auf den Boden geworfen, jetzt stopfte ich sie in meine Tasche. Mein Körper kribbelte noch von der menschlichen Energie. Ich hatte Angst davor, wohin das führte.

Erneut war es schwierig, Carnie und Nairne aus dem Bett zu bekommen, doch schließlich standen sie vor uns. Nairne war noch immer kreidebleich.

»Tut mir leid, was gestern Abend passiert ist«, flüsterte sie mit gesenktem Blick.

Ich sah Carnie fragend an, verstand nicht, warum sie noch immer wie ein Häufchen Elend aussah. »Warum ...«

»Ich weiß es auch nicht«, sagte Carnie leise. »Ich habe mich die ganze Nacht um sie gekümmert.« Ja, das war durch die Wand zu hören gewesen.

»Kommst du wieder in Ordnung?«, fragte ich. Nairne rieb sich das Gesicht und atmete tief durch. Dann rollte sie den Kopf von links nach rechts und streckte sich.

»Lass mich frühstücken und ich gebe mein bestes. Ich brauche immer etwas, um mich davon zu erholen, wie ich sein kann. Das ist nicht nur für euch unangenehm«, antwortete sie, doch ihre Stimme war etwas kräftiger und die Farbe kehrte in ihr Gesicht zurück.

Ich verstand das nur zu gut und fühlte mich ihr verbunden.

Gleichzeitig dachte ich mir, dass ich dankbar für mein Blut sein sollte, das sich, bei aller Impulsivität, immer kontrollieren ließ. Und ich wollte alles dafür tun, um es ihr leichter zu machen.

»Wir sind bei dir, weißt du?«, sagte ich. Nairne sah mich überrascht an.

»Ich dachte, du seist wütend auf mich.«

»Bin ich nicht«, erwiderte ich achselzuckend. »Du hattest einen guten Grund und hast dich nicht aus purer Lust geprügelt. Ich bin nur froh, dass es nicht weiter eskaliert ist.«

»Ich auch.« Nairne schenkte mir ein schmales Lächeln, doch ich roch ihre Erleichterung. Sie hatte sich vor Rhonas und meiner Reaktion gefürchtet.

Weil sie Angst hatte, dass wir sie doch zurückschickten? Oder hatte das einen persönlicheren Grund?

Ich war dennoch erleichtert. Sie konnte uns fahren, also machten wir weiter.

»Bratislava«, sagte Carnie wenig später im Speiseraum und biss in ein Brötchen. »Das sagt mir nichts.«

Rhona kramte das Buch mit der Karte aus ihrer Tasche. »Hauptstadt der Slowakei. Liegt wie Wien an der Donau. Schöne Altstadt.« Sie seufzte. »Diese Informationen helfen niemandem.« Sie las weiter. »In der Slowakei leben verbreitet Hausgeister in Einklang mit den Menschen. Sie tarnen sich gut und bleiben meist unerkannt.«

»Ich wollte auch keinen Kontakt zu Einheimischen suchen«, murmelte Carnie.

»Es wäre gar nicht schlecht, einen Einheimischen zu treffen«, wandte Rhona ein. »Er könnte uns Informationen darüber geben, wo sich Zentren befinden, auf die Viola zusteuern könnte.«

»Wenn er sie denn selbst kennt«, sagte Carnie. Rhona runzelte die Stirn. »Na, kennst du alle mystischen Orte in hundert Meilen Umgebung in Myrica? Und wenn ich richtig informiert bin, gibt es hier keine Schulen wie den Orden.«

Ich zog die Augenbrauen hoch. »Du bist erstaunlich gut informiert, obwohl du immer den Unterricht schwänzt.«

»Wir haben früher mal überlegt, hierher abzuhauen«, sagte Nairne. Ihre Stimme war noch immer leise, aber sie kam langsam zu sich. »Deswegen haben wir uns ein bisschen belesen. Danach sind wir lieber im Orden geblieben.«

»Es gibt hier mystische Orte und auch Zentren«, widersprach Rhona. »Aber ja, sie sind seltener als bei uns, weil die magische Gemeinschaft hier im Verborgenen lebt. Und nein, Bratislava ist kein mystisches Zentrum.« Sie deutete auf die Karte im Buch. »Allerdings führt eine Wasserlinie durch die Stadt.«

»Und was haben wir davon?«, fragte Carnie schulterzuckend.

»Eventuell kann ich sie anzapfen und meine Reichweite vergrößern«, sagte ich. Carnie pustete Fransen aus ihrer Stirn.

»Weißt du, Lupa, es ist mir egal. Ich folge dir einfach, wohin auch immer es geht, und sehe zu, dass ich dir helfe. Solange Nairne und ich von Mistress nicht einen Kopf kürzer gemacht werden, wenn wir zurückkommen, ist mir alles recht.«

Also war es doch das.

Ich wusste nicht, warum, aber mir versetzte diese Aussage einen Stich.

Sie waren hier, um ihre Köpfe aus der Schlinge zu ziehen, nicht, weil sie mich mochten oder mir unbedingt helfen wollten.

Das war in Ordnung. Mehr sollte ich nicht erwarten.

Nairne starrte auf die Karte. »Ich frage mich, was Viola hier will.« Das nächste Problem.

»Ich mich auch.« Ich nippte an meinem Tee und fühlte mich unglücklich. »Ich verstehe nicht, was sie zu ihrer Tat bewegt hat. Wir sind ... waren befreundet. Sie hat nie etwas gesagt. Mistress meinte, sie könne einen Auftraggeber haben, aber das kann ich mir nicht vorstellen.«

»Wenn wir sie gefunden haben, kannst du sie ja fragen«, schlug Carnie vor. Sie beschmierte ihr Shirt mit Marmelade und seufzte. »Wir werden waschen müssen.«

»Iss wie ein zivilisiertes Wesen und du kommst länger aus«, meinte Nairne. Carnie zwinkerte, da wurde sie blass und krallte sich an der Tischkante fest. Nairne fasste ihre Hand und redete beruhigend auf sie ein.

»Was hat sie?« Rhona griff nach ihrer anderen Hand.

»Es geht schon«, keuchte Carnie. Als sie aufsah, strahlten ihre Augen intensiver als je zuvor. Das Grün war so durchdringend, dass meine Haut prickelte. Ohne nachzudenken streckte ich die Hand nach ihr aus und streichelte ihren Arm. Ich konnte einfach nicht anders.

Sie lächelte matt. »Du fühlst dich gut an, Lupa.«

»Du hast es also doch übertrieben«, sagte Nairne. »Das habe ich dir doch gesagt.«

»Aber es ging dir so schlecht.« Carnie schnaubte und griff ihren Kakaobecher. Als sie Rhonas verständnisloses Gesicht sah, nahm sie einen Schluck. »Im Club habe ich Nairne viel Energie entzogen, um sie zu beruhigen.

Das war eine Kurzschlussreaktion.« Sie schnitt eine Grimasse und nippte erneut an ihrem Becher. »Ich kann die Energie auch wieder zurückgeben, aber nicht alles und es ist mühsam für mich.«

»Ich habe dir gesagt, dass du das nicht tun sollst.« Nairne wirkte wütend, aber es drohte keine Eskalation. Ich roch ihre Angst um Carnie.

»Dann lägst du jetzt noch oben und würdest die Decke anstarren.« Carnie schüttelte den Kopf. »Das kriege ich alles wieder hin. Lass gut sein«, sagte sie zu mir, als ich mich im Raum umsah. »Hier ist niemand.« Sie hatte recht. Außer uns waren nur zwei Frauen mit ihren Kindern und drei Pärchen fortgeschrittenen Alters im Raum, die uns misstrauisch beäugten. »Lass uns nach Bratislava fahren und ich versuche dort mein Glück.« Sie griff erneut nach ihrem Marmeladenbrötchen und biss ab. »Der Zucker hilft ein bisschen.«

Nairne beobachtete sie unglücklich und ich spürte einen unangenehmen Druck. Ich trug die Verantwortung für sie und es besorgte mich, sie so zu sehen. Auch wenn es nicht meine Schuld war. Niemand konnte etwas für sein Blut.

Hatte ich das gerade gedacht?

Ein schwaches Lächeln kräuselte meine Lippen. Ich war doch eine Idiotin und hing emotional viel zu tief drin.

»Ich kümmere mich um die Bezahlung«, sagte Rhona und stand auf.

Ich roch ihr Unbehagen und ein Blick auf Carnie und Nairne sagte mir, dass sie es auch bemerkt hatten.

»Eben doch ein Mensch«, murmelte Nairne. »Das meine ich anders, als du denkst, Lupa, beruhige dich. Für Rhona ist es unverständlich, was mit uns passiert. In ihr ist nichts, was sie zum Handeln zwingt. Die Glückliche. Ich wäre oft auch lieber ein Mensch.« Sie sah mich an. »Du verstehst uns nur zu gut, nicht wahr? Ich finde es beeindruckend, wie du dich kontrollierst.«

»Jahrelange Übung«, wiegelte ich ab. »Wenn du ein Außenseiter in deiner eigenen Familie bist ...« Ich brach ab und sah in verständnisvolle Gesichter. »Tut mir leid.«

»Muss es nicht. Gerade deswegen ist es beeindruckend«, lächelte Carnie und setzte eine Sonnenbrille auf. »Ich wusste, dass ich sie brauchen würde. Vielleicht können wir von der Spießerin doch noch etwas lernen.« Letzteres ging an Nairne.

»Danke für das Kompliment«, sagte ich, doch irgendwie fühlte es sich gut an.

»Mittlerweile weißt du doch, wie es gemeint ist.« Carnie stand auf, als Rhona im Türrahmen erschien. »Dann los.« Nairne hakte sich bei ihr ein, doch ich hatte gesehen, wie unsicher sie sich bewegte. Wir hatten keine Zeit zu verlieren.

»Bist du dir sicher, dass Viola in Bratislava ist?«, fragte Nairne und lenkte den Bus auf die Autobahn 4 nach Osten. Die Wiener Innenstadt hatten wir bereits hinter uns gelassen. Glücklicherweise. Der Verkehr war dicht und Nairne kam an ihre Grenzen.

»Nein. Ich habe nur eine Ahnung.« Ich sah über meine Schulter zurück auf die Rückbank. Rhona übte leise mit ihrer Gitarre, doch Carnies Kopf lehnte an der Scheibe, sie war eingeschlafen.

»Eine Ahnung ist nicht viel.« Nairne trat aufs Gaspedal. »Aber als Erstes müssen wir uns um Carnie kümmern.«

»Kann ich etwas tun?«, fragte ich.

»Nichts, was sinnvoll wäre. Aber wenn du ihr doch einen Hausgeist besorgen könntest, wäre das gut.« Sie atmete durch. »Wir werden nicht das Glück haben, dass uns Shark und seine Leute über den Weg laufen. Es wird schon so gehen.«

Das hoffte ich auch, denn so gern ich wollte, dass es Carnie wieder besser ging, so wenig wollte ich Shark treffen. Auch wenn der Gedanke, dass Carnie ihm all seine Lebensenergie raubte, etwas für sich hatte.

Die Fahrt nach Bratislava war kurz.

Trotz der Nähe war ich verwundert, wie wenig die beiden Hauptstädte einander glichen. Dennoch hatte jede ihre eigene Schönheit.

»Wohin soll ich fahren?«, fragte Nairne.

»Erst einmal ins Zentrum«, legte ich fest.

Diesmal hatten wir nicht das Glück, über eine Fernsehsendung vorinformiert zu sein. Wir mussten uns vor Ort erkundigen, wo es passende Clubs und Bars gab.

»Lasst uns ein Hotel suchen«, sagte Rhona. »Dort kann Carnie sich ausruhen und wir fragen an der Rezeption nach. In Wien waren sie hilfsbereit.« Ich nickte Nairne zu und sie lenkte den Bus in Richtung Zentrum.

Ein Hotel war schnell gefunden und Rhona checkte uns ein. Carnie war die Erleichterung anzusehen, als sie sich auf das breite Bett legen konnte, ihr fielen sofort die Augen zu. Zum Glück, das grüne Leuchten wurde immer unheimlicher und ihr Geruch immer intensiver.

An der Rezeption gab uns die freundliche Frau gern die Informationen, die wir brauchten. Ich merkte, dass ihre Augen an mir klebten. Das war mir unangenehm. Und ich ahnte, warum es so war.

Wenn die Sirene noch stärker wurde, wäre ich dann wie Carnie? Verführerisch und gefährlich. Doch Sirenen waren schlimmer als Sukkuben. Vollkommen entfesselt töteten sie, sie gaben sich mit bloßer Energie nicht zufrieden.

Es musste mehr sein.

Viel mehr.

So weit durfte es nie kommen.

Zum ersten Club war es nicht weit, doch er hatte noch geschlossen, also zogen wir vorerst weiter. Zum Zweiten mussten wir länger gehen, doch das machte mir nach der Autofahrt nichts aus.

Beim zweiten Club hatten wir Glück: Er erhielt gerade eine Getränkelieferung und der Inhaber war da. Wir folgten dem ausgestreckten Finger des Mitarbeiters ins Innere.

Ich sah mich um: Dieser Club war größer als der in Wien. Das bedeutete mehr Publikum, eine größere Reichweite. Eine größere Chance, Viola zu finden. Ich musste alles daransetzen, dass es klappte.

Der Mann war schnell gefunden, doch er war nicht einmal bereit, uns zuzuhören.

»Ich suche nur Kellner und Barleute«, schnauzte er Rhona an. »Mit Bands gibt es immer nur Ärger. Den Weg hierher hättet ihr euch sparen können.«

Mich ärgerte, wie er mit ihr umging, und ich hatte keine Lust mehr, hier aufzutreten.

»Komm, Rhona«, ich ergriff ihre Hand. »Er ist selbst Schuld.«

»Bist eine ganz Eingebildete, was?« Er sah mir ins Gesicht, da weiteten sich seine Augen. »Was ...«

Ich strafte ihn mit meinem Blick ab und wollte mich umdrehen. »Okay warte mal. Sing mir den Refrain von einem Lied und ich entscheide, ob ihr auftreten könnt. Mein DJ ist krank und der Ersatz kommt später. Ihr könntet überbrücken. Wenn ihr gut seid.«

Ich holte Luft, um ihm zu sagen, dass er selbst überbrücken konnte, hielt mich aber zurück. Mein Stolz durfte mir jetzt nicht im Weg stehen, es hing zu viel davon ab. Das war unsere Chance. Das, was Carnie dringend brauchte.

Ich räusperte mich und begann zu singen, dabei sah ich ihm fest in die Augen. Meine Stimmmagie wallte auf, sie floss aus mir wie dünner Nebel und hüllte ihn ein. Sie betörte, machte Versprechungen, streichelte seine Seele. Er hatte keine Chance und ich sah seinen ohnehin schwachen Widerstand verschwinden. Noch bevor ich halb fertig war, hob er die Hand.

»Ihr könnt um neun anfangen und habt eine halbe Stunde. Seid um acht hier zum Soundcheck.« Er schüttelte benommen den Kopf. Mehr brauchte ich nicht und wollte lieber gehen, bevor die Sirene mich dazu trieb, mit ihm weiterzumachen. Meine Augen blieben an seinem Hals hängen, wo seine Hauptschlagader pulsierte.

Oh nein, das ließ ich nicht zu. Ich riss meinen Blick von ihm los.

»Danke.« Ich drehte mich um und verließ mit Rhona und Nairne den Club.

»Das ging noch schneller als bei Carnie«, sagte Nairne mit hochgezogenen Augenbrauen.

»Sirenenmagie«, erwiderte ich kurz. Sie pulsierte in mir und ich kämpfte sie nieder.

»Kann sein, aber nicht nur.« Sie sah mich forschend an. »Deine Aura hat sich seit gestern verändert. Davor war sie eher wild, jetzt ist sie geschmeidiger. Gefährlicher. Im doppelten Sinne.«

Ich wandte mich ab und atmete tief ein. Nairnes Worte beunruhigten mich, die Veränderung war also so stark, dass die anderen es mitbekamen. Meine Hand schloss sich um das Amulett an meinem Hals.

Ich musste mich auf meine Mission konzentrieren. Alles andere stand im Hintergrund. Ich durfte mich nur nicht verlieren.

Zurück im Hotel holte Rhona die lederne Tasche des Ordens hervor und starrte auf deren Inhalt, den sie auf dem Bett ausgebreitet hatte. Mehrmals zählte sie etwas ab, schüttelte jedes Mal den Kopf und stützte das Kinn auf die Knie.

»Wie kann ich dir helfen?«, fragte ich.

»Ich fürchte, momentan gar nicht.« Ihre dunkelblauen Augen wanderten unstet über die Utensilien. Sie seufzte frustriert. »Ich habe zu wenig Eisenkraut, um einen zweiten Ortungszauber durchzuführen.«

»Für den Ersten brauchtest du keins«, meinte Nairne stirnrunzelnd.

»Das stimmt, aber den habe ich auch schon ausprobiert und Viola nicht mehr aufgespürt. Sie muss uns beim letzten Mal bemerkt haben und ist jetzt auf der Hut.« Sie sah mich unglücklich an. »Es tut mir leid, Lupa.«

»Ich habe nicht einmal mitbekommen, dass du ihn ein zweites Mal durchgeführt hast«, gab ich zu.

»Das war heute Morgen, als du im Bad warst«, erwiderte sie. Ich war so mit mir selbst beschäftigt, dass ich es nicht einmal gerochen hatte.

»Uns bleibt noch der Auftritt«, sagte Nairne. »Wenn mehr Publikum deine Reichweite erhöht, haben wir doch eine Chance. So wollten Mistress und Konsorten doch auch, dass du sie ausfindig machst. Halten wir uns einfach dran. Hab ich das gerade gesagt?«, murmelte sie kopfschüttelnd. »Wisst ihr, mir gefällt es gut hier, aber diese drohende Bestrafung fühlt sich nicht gut an. Wir sollten versuchen, voranzukommen.«

Ich sah Rhona an, die mit den Schultern zuckte. »Etwas anderes bleibt uns auch nicht übrig.«

»Gut.« Nairne stand auf. »Ich sehe nach Carnie, ruht euch noch ein wenig aus.«

»Leichter gesagt als getan«, meinte ich und rieb meine Schläfen. Mein Kopf fühlte sich enger an als sonst.

»Ist alles in Ordnung?«, fragte Rhona und packte die Magieutensilien wieder ein. Ich zuckte mit den Schultern, wollte nicht darüber reden. Bei dieser Sache konnte sie mir nicht helfen. Ich musste allein mit mir klar kommen.

»So gut es geht«, sagte ich ausweichend.

Sie sah mich nachdenklich an, ließ es dann aber gut sein.

»Ich werde noch ein bisschen üben«, sagte sie und holte ihren Gitarrenkoffer. »Dann schaffe ich es bald allein und du musst dich nicht auch noch um mich kümmern.«

»Das macht mir wirklich nichts aus, aber ich helfe dir.« Ich setzte mich im Schneidersitz auf den Boden und lehnte meinen Rücken ans Bett. »Mir sind noch zwei Lieder eingefallen, bei denen du mich begleiten kannst.«

Die Musik war meine Flucht. In ihr fühlte ich mich sicher und merkte immer mehr, wie sehr ich sie in den letzten

Jahren vermisst hatte. Wenn ich mich auf sie konzentrierte, sollte ich mich in den Griff bekommen.

Rhona setzte sich mir gegenüber und ich lächelte über ihren Eifer.

Wie gut, dass ich sie hatte.

Wie gut, dass sie unabhängig von ihrem Blut entscheiden konnte und so oft das Richtige tat.

Um sieben waren wir fertig und machten uns daran, Carnie halbwegs herzurichten. Sie hatte sich über den Tag kaum erholt, es erschien mir eher, als sei ihr Energielevel weiter gesunken.

»Müssen wir uns Sorgen machen?«, fragte ich Nairne, die sie stützte.

»Noch nicht, aber bald.« Sie rieb sich die Stirn. »Das wird ein Stück Arbeit, sie bis zum Club zu bringen.«

»Ich habe an der Rezeption gefragt, unten wartet ein Taxi auf uns, ein Auto, das uns in die Nähe des Clubs bringt«, sagte Rhona. »Wir schaffen das.«

Der Fahrer des Taxis hatte Mitleid mit uns. Nachdem er sich vergewissert hatte, dass Carnie nicht betrunken war, nutzte er einen Schleichweg und ließ uns hinter dem Gebäude heraus. Genau dort, wo am Vormittag die Lieferung angekommen war.

Drinnen gingen wir an die Bar, um uns anzumelden. Nairne hatte ihren Arm um Carnies Taille geschlungen, ihre Lider wurden immer schwerer und ihr Körper schlaffer. Nairne sah mich an und hob die Augenbrauen. Jetzt also wurde es knapp.

Rhona sprach den Mann am Tresen an. Er drehte sich zu uns um. Im gleichen Moment passierte etwas Eigenartiges mit Carnie: Als mobilisierte ihr Körper seine letzten

Reserven, fixierte sie den Barkeeper, der unter ihrem Blick förmlich schmolz. Seine Augen weiteten sich und sein Fluchtinstinkt schien einzusetzen, doch da legte sie den Kopf schief und lächelte ihn an.

»Hallo. Ich bin Carnie.« Ich bekam Gänsehaut wegen ihrer Stimme, die so tief und samtig war, dass mein ganzer Körper kribbelte. Bei dieser Intensität war nicht einmal ich mehr immun gegen ihren Charme. Von dem armen Menschen vor mir ganz zu schweigen.

»Hi«, hauchte er und ich konnte förmlich sehen, wie ihm seine Haut zu eng wurde.

»Gibt es hier einen Nebenraum? Nur für zwei?« Er nickte, ich sah Schweiß auf seiner Stirn glitzern. »Würdest du ihn mir zeigen?« Er ergriff mit weitaufgerissenen Augen ihre ausgestreckte Hand und führte sie durch ein verspiegeltes Portal.

»Das war ...«, begann Rhona, brach aber ab und zuckte hilflos mit den Schultern. »Ich weiß gar nicht, was das war.« Sie rieb sich die Stirn und atmete durch. Auch ihr Charmezauber hatte versagt und sie brauchte einen Moment, um sich zu erholen.

»Ich weiß, trink am besten etwas. Das war jetzt der Extremfall. So geht es ihr glücklicherweise nicht oft«, sagte Nairne, die die Tür nicht aus den Augen ließ. Sie streckte die Schultern. »Wenn sie gleich wiederkommt, geht es ihr besser, das ist die Hauptsache. Lasst uns aufbauen, hier sind leider keine helfenden Hände.«

»Zumindest nicht für uns«, sagte ich.

»Du hast ja doch ein bisschen Humor, Wolfsmädchen«, feixte sie.

»Mehr als du glaubst.«

Nairne grinste. »Steht dir gut, lass ihn doch öfter mal raus.«

»Ich überlege es mir«, meinte ich und verkniff mir ein Lächeln.

Wir schlossen die Gitarren an und Nairne inspizierte das vorhandene Schlagzeug. Der Aufwand, ihres hierher zu bringen, es auf- und abzubauen, war zu groß und dieses Zugeständnis hatte der Clubbesitzer noch gemacht. Er erschien um zehn nach acht zum Soundcheck, nur wenige Minuten nach Carnie, die als sie selbst aus dem privaten Zimmer für zwei zurückkam. Das Leuchten war verschwunden und ihre Augen wieder blau.

Ich war froh, dass es ihr besser ging. Von dem Barkeeper war nichts zu sehen.

»Der arme Kerl schenkt heute nichts mehr aus«, meinte sie. »Glücklicherweise war er da. Es war knapp. Aber jetzt bin ich zu allem bereit.« Sie nahm das Amulett für den Verbundenheitszauber von Rhona entgegen und legte es um. Sie zwinkerte mir zu. »Auf dein Kommando, Lu.«

»Über Spitznamen reden wir ein anderes Mal«, erwiderte ich.

Der Soundcheck verlief reibungslos und ich war schnell zufrieden.

»Eine Sache noch«, sagte Dima, der Besitzer. »Ihr solltet euch ein Plakat zulegen, das die Clubs aushängen können. Sonst weiß ja niemand, dass ihr spielt.«

»Ich kümmere mich drum«, versprach Carnie. Sie hatte einen Riesenspaß an solchen Aufgaben und bat Dima, ein Foto von uns zu machen, das sie verwenden konnte. Ich starrte auf die Kamera, die das Bild sofort zeigte. Was ich sah, entsprach nicht meinem Selbstbild.

Ich musste mich wohl daran gewöhnen, dass dies meine neue Ausstrahlung war. Carnie zumindest fand es gut und zupfte an meiner Kleidung herum, bis sie zufrieden war.

»Du könntest den Ausschnitt noch ein wenig herunterziehen«, schlug sie vor. Ich schüttelte den Kopf.

»Für meinen Geschmack bin ich fast nackt, also lass gut sein. Viola werde ich auch mit einem tieferen Ausschnitt nicht besser anlocken.«

»Schon gut, dann beim nächsten Mal«, winkte sie ab.

Um kurz vor neun öffnete der Club die Türen. Die ersten Gäste kamen herein und die Blicke streiften uns auf der Bühne. Carnie war von einem sanften Leuchten umgeben, das die Aufmerksamkeit der Männer auf sich zog. Ich hoffte, dass sie es war, die sie anstarrten.

Dima kündigte uns in seiner Muttersprache an und die Gäste applaudierten höflich. Jetzt war es so weit. Ich schloss die Augen und zentrierte mich, brachte meine volle Aufmerksamkeit auf meine Stimme und meine Magie.

In Gedanken ging ich noch einmal die Bestandteile des Zaubers durch. Ich durfte keinen Fehler machen. Dieses Mal wollte ich Viola nicht nur aufspüren, sondern in mein Netz ziehen.

Sanft und doch gnadenlos. Es war an der Zeit, einen Erfolg zu verbuchen, und ich spürte, dass diese Nacht dafür geeignet war.

Ich gab Nairne den Wink, zu beginnen. Rhona und Carnie stiegen ein. Die Musik berührte mein Herz, hüllte mich ein. Die Gefühle kamen zurück und ich schluckte den Kloß in meiner Kehle hinunter.

Ich gab mich der Musik hin und wurde eins mit ihr.
Meine Magie wallte mit dem ersten Ton auf. Der Zauber
gelang wie von allein.

Perlweiß wie der Mond
Perlmutt wie meine Haut
Perlglanz wie mein Kleid
Locke ich dich an

Zart und wild wie Muschelsand
Geheimnisvoll wie das Nachtschwarz
Ewig wie der Korallenschild
Willst du bei mir sein

Ozeanblau wie meine Augen
Mondweiß wie meine Haut
Messerscharf wie meine Zähne
Versinkst du ganz in mir

Komm zu mir.

Wieder spürte ich, wie meine Magie über die Zuhörer
floss. Dieses Mal verdichtete sie sich noch schneller und
ich dehnte sie weiter über die Grenzen des Raumes aus.
Bratislava war kleiner als Wien und es gelang mir, einen
Großteil der Stadt zu durchforsten.

Doch von Viola fehlte jede Spur.

Stattdessen bemerkte ich eine andere Aura. Sie war mir
nur zu gut bekannt. Und ich wollte sie auf keinen Fall in
meiner Nähe haben.

Sie war auf dem Weg hierher.

Verdammt.

Ich hatte keine Möglichkeit, den anderen einen Wink zu geben, ohne das Spiel zu unterbrechen. Ich befürchtete, sie dabei so zu irritieren, dass wir abbrechen mussten. Das wollte ich nicht. Ich wollte weitermachen.

Wenn sie ankam, sollte sie hören, wie gut ich war. Sie sollte verstehen, dass ich eine ernsthafte Gegnerin war.

Das Treffen ließ sich sowieso nicht mehr vermeiden. Sie war schon an der Tür.

Schon sah ich sie: Lynx' platinblondes Haar schimmerte in der bläulichen Beleuchtung des Clubs. Neben ihr versank Atra mit ihren schwarzen Haaren und der dunklen Haut beinahe in den Schatten. Auch Vulpix und Enigma erspähte ich, doch mein Blick klebte an ihr, von der ich so lange gedacht hatte, dass sie wie eine Schwester für mich war. Eine Schwester, die mein Leben lang an meiner Seite war und mich nie im Stich ließ. Schon gar nicht für einen Mann und in einem Moment, in dem ich sie am dringendsten brauchte.

Sie ließen sich an einem Tisch nieder, Lynx' goldene Augen leuchteten. Doch auch sie hatte sich verändert, ihr Katzengeruch war in den Hintergrund getreten und sie umgab salzige Meerluft.

Wir veränderten uns beide. Meine Magie erschuf eine ungebetene Verbindung, die sie auch spürte. Ich erschauderte bei dieser Erkenntnis und unterdrückte den Fluchtinstinkt des Wolfes. Ich war stärker. Ich hielt das aus.

Aus dem Augenwinkel nahm ich eine Bewegung wahr. Rhona war leicht vorgetreten und sah mich unsicher an. Sie hatte die Neuankömmlinge ebenfalls bemerkt, Carnie und Nairne auch.

Ich riss mich gewaltsam von Lynx los, konzentrierte mich auf die Lieder und war froh, als wir zum Ende kamen. Erneut forderte das Publikum eine Zugabe und ich ließ Rhona die beiden neuen Stücke spielen. Dank der Verbindung konnte Nairne einsteigen und Carnie nahm in der zweiten Strophe die Melodie auf und begleitete mich. Ihre Stimme war gut, tiefer und samtiger als ihre Sprechstimme. Sie ergänzte meine und brachte die Musik auf eine neue Ebene.

Diese unerwartete Hilfe erdete mich, riss mich zurück und brachte mich näher zu mir. Ich schickte ihnen Dankbarkeit, auch wenn ich nicht wusste, ob sie bei ihnen ankam.

Dann war es vorüber und das Licht auf der Bühne ging aus. Erst jetzt bemerkte ich, dass ich versagt hatte. Von Viola fehlte jede Spur. Ich biss die Zähne zusammen und schluckte den Frust hinunter. Ich durfte mir nichts anmerken lassen.

»Lynx ist hier«, keuchte Rhona, als hätten wir es nicht bereits alle bemerkt.

»Es besteht wohl nicht die Möglichkeit, durch die Hintertür abzuhauen«, meinte Nairne. Ich schüttelte den Kopf, denn Lynx kam bereits zu uns herüber. Sie klatschte trägen Applaus. Atra folgte ihr wie ein Schatten.

»Sieh an, sieh an«, sie bleckte die Zähne. Dabei bemerkte ich, dass sie einen Teil ihrer Schläfe freirasiert hatte und zwei goldene Kugeln das Stück Haut zwischen ihren Augen verzierten, ein goldener Ring glitzerte an ihrem linken Mundwinkel.

Sie trug ebenfalls keine Ordenskleidung mehr, sondern ein hautenges Kleid mit tiefem Ausschnitt, darüber eine schwarze Jacke aus Leder.

Auch sie und die anderen hatten sich angepasst.

»Lupa und die Ordensschwestern. Ihr seid besser, als ich es erwartet habe.«

»Ein Lob aus deinem Mund, Lynx? Ich weiß nicht, ob ich das verkrafte«, schoss ich zurück.

»Gewöhn dich nicht dran. Schade, dass euer reizendes Spiel nur uns erfreut hat. Viola hat sich nicht blicken lassen.« Sie sah sich um, als erwarte sie, dass sie jeden Moment um die Ecke bog. »Sie scheint nicht hier zu sein.«

»Im Gegensatz zu euch«, erwiderte ich.

Lynx' Mundwinkel zuckte. »Es schadet nie, sich die Konkurrenz anzuschauen.«

»Und was willst du jetzt von uns? Hier zu stehen und zu quatschen wird dich nicht voranbringen«, mischte sich Nairne ein. Zum ersten Mal nahm Lynx sie wahr. Ihre Augen weiteten sich und sie sah mich an.

»Du hast deine Freundinnen austauschen lassen?«

»Lange Geschichte. Erzähl ich dir ein andermal«, erwiderte ich aalglatt. Auf keinen Fall wollte ich das Thema jetzt aufwärmen. Sollte sie ruhig denken, dass Carnie und Nairne absichtlich bei mir waren. »Was hast du als Nächstes vor? Shark suchen? Das kannst du doch so gut.«

Jetzt hatte ich sie. Ich spielte diese Karte nur ungern aus, aber ich war genervt genug, um es zu tun. Ihre Augen verengten sich zu Schlitzen und ihre Mundwinkel zogen sich herab.

»Wohl kaum. Was er tut, interessiert mich nicht.« Ihre Stimme war kalt wie Eis, doch ich hielt ihrem Blick stand. Jede von uns hatte ihr eigenes Päckchen zu tragen. Es war ihre Schuld, dass es so war.

»Dann sind wir schon zu zweit«, sagte ich.

»Lupa, du hast keine Chance gegen mich, sieh es einfach ein.« Sie suchte nach einer Möglichkeit, es mir heimzuzahlen.

»Gerade hast du selbst noch etwas anderes gesagt«, konterte ich.

Sie lächelte. »Ich sollte dich sicher nicht unterschätzen.«

»Kann ich dir auch nicht empfehlen.«

»Bestimmt wird Shark bald nach dir sehen wollen.« Sie belauerte mich wie eine Katze. Der Luchs war noch da, doch ich suchte vergeblich nach dem Wolf. Die Sirene lächelte meine Konkurrentin an, das Herz kalt wie Meerwasser. Ich würde sie nicht gewinnen lassen.

»Schönen Abend noch. Wir sehen uns in Myrica, wenn wir dafür geehrt werden, dass wir die Mission erfüllt haben.« Ich drehte ihr den Rücken zu. Ein Fehler.

»Sicher wirst du die beliebteste Person des ganzen Ordens sein, wenn du deine Freundin an den Pranger stellst«, rief sie mir hinterher. Ich blieb stehen und ballte die Hände zu Fäusten.

»Oh Mann ...«, murmelte Carnie, doch ich spürte kalte Wut in mir hochsteigen. Der Wolf war noch da und er suchte Streit. Es kostete mich Mühe, mich zu zügeln. Eine Eskalation nützte niemandem etwas. Und ich gönnte Lynx diesen Sieg über mich nicht. Ich tauchte mein Herz in Eiswasser und drehte mich wieder zu ihr um. Meine Stimme klirrte vor Kälte.

»Du kannst mir ja vorher noch ein paar Tipps geben, wie man das am besten macht. Schließlich hast du Erfahrungen darin.«

Ihr Blick bohrte sich in meinen.

Hart. Kalt.

Und doch gab es darin etwas, das ich nicht sehen wollte.

Schließlich lächelte sie widerwillig beeindruckt. Sie hatte mit einer anderen Reaktion gerechnet. Sie kannte mich anders. Auch ihr fiel die Veränderung auf.

»Ich überlege es mir. Kommt, wir gehen.« Sie drehte sich auf dem Absatz um, die anderen drei folgten ihr. Ich sah die Neugier in Vulpix' und Enigmas Gesichtern. Sollten sie Lynx nach einer Erklärung fragen. Ich würde mit ihnen nicht reden. Mühsam kämpfte ich die Wut und den Hass nieder. Sie verbanden sich mit meiner Enttäuschung und meiner Angst.

Doch langsam wurde es besser.

Ich atmete aus und drehte mich zu meiner Gruppe um. Rhona sah mich besorgt an, Carnie und Nairne auffordernd.

»Ich finde, der Tag ist gekommen, an dem du uns erzählst, was Lynx' und dein Scheißproblem ist«, sagte Carnie freundlich.

»Ist er nicht.«

»Gut, dann rate ich: Jeder weiß, dass Lynx und Shark ziemlich lang zusammen waren«, machte sie weiter.

»Von deiner Warte aus ist alles über einer Stunde lang«, wandte Nairne ein. Carnie zuckte mit den Schultern.

»Ihr wart befreundet, also vermute ich, dass du auch ein Auge auf den süßen Sirenenjungen geworfen hast. Aber er hat sich für deine Freundin entschieden und ihr seid zerstritten, weil sie ihn trotzdem genommen hat. Wie gut bin ich?«

»Weit entfernt«, sagte ich rau, denn nicht in allem lag Carnie daneben. Sie sah enttäuscht aus und holte schon Luft, um weiter zu fragen, doch Nairne schüttelte den Kopf.

»Lass sie, Carnie. Wenn sie es dir nicht sagen will, ist das ihr gutes Recht.«

»Ich will es aber wissen.« Nairne zuckte mit den Schultern und tatsächlich gab Carnie auf.

Wir packten unsere Instrumente zusammen und verließen den Club.

Ich war froh, endlich zum Hotel zurückzukommen.

Ich brauchte Ruhe.

Und Abstand.

Doch der Weg war recht weit und wir mussten die Gitarren tragen, deswegen kamen wir langsamer voran. Die Wut schwelte immer noch in mir.

»Geht es dir gut?«, fragte Rhona leise.

»Nein.«

»Was du zu Lynx gesagt hast ... Lupa ...«

»Ich weiß«, unterbrach ich sie. »Aber genau das hat sie doch verdient. Immer stochert sie in dieser alten Sache herum. Ich bin es so leid. Dann soll es ihr wenigstens auch wehtun. Wenn es mir deswegen schon scheiße geht, kann sie mit mir leiden.« Ich mied Rhonas Blick. Er war vorwurfsvoll.

»Das passt gar nicht zu dir.«

»Doch, tut es. Ich bin es auch leid, mich immer zurückzuhalten. Wir sind Konkurrentinnen und sie schenkt mir nichts. Von Shark anzufangen ist das Letzte. Das weißt du. Also wirf es mir nicht vor. Du verstehst das einfach nicht.« Rhona biss sich auf die Lippe.

»Mädels, beruhigt euch«, mischte sich Nairne ein. »Es gibt keinen Grund, dass ihr euch streitet. Ich verstehe zwar das Problem nicht, aber ich finde nicht, dass Lynx die Macht haben sollte, sich zwischen euch zu stellen.«

»Ich mache mir nur Sorgen!«, begehrte Rhona auf.

»Das ist unnötig! Du verstehst nicht, welche Probleme das Blut verursacht! Du Glückliche, sei froh darüber und halte mir mein Verhalten nicht vor«« , fuhr ich sie an.

Carnie stellte sich vor mich und legte mir die Hände auf die Schultern. Ich wollte sie abschütteln, tat es aber nicht, als ich in ihre Augen sah. So ernst war sie sonst nie.

»Komm runter«, sagte sie ruhig. »Das ist Rhona. Überleg dir genau, ob sie diese Behandlung verdient hat.« Sie ließ mich los und trat zurück.

Ich wollte sie anschreien, doch mein Zorn war verraucht.

Sie hatte recht.

Und ich benahm mich wie eine Idiotin.

»Es tut mir leid, Rhona«, sagte ich über Carnies Schulter. Rhonas Blick war traurig, sie zuckte mit den Schultern. Ich wusste nicht, was ich noch sagen sollte, und marschierte an ihnen vorbei. Endlich erreichten wir das Hotel.

Dort machte ich mich schweigend fertig und ging ins Bett.

Mein Kopf schwirrte und meine Brust fühlte sich an, als läge ein schwerer Stein auf ihr. Mein Verhalten war furchtbar, auch die Sirene war keine Entschuldigung dafür. Sirenen hielten zusammen, die Familienbande waren stark. Wenn jemand einer Familie für mich am nächsten kam, war das Rhona. Sie hatte diese Behandlung nicht verdient.

Ich schlief mit brennenden Augen ein.

KAPITEL 8

*I*ch stehe am Ufer und blicke hinaus aufs Meer.
Die Wellen umspielen meine nackten Füße.
Ich sinke leicht in den Sand ein. Mit jeder Welle ein bisschen mehr.
Ich genieße das Rauschen der Brandung und die Stille, die mich ansonsten umgibt.
Ich spüre Frieden.
Wenigstens in diesem Moment.
Mein aufgewühltes Inneres kommt zur Ruhe, ich atme wieder freier.
Hinter mir braut sich etwas zusammen, doch ich starre einfach nach vorn. Ich will davon jetzt nichts wissen.
Ich werde mich ihm stellen. Später.
Meine Augen verlieren sich in der Weite des Meeres, dort, wo es den Horizont berührt. Die Linie ist beinahe unsichtbar.
Über dem Rauschen der Wellen liegt ein Ton.
Dann ein zweiter. Und noch einer.
Sie verbinden sich zu einem Lied.
Ein Lied, das ich kenne.
Das ich nicht hören will.

*Zu schmerzhaft sind die damit verknüpften
Erinnerungen.*
  Zu groß ist die Sehnsucht.
  *Ich will gehen, doch die Melodie zieht mich in ihren
Bann.*

  Zieh', zieh' weiter, Seemann
  Segle, segle vorüber, Matrose
  Schwimm, schwimm um dein Leben
  Solange du kannst

  Lausche nicht meinem Lied
  Verlier dich nicht in meinem Gesang
  Gehe nicht in das Wasser
  Flieh, solange du kannst

  Komm an meine Lippen
  Schmecke den lieblichen Gruß
  Vom tiefen Meeresgrund
  Das Letzte, was du siehst.

Das Lied verhallt und ich spüre die Leere in mir.
  *›Komm, Lupa. Komm‹, flüstert eine Stimme in meinem
Kopf. ›Komm zu mir. Ich warte auf dich.‹*
  »Wohin?«, frage ich.
  *Meine Lippen sind taub. Meine Hände zittern, ich
presse sie gegen meine Beine.*
  ›Ich warte auf dich, Lupa. In Eis und Schnee.‹
  *Ein Licht erscheint am dunklen Himmel, grünlich und
irisierend wie ein Schleier aus Seide.*

Ich weiß, was es zeigt.
»Ich komme zu dir. Nach Norden.«

Ich wachte mit schweren Gliedern und verklebten Augen
auf.

Der Traum hing wie Spinnenweben in meinem Kopf und
die Worte hallten in meinen Ohren wider. Das Lied floss
durch meine Adern, weich und doch brennend. Ein süßes
Gift, wie mein Blut.

Neben mir bewegte sich jemand. Rhona.

Ich erinnerte mich an unsere Auseinandersetzung und
mein Herz wurde schwer. Das hatte sie nicht verdient. Ich
hatte sie unnötig angefahren. Trotz meiner Entschuldigung
spürte ich, dass es noch nicht vorbei war.

Wir stritten uns sonst nie, es gab nie schlechte Stimmung
zwischen uns. Ich wusste nicht, wie ich damit umgehen
sollte.

Sie war schon länger wach, ich konnte ihre Unsicherheit
riechen. Auch sie fragte sich, wie es zwischen uns aussah.

Sie rührte sich nicht und ich wusste nicht, was ich sagen
sollte. Also stand ich wortlos auf und ging ins Bad.

Unter dem kühlen Wasserstrahl ging es mir etwas besser.
Meine Lebensgeister erwachten und mein Kopf wurde
klarer.

Der Traum wies mir die Richtung: Norden.

Ich ahnte, dass wir Viola mit Ortungszaubern nicht mehr
ausfindig machen konnten. Ich musste mich auf meinen
Instinkt verlassen. Auch, wenn ich momentan nicht genau
wusste, welchen Weg er mir wies.

Fürs Erste musste ich aber mit Rhona sprechen und die
Sache aus der Welt räumen.

Doch als ich aus dem Badezimmer zurückkam, saßen Carnie und Nairne zu meiner Überraschung auf unserem Bett. Ihre Blicke waren wachsam, als müssten sie davon ausgehen, dass ich gleich wieder ausflippte. Ich konnte es sogar verstehen, aber heute war ich wieder ich selbst. Der Schlaf hatte geholfen und für den Rest trug ich allein die Verantwortung. Ich hatte beschlossen, das zu tun, was ich immer tat: Mich unter Kontrolle zu halten und die, die ich nicht sein wollte, tief in mir zu begraben, sodass sie keinen Schaden anrichtete.

»Guten Morgen«, sagte ich. »Ihr seid früh auf.«

»Ich gewöhne mich langsam daran«, meinte Carnie achselzuckend. »Wir gehen ja auch immer früh ins Bett.«

»Wir haben uns gefragt, was wir als Nächstes machen, Lupa.« Nairnes helle Augenbrauen zogen sich zusammen. »Wohin soll es gehen?«

»Nach Norden. Zum Meer.« Sie sahen mich verblüfft an.

»Wie kommst du darauf? Ist Viola auch eine Sirene?«, fragte Carnie.

»Nein, Viola ist eine Jägerin mit Orakelblut. Deswegen ist sie ja so schwer zu fassen. Ich hatte einen Traum«, erklärte ich.

»Hast du Visionen?«, fragte Carnie.

»Nein«, erwiderte ich. Sie legte ratlos den Kopf schief. »Aber mein Instinkt sagt mir, dass wir dorthin fahren sollten.« Ich lächelte schwach. »Ich fürchte, das ist alles, was wir haben.«

»Dann machen wir das.« Zum ersten Mal meldete sich Rhona zu Wort. Ich suchte ihren Blick, doch sie wich mir aus. Sie war mir vielleicht nicht böse, aber ich hatte sie verletzt. Ich könnte mich selbst dafür ohrfeigen.

Doch Carnie und Nairne hatten ihre Taschen schon gepackt und auch unsere Sachen waren schnell verstaut. Ich hatte keine Chance, mit Rhona allein zu sprechen.

Mit einem flauen Gefühl im Magen folgte ich ihnen in den Frühstücksraum. Die Stimmung war gedrückt, obwohl Carnie und Nairne sich um Konversation bemühten. Es war beinahe rührend, wie sie versuchten zu helfen.

Rhona holte die Karte hervor. »Es ist recht weit bis zum Meer, das werden wir heute nicht schaffen.« Nairne nickte. Das Fahren ermüdete sie schnell.

Ich betrachtete die Karte.

»Dann lasst uns nach Krakau fahren. Das ist die nächste Großstadt und bringt uns schon ein gutes Stück weiter.« Nicht so weit, wie ich gehofft hatte, aber ich musste darauf vertrauen, dass uns so viel Zeit blieb.

Mistress hatte nicht gesagt, innerhalb welches Zeitraums sie von uns erwartete, Viola zu fassen. Ich ahnte, dass sie keine Wochen im Sinn hatte. Doch diese Welt war groß und weit, Distanzen leichter zu überbrücken und die Möglichkeiten vielfältiger. Im schlimmsten Fall war Viola in ein Flugzeug gestiegen und hatte Europa längst verlassen.

Ich durfte nicht darüber nachdenken. Sie musste hier noch irgendwo sein. Am Meer, in den Bergen.

»Wir können versuchen, in Krakau einen weiteren Auftritt zu organisieren. Ich gewöhne mich daran, meine Kräfte so einzusetzen, und kann sie besser steuern. Meine Reichweite wird immer größer. Vielleicht kann ich sie orten«, sagte ich.

»Klingt gut.« Carnie lächelte. »Ich hätte auch mal wieder Lust, zu feiern.«

»Dazu sind wir nicht hier«, widersprach ich.

»Das weiß ich, aber es würde uns guttun. Wenn sie nicht in Krakau ist, können wir uns eine gute Zeit gönnen und morgen eine Stunde später in Richtung Meer losfahren.« Ihr Lächeln wurde breiter.

»Wenn Mistress das herausfindet ...«, sagte ich kopfschüttelnd.

»Warum sollte sie? Und wie?« Carnie klimperte mit den Wimpern.

»Sie könnte uns beobachten.« Ich deutete auf das Amulett von Meister Ahearn. »Das sähe nicht gut für uns aus.«

»Lupa, du bist so furchtbar kopflastig. Hin und wieder braucht man mal eine Pause. Wenn du dir gestattest, den Kopf ausnahmsweise auszuschalten, hast du hinterher wieder mehr Platz für den ganzen Kram.« Carnie ließ einfach nicht locker.

»Von diesem ›Kram‹ kann die Zukunft unseres Ordens abhängen. Außerdem könnten Lynx und Shark die Zeit nutzen und uns zuvorkommen«, beharrte ich.

»In dem Fall wären sie sowieso näher dran als wir. Ich will doch nur sagen, dass es dir guttun würde. Denk einfach darüber nach.«

»Das brauche ich nicht.«

»Tu es trotzdem. Wenigstens kurz.« Sie bekleckerte sich mit Kakao und rieb ihn sich versehentlich in die Haare. Dabei lachte sie.

Ich wünschte, ich wäre nur halb so unbeschwert wie sie. Mein Blick huschte zu Rhona, die keinen Ton gesagt hatte. Ich musste eine Möglichkeit finden, allein mit ihr zu sprechen. Wenn ich den Platz mit Carnie tauschte, bekam ich es vielleicht hin.

»Carnie, wenn du möchtest, gehe ich auf der Fahrt die Akkorde noch einmal mit dir durch«, bot sie ihr in diesem Moment an, als hätte sie meine Gedanken gelesen. Meine Laune sank.

Zuletzt hatte ich das Gefühl, vom Pech verfolgt zu sein, erfolgreich verdrängt, doch jetzt kam es zurück.

Stärker denn je.

Vielleicht hatte Carnie recht. Wenn es nicht schadete, den Kopf auszuschalten und sich einfach treiben zu lassen - wenigstens kurz - half es mir vielleicht, aus diesem Loch wieder herauszukommen.

Doch ich hatte das Gefühl, dass ich es allein nicht schaffte.

Ich starrte auf die Straße vor mir und fühlte mich hohl.

Wir bewegten uns zwar, aber mir kam es vor, als sei ich nicht eingestiegen.

Meine Gedanken waren weit weg, so weit, dass ich sie nicht greifen konnte. Ich hatte ein dummes Gefühl in den Eingeweiden, als würde bald etwas Unerfreuliches passieren.

Auf der Rückbank übte Rhona mit Carnie die Akkorde der Lieder, damit wir bald auf das Amulett verzichten konnten. Uns allen war wohler damit, allein in unseren Köpfen zu sein.

Sie ignorierte mich. Und es machte mir zu schaffen.

Nairne schwieg die meiste Zeit, nachdem ich auf ihre Bemerkungen kaum reagiert hatte. Je mehr Zeit verstrich, desto unruhiger wurde ich. Nach Krakau waren es über vierhundertfünfzig Kilometer, so weit war Nairne noch nie gefahren.

Um die Mittagszeit rasteten wir auf einem Parkplatz und Rhona ging in die Tankstelle, um das Benzin zu bezahlen und etwas zu Essen zu holen. Ich wartete mit Carnie und Nairne am Bus und vertrat mir ein wenig die Beine.

Die Zeit verstrich, doch Rhona kam nicht zurück.

»Habt ihr sie gesehen?«, fragte ich, doch die beiden schüttelten die Köpfe. Mit einem unguten Gefühl ging ich zum Tankstellenshop und sah durch das Fenster. Auch hier war von Rhona keine Spur.

Aber wo konnte sie sein? Die Raststätte lag mitten im Nirgendwo, es gab außer dem Toilettenhäuschen keine weiteren Gebäude. Ich betrat den Shop.

»Haben Sie meine Freundin gesehen?«, fragte ich den Kassierer. »Sie ist in meinem Alter und hat dunkelbraunes Haar.«

»Toilette«, sagte der Mann mit schwerem Akzent und deutete nach draußen. »Bring Schlüssel zurück, okay?«

Ich ging nach draußen und umrundete das Gebäude in Richtung des Häuschens. Die Damentoilette war leer.

Ratlos kehrte ich zu Carnie und Nairne zurück, die mir jetzt alarmiert entgegenkamen.

»Sie muss hier doch irgendwo sein«, sagte Carnie. »Wir müssen sie suchen. Kannst du sie nicht riechen, Lupa?«

»Wie kommst du darauf?«

»Weil du jeden von uns riechst. Streite es nicht ab, ich weiß es.« Ich machte ein dummes Gesicht und konzentrierte mich. Darüber konnte ich später nachdenken, wenn ich Rhona gefunden hatte.

Mein Geruchssinn hatte es schwer, Benzin lag in der Luft und die Abgase von Autos. Das Rauschen auf der Autobahn erschwerte es mir zusätzlich, mich zu konzentrieren.

Ich fluchte leise und versuchte es erneut.

Ein schwacher Geruch nach Gerbera stieg in meine Nase. Rhona benutzte manchmal einen Tropfen Duftessenz. Nur ganz wenig, weil ich von Parfüm Kopfschmerzen bekam, aber wenn ich mich richtig erinnerte, hatte sie es heute Morgen aufgetragen. Mit diesem Hauch in der Nase lief ich los und empfing kurz darauf Rhonas eigenen Duft.

Sie roch nach Angst.

Hinter mir hörte ich Schritte, Carnie und Nairne folgten mir auf dem Fuß.

»Sie hat's!«, rief Carnie, doch ich konnte mich nicht darüber freuen.

Ich sprintete an dem Toilettenhäuschen vorbei und kam jäh zum Stehen, als ich Rhona sah. Sie wurde umringt von vier Männern in Lederkleidung, die ihr schon viel zu nahe gekommen waren. Einer hielt sie am Arm fest, der andere hatte ein Messer in der Hand. Rhonas Gesicht war kreidebleich.

Ich sah rot.

»Finger weg!«, bellte ich. Die Köpfe der Männer ruckten herum. Als sie mich sahen, grinsten sie und stießen sich gegenseitig an. Sie dachten, sie hätten leichtes Spiel mit mir. Nairne und Carnie standen dicht hinter mir. Ich sah zu Nairne hinüber. Ihre Wangen waren gerötet und ihr Mund wütend verzogen. Dieses Mal war ihr Blut ein Segen. Und ich stand ihr in nichts nach.

»Oh scheiße«, machte Carnie noch, da stürmte ich vor und warf mich auf den ersten Kerl. Er rechnete nicht mit der Attacke und ich warf ihn um. Mit aller Wut fuhr ich ihm mit den Fingernägeln übers Gesicht und kam wieder zum Stehen. Nairne hatte sich den zweiten vorgeknöpft, ihre Faust traf seinen Kopf wie eine Abrissbirne.

Das Licht in seinen Augen erlosch und er fiel zu Boden. Die anderen beiden Männer schrien auf, ich hörte sie fluchen. Der Erste ließ Rhona los und drehte sich um, doch da hatte ich ihn schon erreicht.

Blind vor Wut sprang ich ihn an und biss ihn mit aller Macht in den Hals. Er jaulte auf und schlug wild um sich, doch ich spürte die Treffer nicht einmal.

Rhona schrie und klammerte sich an mich. Ich verlor den Halt und stürzte zu Boden. Fassungslos sah ich sie an, doch da rührte sich der Mann wieder. Erst jetzt sah ich das Messer in seiner Hand.

Er zielte auf mich und stürzte vor. Ich rollte mich zur Seite und wollte mich eben aufrappeln, als Nairne ihn erwischte und so brutal zu Boden warf, dass ich Knochen brechen hörte.

Wild sah ich mich um, doch zwei der Männer waren ohnmächtig, der dritte lag jaulend am Boden und den vierten sah ich gerade weglaufen.

Hinter der Tankstelle standen vier Motorräder. Solche Typen waren selten nur zu viert und bevor er weitere Freunde alarmieren konnte, sollten wir abhauen.

Wenn es gelang, denn Nairne war vollkommen in Rage. Schnaubend sah sie sich um, suchte Feinde. Ihr Blick fiel auf mich. Mein Atem stockte. Sie war viel stärker als ich. Griff sie mich an, hatte ich keine Chance.

»Nairne?«, sprach ich sie an. Ihre sonst grünen Augen loderten rot.

Verdammt.

»Nairnie?« Carnie trat vor mich. Sie hatte Angst, doch nicht um sich. Sie machte einen Schritt auf Nairne zu. Der Berserker schnaubte, ihre Hände waren zu Fäusten geballt.

Ihr Blick fiel auf Rhona.

»Nein, oh nein!«, rief ich und machte einen Satz auf sie zu. Zwischen die beiden.

Etwas traf mich an der Seite und ich schlug hart auf den Boden auf. Sterne explodierten vor meinen Augen, der Schmerz verschlug mir die Sprache.

»Nicht! Nairne, lass sie! Nairne, bitte! Das ist Lupa! Nairne!« Carnies Stimme wurde immer lauter.

Ein Gewicht drückte mich zu Boden. Mühsam öffnete ich die Augen und sah in Nairnes Gesicht. Es war anders als sonst, verzerrt. Ich sah die Qualen, die der Berserker litt. Sie war gefangen in ihrer Wut. Ihre Lippen zitterten und ihre Halsschlagader pochte. Schweiß rann über ihr Gesicht.

Ich sah in ihre roten Augen, wehrte mich nicht. Auch nicht, als sie ausholte. Rhona schrie auf und stürzte auf uns zu, doch Carnie hielt sie zurück. Sie klammerte sich an Rhona, die sich heftig wehrte.

»Nicht, das reizt sie nur noch mehr!«

»Lupa!«

Ich hielt den Blickkontakt aufrecht. Regungslos.

Letzte Chance.

Nairne holte tief Luft, da zog sich Grün in ihre Augen. Sie war noch da.

»Nairne?«, sagte ich leise. »Bist du okay?«

Sie holte weiter aus.

»Du hast sie erwischt«, sagte ich leise und deutete mit dem Kinn auf die Männer am Boden. »Danke. Du hast Rhona gerettet. Gut gemacht.«

Ich lächelte vorsichtig und ließ einen Hauch meiner Magie aus mir herausströmen. Sie tastete sich sanft an Nairne heran, streichelte sie, liebkoste sie.

Und langsam eroberte das Grün ihre Augen zurück und sie ließ den Arm sinken.

Ihr Gesicht wurde wieder normal, doch ich sah ihr Entsetzen.

»Lupa«, flüsterte sie.

»Hey«, sagte ich sanft.

»Es tut mir leid.«

»Muss es nicht.« Sie rutschte von mir herunter und rappelte sich auf. Dann bot sie mir die Hand und zog mich auf die Füße. Carnie kam zu uns und schlang ihre Arme um Nairne. Sie sah mich an.

»Gut gemacht.«

Ich lächelte und schaffte es nicht einmal, mich darüber zu wundern, dass es mir so leicht gefallen war.

»Wir sollten gehen. Bist du in Ordnung?«, fragte ich Rhona. Sie nickte benommen und folgte mir zum Bus.

»Du auch?«

»Was ist passiert?«, fragte Carnie.

Rhona zuckte unglücklich mit den Schultern. »Ich wollte auf die Toilette gehen, da sind sie mir hinterher und haben mich hinters Haus gezerrt. Ich glaube, sie haben mich vorher schon beobachtet. Es war knapp.« Sie schauderte. »Ich will gar nicht darüber nachdenken, was sie mit mir vorhatten.«

Ich auch nicht, denn schon stieg die Wut wieder in mir hoch und ich unterdrückte den Drang, umzudrehen und es zu Ende zu bringen. Wölfe und Sirenen waren gleichermaßen rachsüchtig, vor allem, wenn es um geliebte Personen ging.

Ich atmete tief durch und kontrollierte mich. Nairnes Blick traf meinen. Sie verstand mich.

Doch dieses Mal hatte sie sich viel besser unter Kontrolle als in Wien. Sie war wieder sie selbst.

Wahrscheinlich hatten wir noch Glück, dass sie Rhona geschnappt hatten und nicht Carnie. Sonst wäre Blut geflossen.

»Kannst du fahren?«, fragte ich.

»Gib mir noch drei Minuten und etwas zu trinken, dann geht es.« Sie setzte sich in die Tür des Busses und rieb sich den Nacken.

»Ich bin stolz auf dich«, sagte Carnie. »Du hattest dich gut unter Kontrolle.«

»Sag das mal Lupas Rippen«, murmelte Nairne.

Ich betastete sie und zuckte mit den Schultern. »Zum Glück bin ich nicht so zart besaitet. Morgen ist es vergessen.« Nairne lächelte erleichtert.

Wir stiegen wieder in den Bus und ich lehnte meinen Kopf an die Fensterscheibe und schloss die Augen. Ich musste mich ein wenig ausruhen, die Geschehnisse verarbeiten. Es war knapp gewesen, doch wir waren unbeschadet aus der Sache herausgekommen.

Dieses Mal.

»Wir sollten einen Bogen um solche Raststätten machen«, sagte ich. »Oder zusammen bleiben.«

»Und ich finde, dass gerade diese Geschichte ein Grund ist, heute Abend Party zu machen«, sagte Carnie von der Rückbank. Ich riss die Augen auf.

»Meinst du das ernst?«

»Todernst. Nach so einer Scheiße ist es doppelt wichtig, den Kopf freizubekommen.« Sie rollte den Kopf in den Nacken. »Ich würde gern mal wieder freiwillig auf andere Gedanken kommen.« Ich konnte mir denken, was sie damit meinte.

»Bitte sag jetzt noch nichts«, bat sie mich, als ich ihr eine Absage geben wollte. »Ruh dich ein bisschen aus und lass es auf dich zukommen.«

Ich schloss wieder die Augen und versuchte, an nichts mehr zu denken, als Nairne den Motor startete und auf die Autobahn abbog.

Es war bereits Nachmittag, als wir Krakau erreichten.

Mir ging es wieder besser, es gelang mir, das Gefühl abzuschütteln. Ich musste nach vorn sehen. Und besser auf meine Begleiterinnen achten.

Zuerst suchten wir in der Stadt nach einem Restaurant, um endlich zu essen. Ich konnte für gewöhnlich lange ohne Nahrung auskommen, doch nach dem emotionalen Stress knurrte mir der Magen trotz des dumpfen Gefühls.

Carnie und Nairne liefen voraus. Ich nutzte die Gelegenheit, um endlich mit Rhona zu sprechen. Das lag mir noch auf der Seele und ich wollte es endlich ausräumen.

»Es tut mir leid, was ich gestern zu dir gesagt habe«, begann ich. »Und auch wie ich mich verhalten habe. Du hattest vollkommen recht. Bitte verzeih mir.«

»Habe ich schon«, murmelte sie zu meiner Überraschung. »Und wie könnte ich dir böse sein, nachdem du dich so für mich eingesetzt hast.«

»Das ist selbstverständlich«, widersprach ich.

»Für mich nicht, aber danke, dass du es so siehst. Ich bin dir nicht böse, war ich nie. Ich war nur erschrocken und grüble die ganze Zeit darüber nach, wie ich dir helfen kann.«

»Sag mir Bescheid, wenn du eine Idee hast.« Ich ließ den Blick über die Straße schweifen. »Ich habe eine schlechte Vorahnung. Schon seit wir abgereist sind.«

»Woher kommt das? Du hattest vorher nie solche Visionen, warum jetzt? Auch, dass wir nach Norden fahren sollen ...« Sie zuckte hilflos mit den Schultern und lächelte schwach. »Ich habe das Gefühl, als würde ich eine neue Lupa kennenlernen.«

»Das ist die Sirene«, flüsterte ich, doch sie schüttelte den Kopf.

»Das glaube ich nicht. Die Sirene ist ein Teil von dir. Es ist deine Entscheidung, wie sie ist. Du bist sie. Es kann nicht sein, dass du plötzlich eine andere bist. Es sei denn, du willst das.«

»Du verstehst das nicht. Die Instinkte werden stärker.«

»Aber sie waren doch schon immer in dir. Warum ist es jetzt schwieriger, sie zu kontrollieren?«

»Weil ich sie loslassen muss, um die Magie zu wirken.«

Rhona blieb stehen und sah mir in die Augen. »Lupa, du bist so viel stärker, als du selbst denkst. Wenn du die positiven Aspekte deines Blutes nutzen willst, kannst du das tun. Du weißt, dass die weniger Guten da sind, aber das bedeutet nicht, dass du ihnen ausgeliefert bist. Du kannst sie kontrollieren und du kannst entscheiden, wie viel Raum du ihnen gibst.«

Ich wollte es ihr erklären, doch da stieß Carnie einen Jubelschrei aus, der meinen Blick nach vorn schnellen ließ. Ich fühlte mich, als gefröre mein Blut in meinen Adern, als ich sie loslaufen und in die Arme eines Mannes sinken sah.

Das bildschöne Gesicht erkannte ich sofort.

Kinnon, der Inkubus.

Mein Blick saugte sich an ihm fest, um nicht auf die Männer neben ihm zu achten. Nicht das andere Gesicht zu sehen, an das ich niemals denken wollte.

»Lupa!«

Seine Stimme fuhr mir durch Mark und Bein. Mein Herz machte einen Satz und meine Finger wurden taub. Panik erfasste mich, Adrenalin schoss in meine Beine.

Ich wollte rennen.

So weit und so schnell ich konnte.

»Lupa?« Rhona ergriff meine Hand und hinderte mich daran. Ich fragte mich nur, wie lange es ihr gelang, denn jetzt kamen sie näher.

Kinnon legte seine Hand um Carnies Taille. Ich hätte mir denken können, dass sie einander auf diese Weise nahestanden. Ärger war vorprogrammiert, auch, als ich in Nairnes Gesicht sah und Eifersucht erblickte.

Auch das noch.

Jetzt kamen sie zu uns herüber.

Auch Shark. Ich sah sein Raubfischlächeln und der Drang, wegzurennen, wurde immer größer.

»Was für ein Glück, euch hier zu treffen. Ich hatte die Hoffnung schon beinahe aufgegeben.«

Ich holte tief Luft, doch meine Kehle war wie zugeschnürt. Die alte Ohnmacht kam zurück. Wie jedes Mal.

»Woher kommt ihr?«, wollte er wissen.

»Aus Bratislava«, antwortete Carnie, als ich nichts sagte. Ich starrte ihn einfach nur an. Meine Lippen waren wie zusammengeklebt. Rhona hielt meine Hand fest, doch ihr Blick war nicht auf Shark gerichtet. »Davor waren wir in Wien. Und ihr?«

»In Prag«, antwortete Kinnon. »Schöne Stadt. Tolle Leute. Würde dir gefallen.« Sein Griff um ihre Taille wurde fester. Neben mir holte Nairne tief Luft.

»Das gibt Ärger«, flüsterte Rhona. Ich hörte sie kaum.

»Was haltet ihr davon: Wir setzen uns nett zusammen und planen eine gemeinsame Strategie, wie wir Viola fassen«, sagte Shark. Er verschränkte lässig die Hände vor der Brust und lächelte mich an. Seine Ausstrahlung hatte sich nicht verändert, er war eben eine vollwertige Sirene. Auch seine Kleidung war der Menschenwelt angepasst, er trug schwarze Hosen und ein offenes Hemd über einem ebenfalls dunklen Shirt. Er grinste mich auf diese Art an, die mich rasend machte. Ich wich zurück. »Wir stechen Lynx aus und streichen das Lob gemeinsam ein. Klingt gut, oder?«, lockte er.

Ich schnaubte. Endlich hatte ich die Kontrolle über meinen Körper zurück. »Träum weiter, Shark.«

Seine goldenen Augen verengten sich. Diese Augenfarbe war ungewöhnlich für Sirenen und doch verband sie ihn und mich. Und Lynx. Ausgerechnet.

»Sei doch nicht so dumm, Lupa. Allein habt ihr keine Chance.«

»Ihr vielleicht«, zischte ich. »Ich habe Viola schon geortet und meinen Zauber an ihr ausprobiert. Und ihr?«

»Angelockt hast du trotzdem nur Lynx«, feixte er. Sie hielten also Kontakt. Ich erinnerte mich, dass Enigma und Grant, der Halbriese neben Kinnon, befreundet waren, wenn nicht noch mehr. Hätte mich auch gewundert, wenn Lynx sich bei Shark gemeldet hätte. Sie war beinahe so unversöhnlich wie ich.

»Fürs Erste«, erwiderte ich kalt.

Er trat näher an mich heran. Ich spürte meinen Herzschlag in der Kehle. »Tritt mal beiseite, Püppchen«, sagte er zu Rhona, deren Gesicht sich vor Ärger rötete. »Die Anführer wollen miteinander sprechen.«

»Fahr zur ...«

»Rhona!«, rief Carnie. Rhonas dunkelblaue Augen suchten meine. Sie wollte mich nicht allein lassen, aber wir spürten beide, dass ihr keine Wahl blieb. Die anderen würden sie sonst holen, notfalls mit Gewalt. Ich musste sie schützen.

»Geh«, sagte ich rau. Ihr Gesicht spiegelte pures Unglück wider, doch sie ging zu den anderen. Ich sah Erleichterung in Lairds Gesicht und erinnerte mich an einen Gedanken, den ich immer verdrängte. Er trat auch viel zu nah an sie heran. In mir sträubte sich alles, doch ich musste mich auf Shark konzentrieren, der mich lauernd ansah.

»Endlich allein.«

Ich hasste ihn so sehr.

»Was willst du?«, presste ich zwischen den Lippen hervor.

»Habe ich dir doch schon gesagt, meine Süße. Lass uns *zusammen*arbeiten.«

»Eher sterbe ich.«

»Das tut mir auch weh, wenn du so zu mir bist.«

»Gut.«

»Lupa, hey.« Er kam so dicht, dass ich ihn ansehen musste. Er war nur einen halben Kopf größer als ich. Sein schwarzes Haar schimmerte bläulich im Sonnenlicht. »Können wir es nicht einfach gut sein lassen? Ich biete dir einen Freundschaftsdienst an und du bist wie immer kratzbürstig. Sei doch mal ein liebes Mädchen.«

Ich ballte die Hände zu Fäusten und hielt den Wolf mühsam im Zaum, der ihn anfallen und beißen wollte. Ich war gerade so gut im Training. »Das ist leider nicht möglich, Seamus. Ich war noch nie eins und weiß auch nicht, wie das geht.«

»Das macht mir nichts aus. Die wilden Mädchen mochte ich schon immer am liebsten. Auch wenn sie anstrengender sind.« Er trat noch näher an mich heran.

Ich roch ihn. Seeluft, Sand und Steine.

Heimat.

Ich wollte das nicht und wich zurück.

»Lass mich einfach in Ruhe.«

»Ich will nicht«, raunte er. Ich bekam Gänsehaut und die Panik wurde immer größer.

»Ich aber. Und ich will das nicht schon wieder diskutieren müssen.« Ich sah ihm ins Gesicht. »Was du getan hast, kannst du nicht wiedergutmachen. Akzeptier das endlich und lass mich in Ruhe.«

Seine Augen verengten sich. »Ich hatte mich entschuldigt.«

»Das reicht nicht. Niemals.«

Er biss sich auf die Lippe, sein Gesicht zeigte den gleichen Frust, den auch ich empfand. Das war mir egal. Er allein war schuld an allem. Daran, wie ich mich die meiste Zeit fühlte, an meinem katastrophalen Verhältnis zu Lynx. Ich wünschte, ich wäre ihm nie begegnet.

»Lupa, komm schon. Es muss doch einen Weg geben ...«

»Shark, kapier es endlich: Ich will mit dir nichts zu tun haben. Verschwende deine Zeit an jemand anderen. Es gibt bestimmt ein paar Frauen, denen dein Verhalten nichts ausmacht.«

Er gab endlich auf. Ich sah, wie er sich straffte und einen Schritt zurücktrat. »Mit dir zu reden hat sowieso keinen Sinn. Hatte es noch nie.«

Ich zuckte mit den Schultern. »Deine Meinung.« Er sah über seine Schulter zu den anderen, die uns beobachteten.

»Stört es dich gar nicht, dass deine Menschenfreundin so gerne mit Laird zusammen ist? Ich weiß zwar nicht, was er an ihr findet, aber er ist ja schließlich auch überwiegend menschlich.«

Seine Worte versetzten mir einen Stich. »Das ist mir immer noch lieber, als wenn sie mit dir zusammen wäre«, zischte ich.

Er beugte sich vor. »Vielleicht lasse ich es darauf ankommen.«

»Träum weiter.«

»Nicht jede stellt sich so an wie du.«

Ich wirbelte herum, konnte einfach nicht fassen, dass er das gesagt hatte.

»Du bist ein elendes Schwein«, presste ich hervor. »Dass die Meister jemanden wie dich schicken, ist das Allerletzte. Ich bete dafür, dass Viola dir nicht in die Hände fällt. Und falls doch, dass sie dir so in den Arsch tritt, dass dir Hören und Sehen vergehen!«

Er wollte mich am Arm packen, doch da hielt ihn eine andere Hand auf. Ich sah in Nairnes Gesicht, die langsam den Kopf schüttelte. »Ich denke, du hattest genug Zeit, um mit ihr zu sprechen. Besser wird's für dich nicht mehr. Ihr solltet jetzt Leine ziehen.«

»Halt dich da raus, Schlägermädchen«, knurrte er.

»Nimm den Mund nicht zu voll«, warnte sie. »Sonst landet dein fischiger Arsch gleich auf dem Straßenpflaster.« Shark presste die Lippen zusammen und schien es darauf ankommen lassen zu wollen. Innerlich hoffte ich beinahe darauf, dass er von Nairne seine längst überfällige Quittung bekam. Am liebsten hätte ich ihm selbst eine Abreibung verpasst.

Da entspannte er sich und trat zurück.

»Ich schlage keine Frauen.«

Nairne zuckte mit den Schultern. »Gegen mich kommst du sowieso nicht an. Aber weise Entscheidung. Komm, Lupa.« Ich war ihr so dankbar, dass ich nicht wusste, wie ich es formulieren sollte. Meine Hände zitterten noch immer und mein Mund fühlte sich merkwürdig trocken an.

Er schaffte es jedes Mal.

Jedes verdammte Mal.

Ich hätte schreien können, auch vor Wut über mich selbst. Ich wollte nicht, dass er mich so manipulieren konnte. Ich wollte ihm mit eisiger Gleichgültigkeit begegnen.

Ich ahnte, dass das unmöglich war.

Mir blieb nur eins zu tun: »Wir gehen zurück zum Bus und fahren weiter«, entschied ich. Meine Stimme war heiser. »Je mehr Abstand wir zwischen Shark und mich bekommen, desto besser.«

»Nichts lieber als das, aber wir haben ein Problem«, sagte Nairne.

»Welches?«

»Leider hat Carnie die Gunst der Stunde genutzt und ist mit Kinnon abgezogen. Erfahrungsgemäß dauert das einige Stunden.« Nairne bemühte sich um Gelassenheit, doch es gelang ihr nicht ganz.

»Dann nutzen wir Rhonas Ortungszauber und suchen sie.«

»Das ist keine gute Idee. Nein«, unterbrach sie mich, als ich widersprechen wollte. »Ohne Witz. Du willst nicht dabei sein, wenn es ein Sukkubus und ein Inkubus miteinander treiben. Das kann kein normales Wesen ertragen.«

»Klingt, als hättest du deine Erfahrungen damit.«

Sie schenkte mir ein schiefes Grinsen. »Ich bin rechtzeitig geflohen, aber was ich gesehen habe, reicht für alle Zeiten.«

Ich winkte Rhona heran und schnitt den Blick mit, den sie und Laird tauschten. Er gefiel mir nicht. Er war viel zu vertraut. Sie hatte mir immer versichert, dass das zwischen ihnen nichts Ernstes war. Dass sie einander nur sympathisch waren und sie schließlich nicht auf solche Treffen verzichten musste. Dass sie einander mochten, hatte sie nie erwähnt.

Sein Blick sprach Bände. Er war enttäuscht. Sollte er sich bei seinem Freund bedanken.

»Wir spielen heute Abend in einem Club«, sagte er zu Rhona und steckte ihr einen Zettel zu. »Kommt vorbei, wenn ihr es schafft.«

Eher würde ich mich in den nächsten Fluss stürzen und bis zum Meer schwimmen.

Endlich zogen die Männer ab. Ich sah ihnen nach, um mich zu vergewissern.

»*Leprechaun's Gold*«, las Rhona vor. Ein lächerlicher Name für eine lächerliche Person.

»Sollen sie ihren Regenbogen allein suchen«, schnaubte ich. »Uns bleibt nichts anderes übrig, als uns ein Hotel zu suchen und nach Carnie Ausschau zu halten. Hat sie eine Möglichkeit, dich zu finden?« Das ging an Nairne.

»Nur auf die herkömmliche Weise. Wir sind nicht verbunden, falls du das meinst«, erwiderte sie.

»Bei euch weiß ich nie, woran ich bin.«

»Ist auch kompliziert. Manchmal weiß ich es selbst nicht genau.« Sie zuckte mit den Schultern, doch ich kaufte ihr das Aalglatte nicht ab.

Sie hing viel mehr an Carnie, als sie zugeben wollte. Das war nicht meine Angelegenheit, also ließ ich es gut sein.

Wir suchten uns ein Hotel und liefen anschließend durch die Stadt. Ich merkte Rhona an, dass es ihr nicht gefiel, aber sie kam meiner Bitte nach, einen Suchzauber auf Shark zu legen, sodass wir ihm aus dem Weg gehen konnten. Und damit auch Laird und Grant, die bei ihm waren.

Nairne klemmte einen Zettel mit der Adresse unseres Hotels an die Windschutzscheibe des Busses, dann blieb uns nichts anderes übrig, als uns die Zeit in der Stadt zu vertreiben.

Gegen Abend wurde ich unruhig und nervös, weil sie sich immer noch nicht blicken ließ. Misstrauen kam hoch, was sie Kinnon über uns erzählen könnte.

»Glaub mir, die reden nicht«, wiegelte Nairne ab.

»Aber irgendwann müssen sie sich ja trennen, wenn er bei dem Auftritt dabei sein soll«, meinte Rhona. »Willst du nicht wenigstens in die Nähe gehen? Falls Viola auftaucht, kann das von Vorteil sein.«

Ich zögerte. »Gib mir noch etwas Zeit, um darüber nachzudenken.«

Ich konnte mich nicht dazu durchringen. Meine Anspannung stieg immer weiter, schließlich ging ich allein ins Hotel vor. Ich überließ es Rhona und Nairne, was sie als Nächstes machten. Sie waren noch nicht müde und tranken noch etwas in einer nahe gelegenen Bar, doch ich konnte nicht mehr. Ich brauchte dringend Ruhe, um den Tag zu verarbeiten.

Im Hotelzimmer setzte ich mich im Schneidersitz aufs Bett und sang. Ich sang leise, doch meine Magie regte sich sofort.

Wenn Viola von Shark angezogen wurde, wollte ich das wissen. Ich hatte noch so viel Energie vom letzten Abend, dass es mir leicht fiel, sie auszusenden. Ich fand Shark und blieb auf Abstand. Stattdessen suchte ich die Stadt ab. Leise. Unauffällig. Passiv.

Ich fand niemanden.

Zufrieden beendete ich meinen Gesang. Shark fand Viola ganz sicher nicht heute Nacht.

Dafür würde ich morgen alles daran setzen, erfolgreich zu sein.

Der Triumph währte nur kurz und das dumme Gefühl vom Morgen kam zurück. Erschöpft machte ich mich bettfertig und legte mich hin. Der Stress sorgte dafür, dass ich trotz aller Gedanken und des Gefühlsaufruhrs sofort einschlief.

Ich wachte auf und fühlte mich besser. Es war hell im Zimmer, der lange Schlaf zeigte seine Wirkung. Langsam setzte ich mich auf, reckte und streckte mich.

Es war, als habe der Schlaf zumindest einen Teil meiner Sorgen weggewaschen.

Heute war ein neuer Tag. Eine neue Chance, Viola zu finden und endlich zurück nach Hause zu gehen. Wieder ich selbst zu werden.

Ich sah neben mich und runzelte die Stirn.

Die andere Seite des Bettes war unberührt. Niemand hatte darin geschlafen.

Rhona war nicht da.

Ich fühlte mich, als würde mir der Boden unter den Füßen weggezogen. Enttäuschung stieg zusammen mit bitterer Galle in meiner Kehle auf.

›Atmen, Lupa, atmen!‹

Sie würde mich nie im Stich lassen. Sie würde mich nie hintergehen und den Kontakt zu Shark suchen, egal ob über Laird oder direkt. Sie war unmöglich noch zu dem Gig gegangen. Das war Unsinn. Sie wusste, was das mit mir machen würde. Das würde sie nicht tun, nicht nach unserem Streit vorgestern.

Sie war viel zu sensibel, um so etwas zu tun. Wahrscheinlich hatte sie Angst, mich zu wecken, und hatte bei Nairne nebenan geschlafen.

Das passte besser zu Rhona.

Ich machte mich in Windeseile fertig, die Ungewissheit brachte mich fast um. Magensäure stieg in meiner Speiseröhre hoch.

Ich hielt mich an der Türklinke fest und atmete nachdrücklich.

›Jetzt nicht durchdrehen.‹

Ich klopfte nebenan an der Tür und wartete.

Und wartete.

Ich klopfte noch einmal und wartete wieder.

Das wiederholte ich noch zweimal.

Sie waren nicht da. Keine von ihnen.

Tränen schossen in meine Augen.

Das durfte doch alles nicht wahr sein!

Ich ging zurück in mein Zimmer, warf meine Tasche über die Schulter, ließ den Schlüssel auf dem Bett liegen und verließ das Hotel.

Wut kochte in mir heiß wie Feuer. Gleichzeitig war da Angst, kalt wie Eis.

Hatten sie mich einfach im Stich gelassen? Für sich entschieden, dass sie, wenn sie mit Shark kooperierten, bessere Erfolgsaussichten hatten?

Ich schluckte den dicken Kloß in meinem Hals hinunter. Ich musste mir Gewissheit verschaffen. Die erste Anlaufstelle war unser Bus, ansonsten wüsste ich nicht, wo ich suchen sollte. Den Namen des Clubs hatte ich mir nicht gemerkt, also musste ich beim Bus anfangen. Vielleicht hatte Nairne auch mir einen Zettel hinterlassen.

Die konnten was erleben!

Kapitel 9

Ich stapfte die Straße hinunter und klammerte mich an dem Riemen meiner Tasche fest, um nicht durchzudrehen.

Ich war so wütend, so *enttäuscht,* dass ich mich leer fühlte.

Verlassen.

Hilflos.

Ich hasste all diese Gefühle. Ich wollte nicht, dass sie einen Raum in meinem Leben hatten.

Endlich erreichte ich den Bus. Die wenigen hundert Meter dorthin hatten sich wie Meilen angefühlt. Eigentlich erwartete ich nicht, dass sie dort waren, umso überraschter war ich, als ich Nairne schlafend auf der Rückbank vorfand. Sie hatte sich die Lederjacke über den Kopf gezogen und rührte sich nicht.

Ich hämmerte gegen die Scheibe, woraufhin sie mir ihren ausgestreckten Mittelfinger zeigte und »Verpiss dich, Arschloch!« rief. Selbst Schuld, denn jetzt wurde ich richtig wütend.

Ich machte solange Krach und rief ihren Namen, bis sie endlich die Augen aufschlug und sich gähnend aufrichtete. Dann erst erkannte sie mich. Ein entschuldigendes Lächeln kräuselte ihre Lippen, als sie die Tür aufstieß.

»Ups, tut mir leid, war nicht so gemeint. Du hast sicher Fragen.«

»Allerdings. Wo sind Rhona und Carnie?«, presste ich zwischen den Zähnen hervor.

»Du hast nicht zufällig Frühstück dabei, oder?«

»Nairne!«

»Ist ja gut. Sie sind im Hotel.«

»Nein, ich war allein dort.«

»In dem *anderen* Hotel«, sagte sie.

Ich drehte ihr den Rücken zu, damit sie mein Gesicht nicht sah. Ich schloss fest die Augen und versuchte, die Wut weg zu atmen. Es klappte, doch sie machte nur der Angst platz.

»Sag mal, wegen dir und Shark«, hörte ich Nairnes Stimme hinter mir. Sie sprach zögerlich. Behutsam. Ich hätte gar nicht gedacht, dass sie das konnte.

»Was ist damit?«

»Wie schlimm war es, was er mit dir gemacht hat?«

»Schlimm genug.« Ich spürte immer noch seine Hände auf mir. Deswegen brach mir manchmal der kalte Schweiß aus. Ich drängte die Erinnerung zurück.

»Hat er dich vergewaltigt, Lupa?«

Ich zuckte wegen des Wortes zurück. Panik schnürte mir die Kehle zu und meine Hände zitterten. Es dauerte, bis ich antworten konnte.

»Nein. Aber es hat nicht viel gefehlt. Er hatte viel getrunken, es war auf einer Party. Ich wollte irgendwann nicht mehr mitmachen, aber er hat nicht aufgehört. Es war Glück, dass er unterbrochen wurde und ich abhauen konnte. Sonst hätte er es getan. Aber was davor passiert ist, war beinahe genauso schlimm.«

Ich sah hinunter auf mein rechtes Handgelenk und legte die Finger über die Narbe.

»Ich dachte immer, ihr würdet euch hassen, weil du in ihn verliebt warst und er Lynx genommen hat.«

»Ich wünschte, es wäre so gewesen, aber nein. Ich mochte ihn, deswegen habe ich mich ja auf der Party von ihm bequatschen lassen. Danach habe ich es Lynx erzählt. Sie hat mir nicht geglaubt und ist kurz danach mit ihm zusammengekommen. Damit war unsere Freundschaft beendet.«

»Das ist auch nicht das, was man von einer Freundin erwartet«, sagte Nairne.

»Sie war mehr als eine Freundin. Sie war wie meine Schwester. Wir waren beide Außenseiterinnen in unserer Kolonie, deswegen haben wir immer zusammengehalten.« Ich holte tief Luft.

»Ich frage mich trotzdem, warum sie so mies zu dir ist.«

»Weil Shark sie meinetwegen hat sitzen lassen«, sagte ich leise. Nairne schwieg. »Sie hat herausgefunden, dass ich die Wahrheit gesagt habe. Da hat er ihr gestanden, dass er in mich verliebt war. Ist. Wie auch immer. Es ist egal. Seitdem hasst sie mich, weil sie meint, ich habe ihre Beziehung ruiniert.«

»Das ist bescheuert«, sagte Nairne schlicht.

»Ich weiß.«

»Danke, dass du mir das erzählt hast.« Sie hockte sich auf die Türschwelle und strich ihr weißblondes Haar zurück. Ich entdeckte, dass sie ihre rechte Kopfseite rasiert hatte. »Wenn wir das gewusst hätten, wären wir ihnen ausgewichen.«

»Soll heißen?«, fragte ich misstrauisch.

»Dass Carnie eine Antenne für Kinnon hat und mich deswegen so gelenkt hat, dass wir ihnen in die Arme laufen. Tut mir leid.«

Ich zuckte müde mit den Schultern. »Jetzt weißt du es ja.«

»Wenn du willst, hole ich Carnie und Rhona allein. Du kannst hier warten.«

»Nicht nötig. Es wird Zeit, dass mir das nicht mehr so zusetzt.«

Sie stand auf und lehnte sich gegen mich. Ich sah in ihr Gesicht. Ihre Miene war nachdenklich.

»Ich bin immer dafür, dass man mutig ist. Okay, meistens reagiert mein Blut und es ist mir scheißegal, ob es noch Mut oder Irrsinn ist, aber ich finde, man soll sich seinen Ängsten stellen. Ich weiß aber nicht, ob du dich dieser Sache stellen solltest. Wir können ihnen aus dem Weg gehen und wenn wir sie doch treffen, halte ich ihn dir vom Leib.«

»Lieb von dir, aber ich brauche keinen Leibwächter.« Ich lächelte. »Aber das Angebot ist wirklich nett. Fast, als würdest du mich mögen.«

Sie riss verwundert die Augen auf. »Tu ich doch auch.«

»Keine Umstände.«

»Hey, wenn wir dich nicht mögen würden, sähe die Lage ganz anders aus. Aber du bist in Ordnung. Und Rhona auch. Mach nicht so ein Gesicht. Sie will dich sicher nicht verletzen. Und bestimmt lässt sie dich nicht so hängen wie Lynx.« Nairne versuchte ein aufmunterndes Lächeln.

»Wie findest du es, dass Carnie mit Kinnon zusammen ist?«, fragte ich.

Ein Schatten huschte über ihr Gesicht. »Das ist etwas anders als bei euch. Aber ich weiß, was du meinst.«

Sie stieß sich vom Bus ab und verriegelte ihn. »Komm, wir sammeln die Rumtreiberinnen ein.«

»Was habt ihr denn gestern Abend noch gemacht?«, wollte ich wissen.

»Carnie kam zurück und hat Rhona und mich bequatscht, zu dem Auftritt zu gehen. Auch für den Fall, dass Shark Viola tatsächlich findet. War nicht der Fall«, berichtete sie. Ich nickte, das wusste ich schon. »Danach haben sie uns so lange belabert, bis wir sie zu einer Party begleiteten, die Kinnon aufgetan hat. Die Typen sind natürlich dabei gewesen. War 'ne wilde Angelegenheit.«

»Und du hast dich verzogen, nachdem die beiden mit Laird und Kinnon abgehauen sind?«, fragte ich weiter.

»Da noch nicht. Aber ich hatte dir von dem Ding mit Carnie und Kinnon erzählt. Das halte ich nicht lange aus.« Ich starrte sie an, doch sie winkte ab. »Frag lieber nicht.«

»In Ordnung. Obwohl ich tausend Fragen hätte«, erwiderte ich.

»Vertrau mir.«

Wir blieben vor einem Hotel stehen, nur etwa fünfhundert Meter von unserem entfernt. Es war riesig und ich machte mich auf eine lange Suche gefasst, doch Carnie und Rhona saßen auf einem Sofa in der Hotellobby, als hätten sie auf uns gewartet.

Als sie uns sahen, sprangen sie auf und kamen herüber. Ihre Mienen waren schuldbewusst.

Meine Eingeweide begannen zu kochen und mein Puls raste.

Ich hätte sie beide am liebsten hiergelassen. Ich wollte dieses dumme Getue nicht ertragen müssen.

»Lupa, ich ...«, setzte Rhona an. Ich drehte mich einfach um. Wenn ich jetzt mit ihr redete, würde ich Dinge sagen, die ich später bereute.

»Wir fahren.«

»Bekomme ich kein Frühstück?«, jammerte Carnie.

»Kauf dir was auf dem Weg zum Bus«, fuhr ich sie an. Sie verstummte.

»Lupa?«, machte Rhona zaghaft, doch ich ignorierte sie. Ich konnte jetzt noch nicht mit ihr sprechen. Und sie konnte noch ein wenig darüber nachdenken, was ihr Verhalten mit mir machte. Sie wusste es ohnehin.

Wieder waren wir auf der Autobahn.

Bis nach Warschau waren es knapp dreihundert Kilometer. Genug Zeit, um meine Gefühle unter Kontrolle zu bekommen.

Ich wusste, dass ich Rhona nicht böse sein durfte. Das Problem war nur: Ich war es trotzdem.

Deswegen fühlte ich mich noch schlechter.

Ich hatte Angst davor, dass sie Laird mir vorziehen könnte. Dabei waren die beiden nicht einmal ein Paar.

Meinetwegen?

Ich wollte nicht, dass sie meinetwegen auf etwas verzichtete. Vor allem nicht, weil sie es auch schwer genug hatte. Aber dass sich nichts zwischen ihnen ergeben hatte, war in Ordnung für mich. Mehr als das.

Die Gedanken waren schmerzhaft und unangenehm. Ich wollte ihr eine gute Freundin sein. Ich wollte, dass es ihr immer gut ging. Aber ich wollte sie auch für mich.

Ich spürte ihren Blick in meinem Nacken. Zweifellos dachte sie jetzt falsch von mir. Machte sich unnötig Vorwürfe.

Es dauerte noch etwas, bis ich mich so weit sammeln konnte, um es ihr zu erklären.

»Wir sind jetzt fast eine Woche unterwegs«, sagte Carnie. »Meint ihr, Mistress und die anderen Lehrer werden ungeduldig?«

»Wundern würde es mich nicht«, meinte Nairne.

»Aber sie können doch nicht davon ausgehen, dass Viola hier auf uns wartet«, machte Carnie weiter. »Jeder weiß, wie gut sie ist. Wenn ich Mistress wäre, hätte ich Vipera geschickt.«

»Ich auch, aber auch Vipera könnte sie nicht schneller fangen als wir«, antwortete ich. Mir war ein Detail aus dem Gespräch wieder eingefallen. »Sie haben uns geschickt, weil es ein magisches Pendant zu Sirenen in dieser Welt gibt. Deswegen funktioniert unser Zauber auch hier. Das Gleiche gilt ja auch für Rhona. Viperas Zauber allerdings könnte eingeschränkt sein, weil sie kein Gegenstück hier hat.« Dieses wichtige Detail hatte mich daran erinnert, dass ich meinen Auftrag unbedingt erfüllen musste. Es gab keine zweite Mannschaft, die im Hintergrund wartete. Lynx, Shark und ich waren die einzigen, die den Orden retten konnten.

Ich hoffte, dass wir Viola fassen konnten, bevor sie ihren Auftraggeber fand. Vor ihr hatte ich keine Angst, aber ich ahnte, dass derjenige, der dahinter steckte, ein anderes Kaliber war, mit dem ich es nicht aufnehmen konnte. Wir mussten schneller werden.

»Was ist Vipera?«, fragte Carnie.

»Sie ist eine Banshee«, erwiderte Rhona, als ich noch mein Gedächtnis durchforstete. »Ich glaube, die sind in dieser Dimension ausgerottet. Wie viele andere magische Wesen.«

»Die Menschen sind hier noch schlimmer als bei uns. Nichts für ungut, Rhona. Dabei wirken sie so harmlos.«

»Sind die meisten sicher auch. Aber es sind einfach zu viele.« Rhona schnaubte. »Ich habe noch eine Idee für einen Aufspürzauber, Lupa.« Sie sprach meinen Namen zaghaft aus. »Wenn du möchtest, kann ich ihn in Warschau versuchen.«

»Gute Idee«, flüsterte ich. Ich spürte Nairnes Blick und räusperte mich. »Gute Idee«, wiederholte ich lauter. »Das werden wir machen.«

Jetzt sah ich unsere Fahrerin lächeln. Ausgerechnet sie verstand mich am besten.

»Sag mal, Rhona, wo du dich doch so gut in allem auskennst«, begann Carnie. »Was ist eigentlich dieser Blaine, der immer mit Vipera und der Löwin rumhängt?«

»Das weiß ich nicht«, gab Rhona zu. »Es geht das Gerücht um, dass er ein Dschinn ist, so wie Mistress.«

»Mistress soll ein Dschinn sein?« Ich brauchte mich nicht umdrehen, um Carnies Zweifel zu sehen. »Nie im Leben.«

»Keiner weiß es. Und sie äußert sich nicht dazu. Tja, und Blaine möchte ich nicht fragen müssen. Du?«, fragte Rhona.

»Lieber nicht.« Carnie lachte nervös. »Bei dem läuft's mir kalt den Rücken runter.«

Das verstand ich nur zu gut, doch wenn wir Viola fassten, stellte er sicher mit Vipera das Empfangskomitee.

»Ich glaube, man muss gruselig sein, um in die Ordenswache aufgenommen zu werden«, mutmaßte Carnie. »Wir haben also keine Chance. Keine von uns hat dazu die nötigen Spezialeffekte wie rote Augen oder Fell. Glücklicherweise.«

Darüber hatte ich noch nie nachgedacht, aber vielleicht lag sie gar nicht so weit daneben.

»Worüber du dir Gedanken machst«, meinte Nairne kopfschüttelnd.

»Das lenkt zumindest ein bisschen ab.« Carnie zuckte mit den Schultern.

Wir verfielen in Schweigen. Ich versuchte, meine wirren Gedanken zu sortieren, doch dank Carnie ging es mir besser. Ich nahm an, dass sie deswegen die ganzen Fragen gestellt hatte. Sie war sensibler, als ich ihr zugetraut hätte.

Beide, sie und Nairne, waren bessere Begleiter als erhofft, und ich stellte fest, dass ich Nairnes Meinung war: Auch ich mochte sie. Es war beinahe erschreckend, aber ich war mittlerweile froh, dass sie bei mir waren.

Mit Innes und Stacia wäre es auch nicht einfacher. Aber viel weniger unterhaltsam und unbeschwert.

Wir erreichten die polnische Hauptstadt Warschau am Nachmittag.

Ich wusste nicht viel über sie, aber für mich sahen die Städte mittlerweile trotz aller Unterschiede ähnlich aus. Frust machte sich in mir breit, weil wir auch nach einer Woche noch nicht weiter gekommen waren. Die Frage, was die Meister darüber dachten, war gerechtfertigt.

Wie lange dauerte es, bis sie uns als Versager abstempelten und zurückholten? Und was geschah dann mit uns?

Ich wollte nicht darüber nachdenken.

Für den Zauber brauchten wir Ruhe, deswegen machten wir uns als Erstes wieder auf die Suche nach einer Unterkunft. Rhona kontrollierte noch einmal, ob sie alle Zutaten hatte, die wir brauchten.

Carnie nutzte die Zeit, um uns mit Essen zu versorgen, und kam mit großen Kartons voll dampfender Pizza zurück. Ich vertrug das Essen dieser Welt gut, aber manchmal sehnte ich mich nach dem myrischen Essen. Es war natürlicher und versorgte uns besser mit Nährstoffen.

Kauend sah ich Rhona dabei zu, wie sie die Utensilien auf dem Hotelzimmerboden ausbreitete. Die Vorhänge hatte sie bereits zugezogen und das Fenster geschlossen. Sie wog die Kräuter ab und legte einen Amethyst bereit.

Nairne hatte für sie eine Kerze organisiert, die Rhona jetzt mit geweihter Asche beschriftete. Dabei machte sie sich immer wieder Notizen, schrieb die einzelnen Schritte auf. Sie war so konzentriert, dass ich es nicht wagte, sie anzusprechen. Sie wusste, was sie tat.

Ich wünschte, mir ginge es genauso.

Jetzt holte sie eine Unze Gold aus der Tasche und benetzte die Spitze ihres Zeigefingers mit dem glänzenden Puder. Sie strich über die Kerze und beendete so ihre Vorbereitungen. Ich sah sie tief durchatmen. Mit Streichhölzern entflammte sie den Docht und verschränkte die Finger vor der Brust.

Sie pustete auf ihre Knöchel und strich dann mit ihren goldstaubverzierten Fingern über ihre Stirn. Ein weiterer Strich mit Asche folgte.

Vorsichtig hielt sie nun die getrockneten Kräuter an die Flamme, die sofort übersprang. Schwere ätherische Dämpfe stiegen von dem Büschel auf und grauer Rauch verbreitete sich im Raum.

Dieses Mal war es erträglich. Nairne hatte sich vorsorglich an die Tür gesetzt.

Mit einer kleinen Zange hielt Rhona den Amethyst an die Flamme. Sie fokussierte das Feuer und sprach das Wort, das es mit einem Schlag um ein Vielfaches erhitzte. Der Stein zischte wie eine Schlange und brannte lichterloh.

Rhona wartete einige Sekunden, dann zog sie ihn zurück und platzierte ihn auf dem kleinen Lederflicken vor sich. Er fauchte bei dem Kontakt mit dem in der Mitte eingestickten Pentagramm. Der Stein war nun nicht mehr violett, sondern goldgelb. Der erste Teil des Zaubers war gelungen.

Jetzt griff sie nach dem zweiten Bündel Kräuter, das sie vorbereitet hatte, und nach der kleinen Flasche mit dem geweihten Quellwasser.

Sie bespritzte die Zweige und zog sie dann über den glühenden Amethysten. Eine Duftwolke stob auf und zerfiel in glitzernden Nebel. Neben mir raunte Carnie und ließ ihr Pizzastück fallen.

Rhona sprach nun mit leiser Stimme den Zauber und warf ein Veilchen auf den Stein. Wie hypnotisiert verfolgte ich, wie sich die Blätter kringelten und fest mit dem Edelstein verschmolzen, ohne ihre Farbe zu verlieren. Rhona band den Stein an Viola.

Der schimmernde Nebel verdichtete sich und bildete ein Gesicht.

Violas Gesicht.

Ich hatte beinahe schon vergessen, wie sie aussah, und war erschrocken, als ich plötzlich ihre kantigen Züge mit den ausgeprägten Wangenknochen erblickte. Ihre Miene war ernst wie meistens, doch es schien mir, als schauten ihre Augen direkt in mein Herz.

Veilchengeruch stieg in meine Nase und mir war, als stünde sie direkt vor mir.

›*Viola, das ist doch Wahnsinn. Das kannst du unmöglich ernst meinen.*‹

›*Wenn du wüsstest, was ich weiß, würdest du das nicht sagen.*‹

›*Aber was ist es, was du meinst zu wissen? Sag es mir doch. Oder rede mit einem der Meister darüber.*‹

›*Auf keinen Fall. Sie sind es doch, die hinter all dem stecken. Ich werde es durchziehen. Allein. Tut mir leid, Lupa. Das ist heute unser letztes Treffen.*‹

›*Bitte, lass mich dir doch helfen.*‹

›*Ich wüsste nicht, wie.*‹

›*Ich aber.*‹

»Lupa?« Ich fuhr zusammen, als sich eine Hand auf meine Schulter legte. Vor mir hockte Carnie und sah mich besorgt an. »Du siehst gar nicht gut aus, ist alles in Ordnung?«

Ich blinzelte und versuchte zu verstehen, was gerade passiert war. Was ich gehört hatte.

War das eine Erinnerung? Eine Vorahnung?

Mein Magen verkrampfte sich und meine Hände wurden feucht. Wieder hatte ich dieses Gefühl, als fiele ich in bodenlose Tiefen. Angst machte sich in mir breit, meine Gedanken rasten.

War ich Violas Mitwisserin? Hatte ich ihr geholfen? Den Plan etwa mit ausgeheckt? Was wusste ich, oder hatte ich gewusst?

Carnies besorgtes Gesicht kam näher. In ihrem Mundwinkel klebte Tomatensoße.

»Rhona, was ist mit ihr?«

»Ich weiß es nicht. Lupa?«

Endlich riss ich mich zusammen und schaffte es, mich auf die beiden zu konzentrieren. Hinter ihnen öffnete Nairne die Vorhänge und das Fenster. Etwas Nasses tropfte auf meine Hand.

Eine Träne.

Erst jetzt bemerkte ich den beißenden Geruch, den der Zauber hinterlassen hatte.

»Hast du sie gefunden?«, fragte ich. Meine Stimme fühlte sich rau und rissig an.

Rhona schüttelte bekümmert den Kopf. »Keine Spur. Der Sternenstaub ist einfach so zu Boden gerieselt.«

»Nachdem er Violas Gesicht gezeigt hat?«, fragte ich. Rhona riss die Augen auf.

»Das hast du gesehen? Ich habe nichts wahrgenommen.«

»Ja, ich ...« Ich hielt inne und wusste nicht, wie ich weitermachen sollte. »Ich sah ihr Gesicht und roch Veilchen.«

»Hast du noch etwas gesehen?«, fragte Rhona. »Etwas im Hintergrund? Ein Gebäude, einen Berg, eine Straße, irgendwas?«

Ich schüttelte benommen den Kopf. »Ich habe nicht darauf geachtet«, flüsterte ich.

Rhona sank enttäuscht auf ihre Fersen zurück und betrachtete den Amethyst. Er war noch immer gelb, das Veilchen war mit ihm verschmolzen, als sei es in den Stein eingesickert.

»Verflucht«, murmelte sie. »Ich war mir so sicher, dass es klappt.«

»Hat es überhaupt einen Sinn, die Suche fortzusetzen?«, fragte Nairne. »Wir jagen ein Phantom und ich weiß nicht, wie lange uns bleibt.«

»Ich werde Vipera nicht kontaktieren und darum bitten, dass sie uns abziehen«, sagte ich rau.

Nairne winkte ab. »Das würde ich auch niemals tun, aber ich frage mich, wie intensiv unsere Suche sein kann, wenn wir absolut keinen Anhaltspunkt haben.«

»Wir haben noch Lupas Traum«, widersprach Rhona.

»Ich weiß, aber Lupa ist kein Orakel.« Nairne zuckte mit den Schultern. »Es tut mir leid, Lupa, aber du weißt ja selbst nicht, ob es überhaupt ein Hinweis ist.«

»Es ist leider alles, was wir haben«, murmelte ich. Nairne schien noch etwas sagen zu wollen, doch stattdessen seufzte sie und lehnte sich gegen den Fensterrahmen.

»Du hast ja recht. Ich will auch kein Spielverderber sein, aber ich mache mir auch meine Gedanken.«

»Was wäre dein Vorschlag?«, wollte ich wissen. Sie grinste schief.

»Das ist ja das Problem: Ich habe auch keine verdammte Idee, was wir machen können. Ich fahre nur den Bus.«

»Stell dein Licht nicht unter den Scheffel«, sagte Carnie. »Ohne dich säßen wir immer noch in der Kleinstadt fest.«

Ich brachte es nicht über mich, zu widersprechen. Mit einem Mal fühlte ich mich, als hätte mich alle Energie verlassen. Ich schloss die Augen und legte meine Stirn auf meinen Knien ab.

Am liebsten wollte ich einfach nur schlafen. So lange, bis mir eine rettende Idee kam. Doch diese Option gab es nicht und die Ungewissheit nagte an mir. Es wurde immer schlimmer. Vor allem jetzt, wo sich noch mehr Rätsel auftaten.

Ich wollte mit den anderen darüber sprechen, aber ich wusste nicht, wie. Ich hatte ja selbst keine Ahnung, was dieser Fetzen eines Gesprächs bedeutete. Ob er überhaupt etwas bedeutete, oder nur eine Einbildung war.

»Wir bleiben heute hier«, sagte Rhona. »Was haltet ihr davon? Es ist ohnehin zu spät, um weiterzufahren, Nairne ist erschöpft. Morgen fahren wir dann weiter Richtung Meer. Es ist nicht viel, aber es ist immerhin etwas.«

»Das machen wir.« Ich rappelte mich auf und streckte mich. Dabei fiel mein Blick auf den Lederfetzen. Neben dem Amethyst lag ein Bruchstück. Es war dunkelblau mit einer goldenen Äderung. »Was ist das denn?«

Rhona nahm mir den Stein aus der Hand und runzelte die Stirn. »Gute Frage. So was habe ich noch nie gesehen.«

»Vielleicht ein Abfallprodukt?«, fragte Carnie. Rhona hielt ihr den Stein hin.

»Sieht das für dich wie ein Abfallprodukt aus?«

»Nein. Es ist hübsch. Kann ich es haben? Vielleicht hat es eine Bedeutung.«

»Aber welche?«, fragte Rhona, ohne auf Carnies ausgestreckte Hand zu achten.

»Ich denke, das finden wir nur heraus, wenn wir uns in Warschau umsehen. Vielleicht war der Zauber ja doch nicht so ergebnislos, wie ihr befürchtet«, meinte Nairne und stieß sich von der Wand ab. Sie lächelte mich an. »Vielleicht haben wir ja doch mehr, als wir denken, Lupa.«

Ich wusste, wie sie es meinte, doch angesichts der Unterhaltung, die nur ich gehört hatte, lief es mir kalt den Rücken herunter.

Erneut packte mich die Angst vor dem, was ich vergessen haben könnte.

Sie wurde immer stärker.

Wir verließen das Hotel und gingen durch die Straßen Warschaus.

Ich hatte kein Auge für die schönen Plätze, die wir passierten, mein Kopf war voll wirrer Gedanken, die sich einfach nicht sortieren ließen. Sie summten wie ein ganzer Bienenschwarm und ich musste mich konzentrieren, um die anderen nicht zu verlieren. Meine Laune sank immer weiter, doch dieses Mal gelang es mir, das vor den anderen zu verbergen.

Hoffte ich zumindest.

Die Sache mit Rhona war noch immer nicht geklärt und es brannte mir auf der Seele, mit ihr zu sprechen.

Später, wenn wir allein waren.

Carnie und Nairne störten mich nicht mehr, aber das war nicht für ihre Ohren bestimmt. Sie wussten sowieso schon zu viel, denn Nairne hatte Carnie sicher von unserer Unterhaltung in Krakau erzählt.

Immer wieder ging ich zudem das Gespräch mit Viola durch, das ich gehört hatte. Ich war ratlos, verzweifelt. Es musste vor ihrem Verschwinden stattgefunden haben.

Wenn das so war, hatte ich davon gewusst. Oder?

Aber wenn ja, was hatte ich gewusst und warum hatte ich es vergessen?

Egal, wie oft ich die wenigen Sätze im Kopf durchging, ich fand keinen Anhaltspunkt. Wenn es wirklich stattgefunden hatte, war ich mit einem Vergessenszauber belegt worden. Anders konnte ich es mir nicht erklären.

Furcht legte sich wie eine kalte Hand um mein Herz.

War ich ebenfalls eine Verräterin, ohne davon zu wissen?

Wussten die Meister davon und versuchten, über Viola an mich heranzukommen? Waren Shark und Lynx in Wahrheit dazu abgestellt, mich zu beobachten, falls ich Viola fand?

Plötzliches Misstrauen erfasste mich und ich suchte die Gesichter meiner Begleiterinnen nach Bosheit ab. Nach Verschlagenheit. Mein Herz machte bei diesem Gedanken einen schmerzhaften Satz.

Könnte Rhona gegen mich sein? Ihre Nacht mit Laird nur ein Vorwand? Waren Nairne und Carnie wirklich versehentlich bei uns?

Rhona sah mich an. In ihrem Blick war nichts, was meine Alarmglocken klingeln ließ. Sie war mir seit Jahren eine treue Freundin. Das hatte sie nicht verdient, nicht einmal, dass ich so etwas überhaupt dachte.

Und Nairne und Carnie ... wer würde auf sie setzen? Niemand würde einen solchen Aufwand betreiben, um jemanden wie mich in falscher Sicherheit zu wiegen.

Sirenen sind von Natur aus misstrauisch. Eine schlechte Eigenschaft, wie ich fand. Der Rudelgedanke des Wolfs gefiel mir besser. Und genau das waren meine Begleiterinnen doch: mein Rudel.

Ich schluckte meine Angst hinunter und konzentrierte mich wieder auf den Weg vor mir. Nur, um ausgerechnet Lynx auf mich zukommen zu sehen. Ich blieb stehen und starrte sie an. Alle Gefühle, die ich gerade mühsam hinuntergekämpft hatte, drückten sich gewaltsam wieder hoch.

Sie war meinetwegen hier.

Sie wussten mehr als ich.

»Auch das noch«, murmelte Nairne. Meine Begleiterinnen schlossen zu mir auf.

Lynx hatte uns längst entdeckt. Mit einem katzenhaften Lächeln kam sie zu uns herüber. Auch sie war noch sie selbst.

Und doch nicht ganz.

»Sieh an, sieh an, wer ist denn da schon wieder?« Sie legte den Kopf schief und präsentierte mir eine neue Rune auf ihrem Schlüsselbein. Anscheinend hatte sie sie selbst ausgewählt und stechen lassen.

Ich kannte sie nicht, aber sie war mir auch egal. Ich roch Genugtuung an ihr und leichten Ärger.

Zweifellos meinetwegen.

Ihre Begleiterinnen blieben neben ihr stehen. Mein Blick glitt über Atras Gesicht, die uns aufmerksam musterte, dann hinüber zu Enigma. Sie hatte stark ausgeprägtes Orakelblut, fiel mir ein. Vielleicht hatte sie eine Vision erhalten, die Violas Aufenthaltsort preisgab.

Waren wir etwa am richtigen Ort?

Neben Enigma stand Vulpix. Sie war etwas jünger als ich und ich mochte sie nicht. Füchse waren die schlimmsten Waldtiere überhaupt: gierig wie Wölfe und hinterhältig wie Katzen. Ich ahnte, dass sie einen schweren Stand bei Lynx hatte.

»Hast du mich vermisst, Lupa? Oder welchem *glücklichen* Umstand verdanke ich dieses Treffen?«

»Zufall. Von Vermissen kann nicht die Rede sein.«

»Habt ihr Viola auch hier geortet?«, fragte Vulpix aufgeregt. Davon, dass Füchse so listig sein sollten, wusste sie leider nichts. Ihre Stimme war immer viel zu hoch und ihre großen gelbblauen Augen aufgerissen.

»Vulpix!«, fuhr Lynx sie an, ihre Stimme knallte wie ein Peitschenhieb. Die Füchsin war einen Kopf kleiner als sie und duckte sich unter dem harschen Tonfall. Schnell versteckte sie sich hinter Enigma, die wie immer wirkte, als sei sie in einer anderen Sphäre. Doch jetzt zuckte auch sie zusammen. »Bei allen Geistern, wie kann man nur so dämlich sein?«

»Lynx, lass sie.« Atra, noch einen halben Kopf kleiner als Vulpix, legte ihre Hand auf Lynx' Ellenbogen. Bei ihr fiel es mir schwer, sie zu lesen. Das Elfenblut war diffus, ihre Gefühle rochen anders als bei ›normalen‹ Wesen.

Elfen rochen, so hatte ich festgestellt, meist nach schweren ätherischen Ölen, die ihre Gefühle kaschierten und überlagerten. Sicher mit Absicht.

»Viola ist also doch hier«, sagte Carnie. Mir fiel auf, dass sie die Augen nicht von Vulpix ließ.

So angespannt und feindselig hatte ich sie noch nie erlebt.

»Allerdings. Und da ihr hier seid, könnt ihr heute Zeugen werden, wie wir sie fassen. In drei Stunden werden wir schon auf dem Weg nach Hause sein«, prahlte Lynx. Ihr Blick hielt meinen fest, sie lauerte auf meine Reaktion. Sie wollte sehen, was ihre Worte bei mir auslösten.

Am liebsten hätte ich sie ausgelacht und stehengelassen, doch sie machte nie leere Worte.

Sie meinte es todernst.

Ich schluckte, doch immerhin waren wir am richtigen Ort. Das konnte, wenn es Lynx gelang, Viola zu fassen, ein Vorteil sein.

»Das lasse ich mir auf keinen Fall entgehen. Wann und wo?«, fragte ich.

Atra reichte mir wortlos ein bedrucktes Stück Papier. Darauf war der Name eines Clubs mit bunten Bildern, die Tanzflächen und Bars zeigten. Mit silberner Tinte stand *From Within* darauf.

Das war also der Name von Lynx' Band.

Schön.

»Um neun fangen wir an. Ihr solltet pünktlich sein, es wird nicht lange dauern.« Lynx grüßte und ließ uns stehen.

Die anderen folgten ihr auf dem Fuß. Vulpix sah immer wieder zu uns zurück, als befürchtete sie, ich würde losstürmen und Lynx angreifen.

Eigentlich eine gute Idee.

Nairne stieß ein Schnauben aus. »Die hat ja Nerven. Wer soll das glauben?«

»Ich.« Sie sah mich verblüfft an. »Wir werden hingehen. Wenn sie Viola anlockt, will ich dabei sein.«

KAPITEL 10

Wir waren überpünktlich und mein Herz schlug mir bis zum Hals, als ich vor den Türen des Clubs stand. Ein mürrischer Türsteher kassierte von Rhona das Geld, aber das bekam ich nur am Rande mit. Meine Gedanken waren fest auf Lynx und Viola gerichtet.

Nahm unsere Mission heute ihr Ende?

Warum musste es ausgerechnet Lynx sein? Nur Sharks Auftauchen könnte alles noch schlimmer machen.

»Bis jetzt hat sie sie weder aufgestöbert noch gefangen«, sagte Rhona. Wir suchten uns einen Tisch in Bühnennähe und sahen uns um. Der Club war groß, noch größer als der in Bratislava, in dem wir gespielt hatten. Es gab Tische, eine große Tanzfläche und eine zweite Ebene mit einer Galerie. Der Saal war schon gut gefüllt, Lynx hatte viel Energie zur Verfügung.

Ich spürte meinen Herzschlag unangenehm stark an meinem Hals. Die Nervosität machte mir zu schaffen. Rhona war gefasst, doch auch Carnie und Nairne waren unruhig. Ich hatte den Eindruck, dass es ihnen nicht recht wäre, zum Orden zurückzukehren.

Ich aber sehnte mich nach der Sicherheit. Nach der Gewissheit, dass jemand da war, der in meinem Interesse handelte. Ich fragte mich, ob Mistress von mir enttäuscht wäre, wenn Lynx es war, die siegreich zurückkehrte.

Wahrscheinlich war es ihr und den anderen egal. Sie wollte, dass der Auftrag ausgeführt wurde.

Das war alles, was zählte.

Die Instrumente standen schon bereit und ich sah Lichttechniker die letzten Vorbereitungen treffen. Es dauerte nicht mehr lange, bis der Auftritt begann. Gerade machten sie den Soundcheck. Statt eines Schlagzeugs stand ein Keyboard auf der Bühne, außerdem ein Gestell mit einem Glockenspiel und verschiedenen Perkussions-Instrumenten und eine Gitarre.

Ich war gespannt, wie Lynx es machte. Hatte sie auch Lieder aus unserer Heimat ausgewählt? Das war die sinnvollste Vorgehensweise, doch die Katze war eigensinnig und hasste es, das Gleiche zu machen wie andere. Es konnte sein, dass sie nach unserem Auftritt in Bratislava entschieden hatte, ihren eigenen Weg zu gehen. Auch wenn er schwieriger war.

Von Nairne wusste ich, dass Shark und seine Gruppe einen ähnlichen Stil wie wir spielten, allerdings weniger düster. *Leprechaun's Gold* brachte die Menschen zum Tanzen. Mittlerweile bereute ich fast, nicht mitgegangen zu sein. Das hätte ich mir trotz allem gern angesehen.

»Wenn Lynx Viola auch nur zu Gesicht bekommt, fresse ich einen Besen«, murmelte Nairne. »So große Töne zu spucken ...«

»Halte den Besen bereit«, erwiderte ich. Sie zog die Augenbrauen hoch. »Du kennst Lynx nicht gut, oder?«

»Gut genug, um zu wissen, dass sie eine furchtbare Angeberin ist.«

»Das ist wahr, aber sie würde sich nie die Blöße geben, etwas zu versprechen, das sie nicht halten kann. Sie kann es nicht ertragen zu scheitern. Wenn sie sagt, dass sie Viola geortet hat, stimmt das.«

»Aber wie?«, fragte Rhona unglücklich. »Wir haben doch auch alles versucht.«

»Ich tippe auf Enigma«, erwiderte ich.

Rhona riss die Augen auf und schlug sich die Hand vor die Stirn. »Natürlich. Ich Idiotin.«

Ich wollte gerade etwas sagen, als das Licht ausging und sich ein Scheinwerfer auf die Bühne richtete. Ein Mann sagte Lynx' Band auf Polnisch an und die anderen Gäste applaudierten höflich. Die meisten Tische waren besetzt, der Club hatte einen guten Zulauf. Ich sah am Eingang weitere Leute. Lynx hatte Glück, dass sie auf die Energie so vieler Menschen zugreifen konnte.

Die vier Frauen traten auf die Bühne. Ich musste zugeben, dass sie atemberaubend aussahen. Lynx trug ein dunkelrotes langes Kleid, das sich wie eine zweite Haut an ihren langgliedrigen Körper schmiegte.

Ihr Haar trug sie zusammengebunden, sodass die Runen auf ihren Schlüsselbeinen und ihre Luchszeichnung auf den Wangen gut sichtbar waren. Sie sahen aus wie ein auffälliges Make-up. Kein Mensch wäre auf die Idee gekommen, dass sie diese Male seit ihrer Geburt trug.

Sie lächelte mit dunkelroten Lippen und ich sah die Spitzen ihrer kleinen Reißzähne.

Wegen ihrer Zähne und der Gesichtszeichnung hatte sie es oft noch schwerer im Sirenendorf als ich. Dieser Kelch war an mir vorüber gegangen. Das hatte Lynx nur noch stärker und selbstbewusster gemacht.

Enigma stellte sich an die Perkussion und warf ihr schweres dunkles Haar zurück. Dann strich sie mit ihren beringten Fingern dramatisch über das Glockenspiel und nahm dann die Schlegel zur Hand. Sie schlug einen langsamen Takt an und konzentrierte sich mehr auf ihre Gesten als auf das Tempo.

Atras weiße Zähne schimmerten in ihrem dunklen Gesicht und ihre schmalen Finger glitten über die Tasten ihres Keyboards. Vulpix stieg mit ihrer Gitarre ein. Sie und Atra waren gar nicht schlecht.

Ich kannte die Melodie nicht. Lynx hatte sich gegen die Sirenenlieder entschieden. Ich vermutete, dass sie auf Elfenlieder zurückgriff. Sie machte es sich aus Trotz so viel schwerer.

Nur um mir zu beweisen, dass sie es konnte.

Lynx trat ans Mikrofon, schloss die Augen und begann zu singen.

Erinnerungen brachen ungefiltert über mir herein und mein Herz verkrampfte sich. Ich erinnerte mich an die Zeit zuhause. An das Gesicht meiner Mutter, die Gesichter meiner Schwestern. Ich hatte sie ewig nicht gesehen, so lange nicht an sie gedacht. Ich hatte es mir verboten.

Lynx' Gesang brachte all das zurück, was ich so verzweifelt verdrängte.

In meinem Hals bildete sich ein dicker Kloß, den ich einfach nicht hinuntergeschluckt bekam.

Ich fühlte, wie sich meine Augen mit Tränen füllten.

Ich spürte wieder den Schmerz des Tages, an dem ich zum Orden aufbrechen musste. Die Angst, was aus mir werden würde, und die Hilflosigkeit, weil meine Familie mich nicht mehr bei sich haben wollte.

Ihre starren Mienen, als Lynx und ich auf den Karren stiegen, der uns zum ersten Etappenziel unserer Reise brachte.

Die Tränen, die in den silbernen Augen meiner Mutter schimmerten. Meine Schwestern, die sich im Arm hielten. Lynx' Hand in meiner und ihre zusammengebissenen Zähne.

»Wir haben einander«, flüsterte sie und drehte unserer Familie den Rücken zu.

Für immer.

Eine Katze verzieh niemals.

Ich hingegen brauchte lange, um das zu verarbeiten. Wölfe waren Rudeltiere und auch Sirenen verließen ihre Kolonien niemals.

Ich verlor meine ganze Welt an diesem Tag.

Lynx war alles, was ich hatte. Für lange Zeit.

Der Schmerz fuhr wie eine Klinge durch meinen Brustkorb und nahm mir die Luft zum Atmen.

Eine Hand legte sich auf meine und ich sah in Rhonas Gesicht. Sie schob mir eine Serviette zu. Erst jetzt bemerkte ich, dass Tränen über meine Wangen liefen, und wischte sie hastig weg. Die anderen sollten es nicht bemerken.

Doch Nairne und Carnie lauschten Lynx und ihrer Band völlig versunken. Ihr Zauber zog sie in ihren Bann.

»Lupa!« Ich fuhr herum, mein Blick folgte Rhonas Hand. Sie deutete zum Eingang.

Mein Atem stockte.

Viola war gerade hereingekommen.

Mein Mund wurde trocken.

Sie war es.

Ich wollte etwas tun. Ich *müsste* etwas tun, doch ich fühlte mich wie gelähmt.

Ich konnte nicht einmal den Kopf drehen, um festzustellen, ob Lynx ihren Erfolg bereits bemerkt hatte. Meine Augen saugten sich an Viola fest. Sie trug Jeans und eine dunkle Jacke und bewegte sich mit der ihr eigenen Geschmeidigkeit. Nur sie gebärdete sich so.

Ihre veilchenblauen Augen waren leer, die Magie hatte sie in ihrer Gewalt.

Lynx musste viel stärker sein als ich.

Ich hörte Carnie neben mir aufkeuchen und nahm eine Bewegung aus dem Augenwinkel wahr. Nairne wollte aufstehen, doch Rhona hielt sie zurück.

»Nicht!«, sagte sie. »Wenn ihr Lynx ablenkt, verliert sie die Kontrolle über den Zauber.« Nairne setzte sich wieder, doch diese Ablenkung hatte gereicht, um mich aus meiner Starre zu holen.

Endlich.

Mein Blick glitt hinüber zu Lynx, die ihre Anstrengungen jetzt verdoppelte. Ich spürte, wie sie sich auf Viola konzentrierte. Die Magie verdichtete sich, wie nur Sirenen es konnten. Wäre Viola ihr Opfer, ihr Leben wäre nichts mehr wert.

Aber war es nicht ohnehin so?

Meine Haut prickelte und fühlte sich an, als tanzten elektrische Partikel darüber. Ich hatte den Eindruck, dass es Lynx gelungen war, den Zauber noch zu verstärken. Sie war verdammt gut.

Viola blieb stehen, ihre Körperhaltung war verkrampft, ihre Kiefer aufeinandergepresst.

Sie kämpfte dagegen an. Und verlor. Trotz allem spürte ich Mitleid.

Und Angst.

Was würden sie mit ihr machen, wenn Mistress sie in die Finger bekam?

Welche Strafe hatte sie zu erwarten?

Und wer hatte ihr den Auftrag gegeben, das Artefakt zu stehlen?

Lynx sang immer weiter und die Luft verdichtete sich mit dem Zauber. So sehr, dass Nairne neben mir nach Luft rang.

Die Magie waberte durch den Raum und manifestierte sich in einem blauen Nebel. Ich sah sogar die Energie, die Lynx den anderen Menschen abzog. Sie floss wie silbriger Dunst zu ihr und verstärkte ihren Zauber.

Ich war tief beeindruckt und musste mir eingestehen, dass ich dazu nicht fähig wäre.

Ich hätte Viola niemals gefangen.

Magische Fesseln legten sich um Violas Körper und hinderten sie daran, sich zu bewegen. Sie sank auf einen leeren Stuhl und rührte sich kaum noch, als die Magie wie die Tentakel eines Oktopus' um sie krochen. Sie zogen sich immer fester und webten sie ein wie in einen Kokon. Der Zauber erreichte ihr Gesicht und verschloss Violas Mund. Jetzt war sie wehrlos.

Lynx gab den anderen ein Zeichen und sie beendeten das Lied. Ihr Werk war getan.

Sie verneigten sich und beinahe hätte ich applaudiert. Nur mein Neid hielt mich davon ab. Ich brachte es nicht über mich.

»Scheiße, sie hat es geschafft«, murmelte Carnie. »Wo ist dein Besen, Nairne?« Nairne schwieg, doch ich sah, wie sich ihre Muskeln anspannten. Ihre Augen waren aufgerissen und sie biss sich auf die Lippe.

»Alles in Ordnung?«, fragte ich. Nairne schüttelte den Kopf.

»Sieh sie dir doch an«, presste sie heraus. »Natürlich nicht.« Carnie griff nach ihrer Hand.

»Das ist nicht unsere Sache«, flüsterte sie und schlang ihre Arme um ihre Freundin. Nairnes Gesicht war starr, ich sah, wie sie mit sich kämpfte.

»Fühlt sich aber so an.«

Es dauerte ein paar Sekunden, bis ich verstand, was sie meinte. Ich war nicht die einzige, die Mitleid spürte. Nairne konnte es nur viel schlechter beherrschen. Ich sah ihr an, dass sie Viola am liebsten befreit hätte.

Ich verstand sie.

Nur zu gut.

Lynx sprang von der Bühne und eilte zu ihrer Gefangenen, dabei griff sie nach ihrem Amulett.

Sie verlor keine Zeit und rief Vipera.

In Kürze würden die Clubbesucher ihr blaues Wunder erleben.

Da sah ich Atra einen Zauber sprechen. Das ging so schnell, dass es mir beinahe entgangen wäre. Die Lichter im Raum gingen aus und die Notbeleuchtung sprang an. Unruhe machte sich unter den Gästen breit.

Einer der Angestellten rief etwas und Türen wurden aufgestoßen. Ich hoffte nur, dass niemand in Panik geriet.

Lynx erreichte Viola und blieb vor ihr stehen. Verachtung verzerrte ihr Gesicht.

»Endlich.«

Violas Augen richteten sich auf sie und verengten sich wütend. Dann fiel ihr Blick auf mich und ich sah etwas darin, das mich zurücktaumeln ließ: Erkenntnis. Und Hoffnung.

Erwartete sie von mir, dass ich ihr half?

Ein lauter Knall ließ mich zusammenfahren. Ich wirbelte herum und sah Vulpix mit offenem Mund dastehen, die Hände noch ausgestreckt. Auf dem Boden lag eine schwere eiserne Kette.

Dann hörte ich es. Ich fühlte es.

Es war, als habe jemand einen Eimer voll Wasser ausgeschüttet. Die konzentrierte Magie im Raum zerrann plötzlich und löste sich auf.

Das gab eine Rückkopplung mit der Luft, die wie eine Bö über mich hinwegging und in die Knie zwang. Schockiert stemmte ich mich dagegen und sah wieder hinüber zu Lynx und Viola.

Letztere sprang gerade von ihrem Stuhl auf und breitete die Arme zu beiden Seiten aus. Ich sah zwei grelle Lichtkugeln an ihren Handflächen, die sie nun zusammenschlug.

Die Energie explodierte mit einem Knall und warf mich zu Boden. Meine Stirn schlug hart auf den Beton auf und ich sah Sterne.

Stöhnend rollte ich mich auf die Seite und stemmte mich hoch. Gerade rechtzeitig, um einen letzten Blick auf Viola zu erhaschen. Sie sah zu mir herüber und hob die Hand wie zum Gruß.

Dann war sie verschwunden.

»Nein!« Ich sah nur aus dem Augenwinkel, dass Lynx auf die Beine kam und mit einem Satz zu Vulpix sprang. Die Füchsin schrie in Panik auf, als Lynx sie umriss und sich auf sie kniete.

»Oh Scheiße!«, machte Carnie, als Lynx Vulpix den ersten Schlag ins Gesicht verpasste. Das Geräusch und der Schrei waren so grässlich, dass ich mich nicht rühren konnte.

»Lynx!« Atra unternahm einen erfolglosen Versuch, sie von Vulpix herunterzuziehen, die wie am Spieß schrie. Ein weiterer Schlag traf ihr Gesicht. Jetzt eilte Enigma hinüber und packte Lynx ebenfalls, doch sie schüttelte die beiden ab. Atra knallte auf ihr Steißbein und jaulte auf.

»Lynx, bitte!«, schrie Vulpix und kreischte, als sie der nächste Schlag erwischte.

»Das ist alles deine Schuld! Ich hatte sie! Ich hatte sie!« Lynx war wie von Sinnen, ihre Stimme überschlug sich.

Ich kam mühsam auf die Beine, doch Nairne war schneller als ich. Sie rammte Lynx von der Seite und stieß sie zu Boden. Lynx rollte sich geschmeidig ab und kam wieder hoch, doch Vulpix suchte ihr Heil in der Flucht und versteckte sich hinter Atra und Enigma.

Alle drei sahen zu Tode erschrocken aus. Vulpix' Gesicht war von Blutergüssen und Schwellungen übersät. Blut rann aus ihrem Mundwinkel. So hatten sie Lynx noch nie erlebt. Ich schon, deswegen machte ich ein paar lange Schritte und schloss zu Nairne auf.

Ich wollte nicht riskieren, dass Nairne die Beherrschung verlor, die Folgen waren nicht abzusehen.

Lynx war so gerissen, dass sie es sogar mit einem Berserker aufnehmen konnte, wenn sie alles daransetzte. Ich musste das verhindern, denn sie machte Miene, es auf die Spitze zu treiben. Auch Katzen wurden unvernünftig, wenn sie gereizt genug waren.

Ich musste Nairne schützen. Und mich selbst, denn ich war vermutlich die nächste, die sie aufs Korn nahm.

»Lynx, es reicht«, sagte ich mit aller Ruhe, die ich aufbringen konnte.

»Du hast mir gar nichts zu sagen, Lupa!«, keifte sie und duckte sich zum Sprung. Neben mir knurrte Nairne und ballte die Hände zu Fäusten. Ihre Wangen röteten sich und das unheilvolle Rot sickerte in ihre Augen.

Nicht gut. Gar nicht gut.

»Lass Vulpix in Ruhe, das bringt Viola nicht zurück«, versuchte ich es noch einmal.

»Sie hat es verdient! Du hast es doch gesehen!« Lynx' Hände waren zu Klauen verzerrt. Ihre Nägel waren schon immer lang und scharf. Auf diesen Kontakt konnte ich gut verzichten.

»Lynx, bitte! Hör auf jetzt! Es lässt sich doch nicht mehr ändern!«, startete ich einen letzten Versuch.

Sie fauchte und ich fühlte ihre Bewegungen mehr, als ich sie sah.

Gleich sprang sie. Und dann war hier die Hölle los.

Ich ging leicht in die Knie und machte mich auf das Schlimmste gefasst, da hörte ich Schritte von schweren Stiefeln.

Eine neue, bekannte Energie war aufgetaucht.

Ich sah Lynx an, dass sie Panik bekam.

Die Eingangstür wurde aufgestoßen.

Vipera kam herein.

Lynx' Gesicht wurde bleich vor Schock. Sie ahnte, was auf sie zukam. Ich wollte um nichts auf der Welt mit ihr tauschen.

Viperas goldenes Auge verengte sich, als sie sich im Raum umsah und blieb an Lynx und Vulpix hängen.

»Erklär das.« Mehr musste sie nicht sagen.

Lynx sank in sich zusammen, alle Wut und Kampfgeist verschwanden.

»Sie ist entkommen. Ich hatte sie schon.« Ihre Stimme war nur ein Flüstern.

Vipera fixierte Vulpix. »Gab es einen Kampf?«

Vulpix schluchzte. Erst jetzt sah ich die Bisswunde an ihrem Arm. »Lynx hat mich angegriffen. Aber ich wollte doch nicht, dass das passiert!«

Leonda knurrte tief in ihrer Kehle. »Du hast sie angegriffen?«, fauchte sie Lynx an. Die zeigte ihre Reißzähne, wich aber zurück. Mit der Löwin würde ich mich auch nicht anlegen.

»Sie hat alles verdorben«, kiekste sie. »Ich hatte sie schon. Es war idiotensicher! Da wirft sie die Kette auf den Boden und lenkt mich ab. Ich habe die Kontrolle über den Zauber verloren und Viola entkam. Ich ...« Sie brach ab, als sie Viperas Gesicht sah.

»Idiotensicher vielleicht, aber nicht fuchssicher.« Ihr mitleidloser Blick fiel auf die schluchzende Füchsin. »Hör auf zu heulen, Vulpix!« Sie verstummte und machte sich klein. Jetzt richtete sich Viperas Aufmerksamkeit auf mich. Und auf Nairne, die neben mir stand. »Und was habt ihr dazu zu sagen?«

»Wir haben uns zurückgehalten, um Lynx nicht in ihrer Konzentration zu stören«, antwortete ich. »Dann ging alles zu schnell. Viola hat sich in Luft aufgelöst.« Vipera schnaubte und wechselte einen Blick mit ihren Begleitern.

»Ihr braucht viel zu lange«, zischte sie. »Die Meister haben euch schon vor Tagen zurückerwartet und dabei war das heute euer erster Kontakt. Was für eine Enttäuschung. Ihr werdet den Erwartungen nicht im Mindesten gerecht. Wir müssen wohl andere aussuchen. Oder auf Seamus warten.«

Da konnte sie lange warten. Shark war nicht so gut wie Lynx, dachte ich, aber ich schwieg.

»Bitte, gebt uns noch eine Chance!«, sagte Lynx kleinlaut. »Ich hatte sie doch schon so weit. Wenn Vulpix nicht gepatzt hätte, würdet ihr sie in diesem Moment abführen.« Sie warf der Füchsin einen hasserfüllten Blick zu. Diese bleckte die Zähne und machte sich noch kleiner.

Vipera warf Lynx einen Blick zu, unter dem mir schlecht wurde.

Ich wusste nicht, was uns im Orden erwartete, aber ich wollte es auch nicht herausfinden.

Ich ahnte, dass es unangenehm wurde. Dann zuckte sie mit den Schultern.

»Auf deine Verantwortung, Lynx. Ich würde mich hüten, mir eine weitere Blamage zu leisten. Was ist mit euch?«, wandte sie sich an mich. Sie betrachtete Carnie und Nairne, ihre Augenbraue hob sich, als versuche sie, die beiden einzuschätzen.

Dass sie bei mir waren, war natürlich bekannt, aber wahrscheinlich erwartete sie von mir, dass ich versuchte, sie loszuwerden.

Darauf konnte Vipera lange warten.

Durch ihr weißes Haar schimmerte das blutrote Banshee-Auge. Mir lief es kalt den Rücken hinunter.

Trotzdem: Nichts lag mir ferner, als meine Freundinnen so zu behandeln wie Lynx Vulpix. Wölfe sind loyal.

»Wir wollen es auch noch einmal versuchen«, sagte ich fest. »Gemeinsam. Nairne und Carnie sind eine wertvolle Unterstützung für Rhona und mich.«

Leonda lachte auf. »Das habe ich noch nie jemanden sagen hören.«

»Es ist wahr.«

»Deine Sache, Lupa. Du allein trägst das Risiko.« Viperas Mund umspielte ein merkwürdiges Lächeln.

Hatte ich sie beeindruckt? Oder hielt sie mich einfach nur für eine bemitleidenswerte Idiotin, die die Chance verfallen ließ?

Es war mir egal. »Ich weiß.«

»Gut, dann haut ab, bevor ich es mir anders überlege.« Vipera wandte sich zum Gehen um.

»Warte!«, heulte Vulpix auf. »Ich bleibe nicht bei Lynx! Bitte!« Anklagend hielt sie ihren blutenden Arm hoch. »Das will ich nicht.«

Vipera zuckte mit den Schultern. »Vertragt euch, Kinder.«

»Nein!« Vulpix brach erneut in Tränen aus. Kurz befürchtete ich, sie würde sich an Vipera festklammern, da trat Leonda zu meiner Überraschung an ihre Kommandantin heran und redete leise auf sie ein.

Ich tauschte einen unruhigen Blick mit Rhona. Sie und Carnie hatten zu uns aufgeschlossen und standen so nahe, dass wir leise sprechen konnten.

»Es hätte schlimmer kommen können«, flüsterte sie. »Auch für Carnie und Nairne.«

»Du hast uns den Arsch gerettet«, meinte Nairne. Ich schüttelte den Kopf, doch Carnie nickte.

»Ist so, sieh es ein.«

Vor uns traten Vipera und Leonda auseinander. Die Banshee nickte ihrer Begleiterin zu, die sich Lynx zuwandte. Ihre tiefe Stimme grollte durch den Raum.

»Ich verurteile diese Form der Gewalt. Du hattest kein Recht, Vulpix zu verletzen. Ihr seid ein Team, das bedeutet, dass jedes Mitglied für die anderen sorgt. Vor allem du, Lynx, solltest wissen, dass du als Leiterin deiner Gruppe die meiste Verantwortung trägst. Auch für Vulpix. Ihr Versagen ist dein Versagen.« Ich sah Vulpix hinter vorgehaltener Hand grinsen. »Lupa, würdest du Vulpix aufnehmen?«

Auch das noch. Ich hatte befürchtet, dass diese Frage kam. Ich wollte sie nicht. Nicht jetzt, da die Gruppe gerade funktionierte.

»Bitte, Herrin«, sagte Vulpix mit einer füchsischen Untergebenheit, die bei mir alle Alarmglocken schrillen ließ. »Darf ich in Sharks Gruppe wechseln? Ich fühle mich unter Frauen nicht mehr sicher.«

»*Unter* Männern schon, ist klar«, zischte Carnie. »Im wörtlichen Sinne.«

Leonda fixierte Vulpix mit schmalen Augen, dann zuckte sie mit den Schultern. »Wenn du meinst. Du musst Seamus aber selbst suchen, das nehmen wir dir nicht ab.« Hinter mir schnaubte Carnie.

»Weiß doch jeder, warum sie zu Shark in die Gruppe will. Gut für dich, Lupa, die werden gar nichts mehr auf die Reihe kriegen, wenn ständig ein Fuchsschwanz vor ihrer Nase herumgewedelt wird.« Über diese Allegorie wollte ich lieber nicht nachdenken, aber ich ahnte, was Carnie meinte.

Und warum ihr Tonfall pure Eifersucht war.

»Eine Frage«, meldete sich Lynx zu Wort. Sie stand aufrecht da, erst jetzt sah ich, dass ihr Kleid an der Seite aufgerissen war und blanke Haut freigab. So was hatte Lynx noch nie gestört. Auch jetzt wirkte sie hoheitsvoll, nicht, als sei sie gerade hart kritisiert worden. »Wenn Vulpix meine Gruppe verlässt, sind Atra, Enigma und ich im Nachteil.«

Leonda knurrte und kurz befürchtete ich, sie würde sie anspringen, doch Vipera hielt sie zurück.

»Wir werden sehen, was sich tun lässt.« Ohne ein weiteres Wort drehten uns die drei Wächter den Rücken zu und ließen uns stehen. Ich sah ihnen nach, dann wandte ich mich Lynx zu.

Sie rührte sich nicht, ihre Miene war unbewegt. Jemand, der sie nicht kannte, würde denken, das alles ließe sie kalt, doch ich wusste es besser. Ich sah ihren angespannten Kiefer und den Glanz in ihren Augen.

Die Worte der Löwin hatten sie tief getroffen, doch niemals würde sie sich bei Vulpix entschuldigen.

Als ich mich nach der Füchsin umsah, entdeckte ich, dass sie sich bereits davongemacht hatte.

»Kleines Miststück«, zischte Carnie.

»Was ist dein Problem?«, fragte Rhona. »Sie hatte das nicht verdient.« Zum ersten Mal schwieg Carnie, doch ich hatte einen Verdacht und warf Rhona einen warnenden Blick zu, vor allem, nachdem ich Nairnes Gesicht gesehen hatte. Ihre Miene war wie versteinert.

Das bedeutete Ärger.

»Komm, Lynx, wir sollten gehen«, sagte Atra und legte ihr einen Mantel über die Schultern. Es dauerte noch ein paar Sekunden, dann rührte sie sich endlich.

Unsere Blicke trafen sich. Sie wusste, dass ich sie durchschaute. Das gefiel weder ihr noch mir.

Worte brodelten in mir. Das Bedürfnis, mit ihr zu sprechen wurde immer stärker.

Ich kämpfte dagegen an. Es war nicht meine Aufgabe, ihr das zu sagen, was ich empfand. Und sie wollte mein Mitleid nicht. Auch nicht meine Unterstützung.

Sie wären verschwendet und würden eine Verbindung herstellen, die ich nicht wollte. Die sie nicht wollte.

Die Verbindung während der Musik war schlimm genug gewesen.

Sie brach den Kontakt ab, drehte sich um und ging. Atra nickte mir kurz zu. Ich versuchte, aus ihrer Miene schlau zu werden.

Es sah nicht so aus, als hieße sie Lynx' Verhalten gut, aber ähnlich wie Rhona würde sie nie etwas sagen. Nicht, wenn andere dabei waren.

»Was für ein Abend«, seufzte Rhona. Ich drehte mich zu meinen Begleiterinnen um. Carnie und Nairne machten mir Sorgen, beide wirkten wütend. Ich wusste nicht, wie ich ihnen helfen konnte.

Die Probleme wurden immer größer. Sie kamen ohne Ankündigung und aus unerwarteter Richtung.

»Er ist absolut nicht so gelaufen, wie ich gehofft hatte«, stimmte ich zu.

»Immerhin wissen wir jetzt, dass Viola hier ist«, versuchte Rhona es mit Optimismus. Ich lächelte schmal, mehr brachte ich nicht zustande.

»Lasst uns gehen.« Sie folgten mir widerstandslos. »Nairne, wie lange musst du schlafen, um wieder fahren zu können?«

Endlich wurde ihr Blick wieder klar. »Ich denke, vier Stunden würden reichen. Du willst weiter?«

»So schnell wie möglich. Vipera war schon ungeduldig, ich möchte nicht wissen, wie es Mistress geht. Wir stehen auf der Abschussliste.«

»Stehen wir immer«, sagte Carnie. Sie suchte Nairnes Blick, doch diese wich ihr aus. »Nairne?« Ihre Freundin wandte sich mir zu und ignorierte sie.

»Ich kann auch sofort losfahren, das schaffe ich schon.«

»Mir ist es lieber, wenn du ausgeruht bist. Die Zeit nehmen wir uns.«

Ich suchte meine Sachen zusammen und sah mich unschlüssig im Club um.

Die Notbeleuchtung brannte noch immer, doch bald kamen die Menschen sicher zurück. Wir sollten von hier verschwinden.

»Ich dachte, mein Herz bliebe stehen, als Viola hereinkam«, sagte Rhona und griff nach ihrer Jacke.

»So ging es Lynx auch, als Vipera erschien«, feixte Carnie. »Sie war sich so sicher, dass sie Viola geschnappt hat.« Wieder suchte sie Nairnes Blick und wieder ignorierte sie sie.

»Hatte sie auch«, erwiderte ich. »Es reichte eine Sekunde, um alles kaputt zu machen.«

»Vulpix ist einfach eine Strafe.« Carnie krauste die Nase und schüttelte sich, als müsse sie etwas loswerden. »Allein, wie schnell sie sich vom Acker gemacht hat, sagt doch alles.«

»Sie war verletzt, das hätte doch jeder von uns so gemacht«, wandte Rhona ein. »Ich hoffe, sie schafft es zu Shark.«

»Das wird sie, mach dir keine Sorgen.« Carnies Miene verfinsterte sich. Ebenso Nairnes.

In meinem Kopf schrillten sämtliche Alarmglocken.

Was sollte ich machen?

Konnte ich eingreifen?

Mein Blick wanderte von einer zur anderen.

»Ist alles in Ordnung bei euch?«, fragte Rhona. Nairne ging wortlos an uns vorbei. »Carnie?«

Der Sukkubus hob hilflos die Schultern. »Ich muss mit ihr reden, das bekomme ich schon hin.«

»Was sollen wir tun?«, fragte Rhona.

Ich sah Carnie nach, die hinter Nairne herlief.

»Ich weiß es nicht«, seufzte ich. »Ich erahne nur, was das Problem ist. Ich glaube, da können wir nicht helfen.«

Wir haben auch sonst genug Probleme. Du hast Vipera gehört. Sie werden ungeduldig. Lynx ist so gut und trotzdem ...«

»Ich weiß«, sagte Rhona. »Wir müssen eben weitermachen.«

Ich nickte.

Uns blieb keine Wahl.

KAPITEL 11

Draußen warteten Carnie und Nairne auf uns. Carnie war bleich, ich sah Tränen in ihren Augen. Nairnes Gesicht war wie versteinert.

»Was ist los?«, fragte ich.

»Ich gehe mit Lynx«, sagte Nairne.

Ich fühlte mich, als zöge sie mir den Boden unter den Füßen weg. »Was?«

Carnie schüttelte heftig den Kopf. »Nein, das kannst du nicht tun.«

»Kann ich doch und muss ich. Ich brauche dringend Zeit, um nachzudenken.«

»Nairne, bitte, es tut mir leid. Du weißt doch, wie das bei mir ist.«

»Ja und genau das ist das Problem. Ich weiß es und es stört mich, immer darauf Rücksicht zu nehmen. Ich weiß, dass du nichts für dein Blut kannst, aber das eben war etwas anderes.«

»Worum geht es hier eigentlich?«, fragte ich, obwohl ich eine Ahnung hatte.

»Um Kinnon, worum sonst?« Nairne spie den Namen beinahe aus. »Es geht doch immer nur im Kinnon, aber sieh es ein, Carnie: Er wird dir nie gehören, da kannst du eifersüchtig auf Vulpix und alle anderen Frauen sein, solange du willst.«

Carnie wurde noch blasser. »Das meinst du doch nicht ernst!«, stieß sie hervor. »Und so ist das gar nicht!«

Nairne warf ihr einen langen Blick zu. »Du bist gerade nicht wütend geworden, weil Vulpix die erste Gelegenheit genutzt hat, um zu ihm zu kommen?«

»Vulpix legt sich unter jeden, der es zulässt«, zischte Carnie.

»Und nur bei ihm stört dich das«, konterte Nairne.

»Leute, was soll denn das? Jetzt streitet euch doch bitte nicht wegen Kinnon!«, sagte ich. »Das ist doch verrückt.«

»Nairne, du irrst dich. Bitte, ich habe es dir doch schon so oft gesagt.« Die erste Träne lief über Carnies Wange.

»Du bist also nicht in ihn verliebt?« Nairne lächelte freudlos.

»Nein.« Carnies Unterlippe zitterte.

»Ich komme nicht mehr mit«, sagte ich und sah von einer zur anderen.

»Es tut mir wirklich leid, Lupa. Ich mag dich und Rhona und es tut mir weh, euch hängen zu lassen, aber ich brauche mal eine Pause von diesem Stress.«

»Nairne, warte bitte«, sagte Rhona. Ich war ihr dankbar, dass sie übernahm, denn ich wusste nicht, was ich sagen sollte. Rhona nahm Nairne beiseite und ging mit ihr ein paar Schritte. Ich blieb mit Carnie zurück.

»Wir haben diesen Streit immer wieder«, sagte sie unglücklich. »Und ich verstehe sie ja. Die Sache ist, dass Kinnon der einzige ist, der meine Lage komplett versteht. Er ist zwar mit sich im Reinen und würde nichts ändern wollen, aber er kennt die Schattenseiten unseres Daseins. Das verbindet.« Sie sah mich an.

»Das muss ich dir ja nicht erklären. Diese Verbindung sorgt aber auch dafür, dass ich ihn nicht gern mit anderen Frauen sehe, er mich aber auch nicht mit anderen Männern. Das ist ein Problem, das sich nicht lösen lässt, aber auch nicht so schlimm ist. Wir könnten nie ein Paar sein und das möchte ich auch nicht.« Ihr Blick hing an Nairne. »Sie ist mir tausendmal wichtiger als er. Das ändert aber nichts an meiner Scheißreaktion.« Zwei weitere Tränen rollten über ihre Wangen.

»Sie beruhigt sich sicher wieder.«

»Ich weiß nicht. Ich mache es ihr nicht leicht.«

Ich beobachtete Rhona. Sie stand dicht vor Nairne und redete leise mit ihr. Sie nickte auf Nairnes Worte. Rhona war jemand, dem man sich gern anvertraute. Sie hörte gut zu und fand oft die richtigen Worte. Ich hoffte, dass sie Nairne überzeugen konnte. Nicht nur für Carnie, sondern auch für mich. Ich wollte sie nicht verlieren und das hatte erschreckend wenig mit dem Bus zu tun.

Carnie stand regungslos neben mir. Ich spürte ihren Kummer und ihr schlechtes Gewissen. Ihre Angst, Nairne zu verlieren. Ihre Beziehung war so kompliziert und gleichzeitig so einfach, dass sie mir Rätsel aufgab.

Ich wollte nicht in ihrer Lage sein, aber ich wünschte mir, ich hätte auch jemandem, den ich so von Herzen lieben konnte.

Endlich kamen Rhona und Nairne zurück. Nairnes Miene hatte sich etwas entspannt.

Bevor ich etwas sagen konnte, stürzte Carnie auf sie zu und schlang ihre Arme um ihren Hals.

»Bitte bleib bei mir«, sagte sie leise. Nairne zögerte einen Moment, dann erwiderte sie ihre Umarmung.

»Mach ich.«

Rhona lächelte erschöpft. Gerade noch einmal gut gegangen.

Wir machten uns auf den Weg, ich lief mit Rhona voraus.

»Was hast du ihr gesagt?«, fragte ich.

»Wenig. Ich habe zugehört und sie selbst die Antwort finden lassen. Das ging dann schneller als gedacht: Egal was passiert, Carnie ist wichtiger als Kinnon. Und alles, was damit zu tun hat, sorgt dafür, dass sie zusammenbleiben können.«

Ich sah sie an. »Und wieder einmal wüsste ich nicht, was ich ohne dich täte.«

»Das hättest du auch hinbekommen«, meinte Rhona schulterzuckend.

»Nein, hätte ich nicht.« Ich sah sie an. Ich musste die Sache mit Laird noch klären. Gleich, wenn wir allein waren.

Mein Kopf schwirrte und meine Gedanken rasten. Jetzt, da das akute Problem behoben war, kamen alle anderen mit voller Wucht zurück.

Wir erreichten das Hotel und machten uns bettfertig. Es dauerte lange, bis ich zur Ruhe kam, doch Rhona schlief so schnell ein, dass ich nicht mehr mit ihr sprechen konnte. Ich starrte an die Decke.

Zuviel war heute geschehen. Zu viele Bilder ließen mich nicht los.

Ich bekam den Blick nicht aus dem Kopf, den Viola mir zugeworfen hatte.

Ich konnte das Gefühl des Verlusts bei Lynx' Gesang nicht aus meiner Brust vertreiben.

Ich sah noch immer die Verzweiflung und die Angst in Lynx' Gesicht, als Viola entkam.

Versagten wir, war diese Angst mehr als berechtigt.

»Alles in Ordnung?«, flüsterte Rhona. Sie war wieder aufgewacht.

»Nein.«

Sie starrte an die Decke. »Tut mir leid wegen gestern.« Jetzt kam sie mir zuvor.

»Das muss es nicht. Und du brauchst dich auch nicht zu entschuldigen. Mir tut mein Verhalten leid«, erwiderte ich. Meine Stimme klang erstickt.

»Ich weiß doch, wie du dich deswegen fühlst.« Ihre Hand tastete nach meiner.

»Das bedeutet aber nicht, dass du dich meinetwegen einschränken musst.« Ich schloss die Augen. »Wenn du gern mit ihm zusammen bist, freue ich mich für dich.«

Ich hörte sie atmen.

»Darüber habe ich mir bisher keine Gedanken gemacht«, gab sie zu.

»Ich kann es riechen, wenn du lügst«, sagte ich.

»Das ist gelogen«, konterte sie.

»Was du gesagt hast, auch.«

Sie kicherte. »Ich wollte nicht, dass du dich schlecht fühlst.«

»Ich würde mich viel schlechter fühlen, wenn ich verhindere, dass du glücklich bist«, sagte ich.

»So wild ist es nicht. Anfangs war es nur, weil er mir das Gefühl gegeben hat, dass ich dazugehöre. Aber Laird ist ... Ich mag ihn. Trotzdem: Es ist nur eine lose Geschichte. Gerade jetzt kann sich keiner von uns darauf konzentrieren. Wer weiß, vielleicht, wenn wir zurück sind. Bis dahin werden wir ihm und Shark zeigen, dass wir besser sind als sie.« Sie setzte sich auf und sah mich an. »Ist zwischen uns alles in Ordnung?«

Ich lächelte. »Ja.«

»Gut. Dann ruh dich jetzt ein bisschen aus. Die Sorgen sind morgen auch noch da.«

Damit hatte sie leider recht, aber jetzt war es einfacher, einzuschlafen. Meine Brust war etwas freier, als sei zumindest eine kleine Last von mir abgefallen. Ich hätte es auch nicht länger ertragen, dass etwas zwischen uns stand. Ich konnte Rhona nicht auch noch verlieren. Und wenn ich sie mit Laird teilen musste, würde ich das tun.

Meine Lider waren schwer wie Blei, als ich endlich im Schlaf versank.

Ich stehe am Ufer des Meeres und sehe hinaus. Eine kühle Brise kommt auf und zupft an meinen Haaren. Das kalte Meerwasser umspielt meine Knöchel. Mit jeder Welle sinke ich etwas tiefer in den Sand ein.

Ich will hinaus. Hinaus in die unendliche Weite des Meeres.

Zum ersten Mal seit langer Zeit vermisse ich meine Familie. Der Verlust überlagert die Enttäuschung und die Zurückweisung.

Ich sehne mich nach der Umarmung meiner Mutter.

Ich weiß nicht, ob ich sie je wieder spüren werde.

Das Wellenrauschen nimmt zu, wird lauter. Das Wasser reicht mir bis zum Knie.

Die Flut kommt.

Ich will mit ihr gehen.

Fliehen.

Hinter mir ruft jemand meinen Namen. Ich ignoriere es. Ich will es nicht hören.

»Lupa!«

Es ist Rhonas Stimme.

»Lupa, was tust du denn da?«

Das Wasser reicht mir bis zur Hüfte.

»Bitte, komm zurück!«

»Ich kann nicht!«, flüstere ich. »Ich bin schon zu weit gegangen. Viel zu weit.«

Draußen zwischen den Wellen entdecke ich jemanden, ich sehe blondes Haar. Viola? Lynx? Ich kann es nicht erkennen.

Ich muss hin.

»Lupa!«

Ich brauche die Antworten.

»Lupa, nein!«
Ich kann darauf keine Rücksicht nehmen.
Aber ich muss.
Meine Glieder fühlen sich kalt und taub an, als ich mich umdrehe und Rhona am Ufer stehen sehe. Jeder Schritt ist schwer, als ich auf sie zugehe.
Ich laufe in die falsche Richtung.
Schon wieder.

Es war noch stockdunkel, als sie mich weckte.

Mit schweren Gliedern setzte ich mich auf und strich mein struppiges Haar zurück. Ich musste auf Carnies Angebot, es mir zu schneiden, zurückkommen. Besser früher als später.

Müde packten wir zusammen und trafen uns im Flur mit Carnie und Nairne. Letztere wirkte fit, während Carnie beinahe schlafwandelte.

Wenig später waren wir auf der Autobahn und verließen Warschau in Richtung Norden. Es würde wieder mehrere Stunden dauern, bis wir unser Ziel erreichten, doch heute war es mir recht. Je mehr Raum wir zwischen uns und diese Stadt brachten, desto besser.

Ich sehnte mich nach dem Meer und spürte, dass es mir Antworten geben würde. Ich wusste nicht, wie, aber ich musste es versuchen. Mein Traum war nur der nächste Hinweis gewesen.

Hoffentlich wusste ich bald mehr.

Es war schon Mittag, als wir uns unserem Ziel näherten. Ich bat Nairne, von der Autobahn abzufahren, als ich das erste Mal Salzwasser roch.

Mein Bauchgefühl leitete mich direkt zur Küste, nicht vorher in die Stadt. Diesmal wollte ich darauf hören. Wir fuhren an einem Fluss entlang und mir ging es besser.

Das Wasser war nah. Es war schon jetzt wie Balsam für mich. Viel zu lange mied ich mein natürliches Element und mit der Macht der Sirene wuchs die Sehnsucht nach der Weite und der Freiheit.

Mein Traum beschäftigte mich immer noch und mittlerweile war ich mir sicher, dass die Wellen mir Antworten gaben. Ich musste sie finden. Ich brauchte sie, um wieder ich selbst zu werden. Ich brauchte den Frieden des Wassers um mich herum. Dieses Meer war nicht dasselbe wie zuhause, aber es musste reichen.

Endlich erschien das tiefe Blau am Horizont. Mein Herz machte einen Satz, als ich Möwen kreischen hörte. Wellen rauschten und krochen über den gelben Sand.

Endlich.

Ich konnte es kaum erwarten, dass Nairne den Bus zum Stehen brachte, da zerrte ich mir schon die Stiefel von den Füßen, sprang aus dem Fahrzeug und rannte zum Wasser.

Als meine Zehen das Nass berührten, fuhr ein Schauder über meinen ganzen Körper. Ich hatte das so sehr vermisst. Meine Haut brannte, als sie mit dem Salzwasser in Berührung kam. Blind rannte ich einfach hinein.

»Lupa!« Wie in meinem Traum hörte ich Rhonas Stimme, doch ich ignorierte sie und tauchte unter. Das Wasser war hier noch nicht sehr tief, doch das war mir egal. Ich unterschwamm die obere Strömung und ließ mich von der unteren weiter hinaus ziehen.

Immer weiter hinaus.

Ich tauchte auf, um Luft zu holen, und wieder unter, ohne mich umzusehen. Sie musste mir diese Zeit einfach geben.

Ich würde zurückkommen.

Ganz bestimmt.

Hier, in der Stille des Meeres, schrumpften meine Sorgen auf eine unbedeutende Größe. Bliebe ich nur lange genug hier unten, würde ich sie ganz vergessen. Ich wünschte, das wäre möglich.

Mittlerweile war ich so weit geschwommen, dass ich viel Platz hatte. Ich tauchte wieder auf und ließ mich an der Oberfläche treiben. Die Möwen zeigten mir den Weg zur Küste, doch ich wollte ihn noch nicht sehen.

Ich brauchte noch Zeit.

Ich starrte in den graublauen Himmel, beobachtete die Wolken. Der Sirene machte die Kälte des Wassers nichts aus, doch der Wolf hielt es nicht ewig aus. Mein Ticket zurück. Ich wusste nicht, ob ich andernfalls auch nur darüber nachgedacht hätte. Wäre es nicht so, würde ich bei meiner Familie leben.

Meine Familie ...

Das Gesicht meiner Mutter tauchte wieder vor meinem geistigen Auge auf.

Ich verdrängte es. Sinnlos, über sie nachzudenken.

»Lupa ...«

Viola hatte erleichtert ausgesehen, als sie mich sah. Beinahe zufrieden.

Meine Eingeweide verkrampften sich. Dachte sie, ich könne mich an das erinnern, was ich vergessen hatte? Denn da musste etwas sein. Aber wenn nicht sie es war, die mich verzaubert hatte, wer war es dann?

Wer?

Ich schloss meine Augen und summte eine Melodie, die ich noch aus Kindertagen kannte.

Ich musste ruhig bleiben.

Mich konzentrieren.

Der Vergessenszauber hatte bereits Risse. Wenn ich mich nur genug darauf konzentrierte, konnte ich ihn weiter schwächen.

Meine Lippen formten die Worte des Liedes, während ich weiter auf den Wellen trieb. Gedanklich tauchte ich hinab in meinen Kopf, suchte nach der Barriere, die nicht da sein sollte. Ich klammerte mich an die Bruchstücke, die bereits zu mir zurückgekommen waren. An die Worte. Die Bilder. Das Gefühl der Verzweiflung, das ich empfunden hatte.

Ich erreichte einen Riss, aus dem das Gefühl strömte, und konzentrierte mich darauf.

Das war es!

Hier hatte jemand den Zauber versteckt. Aufregung machte sich in mir breit, die ich nur mühsam bekämpfte. Ich wollte schneller sein, schneller ans Ziel kommen.

›Ganz ruhig!‹, ermahnte ich mich. ›Mach jetzt aus Ungeduld keinen Fehler.‹

Ich sang weiter, konzentrierte mich auf den Riss. Vergrößerte ihn Stückchen für Stückchen.

»Viola, das kannst du nicht machen!« Ich war außer mir.

»Lupa, du musst das doch verstehen«, erwiderte sie ruhig. »Ich habe keine andere Wahl.«

»Doch, die hast du! Bitte, lass mich dir doch helfen.«

»Wenn du wüsstest, was ich weiß, würdest du das nicht sagen.«

»Aber was ist es?«

»Lupa, ich ...« Sie machte eine Pause. »Gut, dann hör mir zu. Was ich dir jetzt erzähle, ...«

Etwas packte mich und zog mich unter Wasser. Die Wellen schlugen über mir zusammen und ich verlor die Orientierung.

Wo war unten, wo war oben?

Ich schlug wild mit Armen und Beinen und versuchte loszuwerden, was meine Beine umklammerte. Panik breitete sich in mir aus, als ich noch tiefer im Meer versank. Ich trat mit aller Kraft gegen den Widerstand, dieses Mal brach er und meine Beine waren frei.

Ich erhaschte einen fahlen Lichtschein. Die Oberfläche.

Meine Luft wurde knapp.

So schnell ich konnte schwamm ich hinauf und brach durch die Wasseroberfläche. Mit brennenden Lungen holte ich Luft und fuhr herum, als neben mir etwas auftauchte. Den Kopf mit dem blauschwarzen Haar erkannte ich sofort.

Shark.

Ich starrte ihn an, unfähig, auch nur ein Wort zu sagen.

Er grinste. »Hallo.«

Das reichte, um die Starre aufzuheben.

»Bist du wahnsinnig?«, schrie ich. »Willst du mich umbringen?«

Er sah mich verständnislos an. »Was?«

»Ich kann unter Wasser nicht atmen, verdammt!« Trotzige Tränen stiegen in meine Augen. Seine hingegen weiteten sich.

»Was?«

Ich drehte ihm wortlos den Rücken zu und suchte das Ufer. So schnell ich konnte, schwamm ich darauf zu.

Neben mir platschte es. Er folgte mir.

»Lupa, das wusste ich nicht«, sagte er. Ich ignorierte ihn. Es war mir egal. Er griff nach meiner Hand und hielt mich auf.

»Lass mich!«, fauchte ich.

»Hey, es tut mir leid. Ich wollte doch nur spielen. Ich konnte doch nicht ahnen, dass ...«

»Lass mich einfach in Ruhe.« Er sollte die Tränen nicht sehen.

Jetzt war es wieder wie damals im Dorf, wenn Lynx und ich nicht mit den anderen mithalten konnten. Lynx konnte wesentlich länger die Luft anhalten, doch sie kühlte noch schneller aus als ich. Irgendwann hatten die anderen uns nicht einmal mehr gefragt, ob wir mitkamen. So blieben wir an Land und hassten ihre Spiele.

Er schwamm vor mich, mein Handgelenk hielt er immer noch umklammert. Ich zerrte daran, doch er ließ mich nicht los. Ein Knurren bildete sich in meiner Kehle.

»Es tut mir wirklich leid. Ich hatte vergessen, dass du noch eine zweite Blutlinie hast.« Und Probleme, die er nicht kannte.

»Geschenkt.« Endlich ließ er mich los und ich schwamm weiter. Die Küste kam in Sicht und ich entdeckte Rhona, Carnie und Nairne, die mit Sharks Gruppe zusammenstanden. Vulpix war auch bei ihnen. Sie hatte es also geschafft, ihn zu finden. Es beeindruckte mich, wie schnell ihr das gelungen war.

Ich stieg aus dem Wasser und hörte Shark hinter mir. Die anderen sahen mich an, ich wusste, dass Rhona mich sofort durchschaute. Sie ließ die anderen stehen und kam mit einem Handtuch auf mich zu.

Shark, der neben mir über den Sand lief, brauchte das nicht, sein Blut war kalt. In doppelter Hinsicht.

Ich vermied es, ihn anzusehen, und rieb meine Arme. Rhona legte mir das Handtuch um die Schultern.

»Was hat er getan?«, flüsterte sie.

»Wie immer: es völlig übertrieben«, sagte ich rau. Sie funkelte ihn über meine Schulter an. »Wie haben sie uns gefunden?«

»Vulpix«, sagte sie. »Sie waren nicht weit von Warschau entfernt und sie ist heute Morgen zu ihnen gestoßen. Da hat sie ihnen erzählt, was gestern passiert ist und dass du ans Meer wolltest. Laird hat uns geortet.«

Also waren sie uns mit voller Absicht gefolgt. Ich hätte aus der Haut fahren können. Stattdessen fauchte ich Shark an: »Was wollt ihr hier?«

»Mit euch sprechen und euch anbieten, dass wir zusammenarbeiten.« Er zog sich das nasse Shirt über den Kopf und warf es in eine Tasche. Sein Oberkörper war voll Sirenentätowierungen. Ich kannte nicht alle Muster - jede Kolonie hatte eigene Symbole - doch viele waren mir schmerzlich vertraut. Er hatte sicher selbst kräftig nachgeholfen und mehr hinzugefügt, als üblich war. Als bräuchte es die Tätowierungen, um seinen Sonderstatus zu unterstreichen. So betonten sie nur, was ich längst wusste: Er war ein dummer Wichtigtuer.

»Warum sollten wir?«, schoss ich.

»Vulpix hat erzählt, dass Vipera mächtig ungeduldig war. Wahrscheinlich dauert es nicht mehr lange, bis sie uns Feuer unterm Arsch machen. Wenn wir zusammen-arbeiten, erhöhen sich unsere Chancen. Komm schon, mein Wölfchen, du und ich gegen Lynx. Wäre das nicht schön?«, fragte er und wackelte mit den Augenbrauen.

»Nenn mich nicht so«, keifte ich.

Mir wurde heiß und ich unterdrückte nur mit Mühe den Drang, ihn anzugreifen und zu beißen. Ich verstand gut, warum es Lynx gestern misslungen war, sich zu zügeln. »Und eine Zusammenarbeit kommt nicht infrage. Lasst uns einfach in Ruhe. Alle.«

»Lupa, denk bitte darüber nach«, sagte Laird.

Er hatte, trotz seines menschlichen Blutes, eine natürliche Autorität, die mich dazu brachte, ihm zuzuhören. Ich erinnerte mich, dass sein Vater dem Druidenzirkel vorstand, aus dem er stammte. Rhonas Blick verharrte auf seinem eckigen Gesicht mit dem braunen Kinnbart. In diesem Moment mochte ich ihn noch weniger.

»Das brauche ich nicht. Es gibt nichts, was ihr für uns tun könnt. Ihr haltet uns nur auf.« Mein Blick glitt über die Versammelten. Carnic stand neben Kinnon, sie flüsterten, waren aber noch anwesend - immerhin. Vulpix stand auf seiner anderen Seite, ihre Augen ruckten hektisch zwischen dem Inkubus, Laird und mir hin und her.

»Ihr seid ja nicht einmal vollständig.«

»Grant haut manchmal ab«, sagte Shark schulterzuckend. »Anscheinend hat er noch einen Spezialauftrag bekommen. Vielleicht ist Enigma ja auch in der Nähe.« Das wollte ich nicht hoffen, denn dann wäre auch Lynx hier. Vulpix sah sich unruhig um.

»Es bleibt dabei, Laird. Ich bin an einer Zusammenarbeit nicht interessiert.«

»Vulpix sagte, Viola habe sich aus Lynx' Zauber befreien können und ist mächtiger, als wir dachten. Wenn ihr eure Magie bündelt, wird das hilfreich sein«, beharrte er.

Mir fehlten vor Wut die Worte.

Seine Logik war zwingend und ich schluckte nur knapp ein ›ist mir egal!‹ herunter. Ich wollte nicht wie ein trotziges Kind wirken. Ich wollte mich nicht so bloßstellen.

»Kann ich kurz mit dir sprechen?«, fragte Shark. Ich schüttelte den Kopf. »Bitte.«

»Nein danke.« Zu spät sah ich, dass die anderen auf Abstand gingen und uns allein ließen.

Elende Verräter. Warum ging alles immer nur nach Shark?

»Lupa, was damals passiert ist, tut mir leid. Aber das ist jetzt ewig her und ich habe das Gefühl, dass es nicht gut für uns aussieht, wenn wir unseren Auftrag nicht erfüllen. Kannst du nicht über deinen Schatten springen? Du tust das nicht für mich, sondern für uns alle.« Ich drehte mich weg, doch er folgte mir. »Lupa ...«

»Shark, ich will dich einfach nicht sehen«, sagte ich. »Und schon gar nicht mit dir zusammenarbeiten.«

»Ich verstehe ja, dass du sauer bist, aber ...«

»Sauer? Ich bin nicht *sauer*!«, fauchte ich. »Das war der schlimmste Abend meines Lebens! Sieh dir das an!« Ich stieß meine Hand in seine Richtung, die Narbe nach oben. »Das warst du, Seamus! Du und der Scheiß-Alkohol, den du gesoffen hast. Deinetwegen kann ich nicht ...« Ich brach ab. »Vergiss einfach, dass ich existiere, damit wäre mir am meisten geholfen.«

»Ich wusste nicht, dass ich das war. Ich dachte ...« Er griff nach meinem Handgelenk. »Es tut mir leid.«

»Das sagtest du bereits.« Ich entzog ihm meinen Arm.

»Und glauben kann man ihm sowieso nicht, das ist ja hinlänglich bekannt.« Meine Eingeweide zogen sich zusammen, als ich die Stimme hörte. Ich roch sie, bevor ich sie sah. Lynx kam auf uns zu, das Gesicht vor Abscheu verzogen.

»Auch das noch«, seufzte Shark. »Lupa und ich unterhalten uns gerade, Lynx.«

»Hab ich gehört. Sie hat eine Entschuldigung bekommen, die ich verdient hätte.« Ihr eiskalter Blick streifte mich. Ich bekam Gänsehaut und wappnete mich. Das wurde immer unerfreulicher.

»Wir haben ausführlich über alles gesprochen«, erwiderte Shark. »Und das hier geht dich nichts an.«

»Das hier geht mich alles an, wenn ihr euch hinter meinem Rücken verbündet!«, zischte sie. »Du versuchst, sie mit deiner Entschuldigung einzuwickeln, um mir eins auszuwischen.«

»Im Gegensatz zu dir bin ich dazu fähig, mich zu entschuldigen, wenn ich einen Fehler gemacht habe.«

»Fang nicht so an, ich warne dich!«

»Du warnst mich?« Shark schüttelte belustigt den Kopf. »Willst du mich sonst auch angreifen und beißen wie den Fuchs?«

»Sie hatte es nicht besser verdient.«

Sein Mundwinkel zuckte verächtlich. »Eine Vorzeige-Anführerin bist du. Sich an Schwächeren vergreifen und sie für die eigenen Fehler verantwortlich zu machen ist das Letzte. Selbst für dich eine neue Stufe auf dem Weg nach ganz unten.«

Ich sah Lynx sofort an, wie tief Sharks Worte sie verletzten. Ihr Gesicht wurde kreidebleich und ihre Finger bogen sich zu Klauen.

»Ich hasse dich so sehr!«, schrie sie. »Du bist das Schlimmste, was mir je passiert ist.«

Er sah mich an, als erwarte er von mir, dass ich etwas sagte. Ich wüsste nicht, was.

»Ich denke, wir sollten lieber gehen«, meinte er in meine Richtung.

»Ich werde Vipera sagen, dass ihr gemeinsame Sache macht!«, fauchte Lynx.

»Tu das. Ich glaube, das interessiert sie nicht die Bohne, wenn wir Viola fangen«, erwiderte Shark achselzuckend.

»Ich arbeite nicht mit ihm zusammen«, beharrte ich und wich vor ihm zurück. »Mit keinem von euch.« Doch Lynx interessierte sich weder für meine, noch für Sharks Worte und kam jetzt erst richtig in Fahrt. Die anderen kamen heran und ich sah Atra zu ihr treten und auf sie einreden, während ihre Beleidigungen immer lauter wurden. Die Elfe hatte Mut. Von Vulpix war nichts zu sehen, die Füchsin hatte das Weite gesucht. Das würden wir jetzt auch tun.

»Wir hauen ab«, informierte ich die anderen. Carnie fiel es sichtlich schwer, sich von Kinnon loszureißen, doch Nairne packte sie am Arm und zog sie mit sich. Hinter mir wurden die Stimmen immer lauter.

»Verdammt, was geht denn da ab?«, murmelte Nairne.

»Etwas, das wir besser nicht miterleben sollten«, erwiderte ich grimmig.

»Ich hätte nichts dagegen, wenn Lynx zur Abwechslung mal Shark den Arsch aufreißt.« Nairne blieb stehen und sah zurück, doch ich winkte ihr, weiter zu laufen.

»Dann musst du hierbleiben, die Chancen stehen gut.« Ich sah hinüber zu Carnie, zwischen deren Augenbrauen sich eine Falte gebildet hatte. »Was ist mit dir?«

»Ach, nichts ...« Bitte nicht schon wieder.

»Ist es wegen Kinnon? Hatten wir das nicht geklärt?«, fragte ich. Sie biss sich auf die Unterlippe und nickte. »Hab ich dich jetzt um etwas gebracht?«

»Darum geht es nicht«, sagte sie abrupt und wechselte einen Blick mit Nairne.

»Dann habe ich es letzte Nacht wohl nicht richtig verstanden«, erwiderte ich.

»Das ist kompliziert. Vor allem jetzt, wo Vulpix ständig um ihn herum ist. Es stört mein Gleichgewicht«, erklärte sie.

»Wie bitte?«

Carnie zuckte mit den Schultern. Ihre Augen zuckten zwischen meinem und Nairnes Gesicht hin und her. Nairne seufzte.

»Es ist dumm, aber das Blut tut, was es muss. Deswegen sollten Sukkuben und Inkuben immer einen Abstand halten.« Carnie lächelte hilflos. »Es ist, wie ich gesagt habe: Kompliziert.«

Und ich sah Nairne an, wie sehr sie das noch immer störte. Die Zeit seit gestern Nacht war zu kurz gewesen, um die Wunden ganz zu schließen. Es war besser, wenn wir sofort aufbrachen. Carnie griff nach ihrer Hand und drückte sich an sie.

»Tut mir leid.«

»Du kannst nichts dafür und es ist alles in Ordnung«, seufzte sie. »Aber jetzt lasst uns abhauen. Ich habe keine Lust, Blut fließen zu sehen. Das reizt mich heute zu sehr.«

Das wollte ich unbedingt vermeiden.

Wir erreichten den Bus und stiegen ein. Mir schwirrte der Kopf und ich fühlte mich erschöpft.

»Wohin sollen wir fahren?«, fragte Rhona, deren Augen an der Gruppe am Strand klebten. Es gab kein

Handgemenge, doch Lynx' Geschrei war bis hier zu hören.

»Am liebsten so weit weg wie möglich.« Ich beobachtete sie, da wurde mir mit einem Mal schwindelig. Ich lehnte meine Stirn gegen die Fensterscheibe und atmete tief durch.

Das war nicht gut. Was war los mit mir?

»Lupa, alles in Ordnung?«, fragte Rhona, doch ihre Stimme klang, als spräche sie durch eine Wand mit mir. Mein Kopf wurde immer schwerer und meine Augenlider fühlten sich wie Blei an. Meine Stirn schlug gegen die Fensterscheibe, als ich versuchte, mich aufzurichten. Meine Zunge war wie gelähmt.

»Lupa?«

Ich brachte keinen Ton über die Lippen. Meine Augen fielen zu und ich versank in Dunkelheit.

KAPITEL 12

Ein monotones Summen hüllte mich ein wie eine warme Decke.

Es war in seiner Einförmigkeit tröstend. Die Beständigkeit des Geräusches wiegte mich in Geborgenheit. Hier würde nichts geschehen, was mir schaden konntc. Solangc das Summen da war, war ich sicher.

Daneben hörte ich leise Stimmen. Eine Hand lag auf meiner Stirn, warm und beruhigend. Ich roch die Personen, die bei mir waren.

Ich kannte sie alle. Ihre Anwesenheit streichelte meine Seele, die sich wie nach einem Kampf fühlte. Rau, ausgelaugt, mutlos. Ich hatte verloren und fühlte mich schwach.

»Lupa? Bist du wach?«

Rhona.

Ich lächelte. Sie war immer für mich da. Ich wüsste nicht, was ich ohne sie täte.

»Sieht nicht so aus«, murmelte Carnie. Jetzt konnte ich auch das Summen zuordnen: Es war der Motor des Vans.

Mühsam schlug ich die Augen auf und sah in Rhonas Gesicht. Sie ragte über mir auf, mein Kopf lag auf ihrem Schoß, ihr Blick war besorgt.

»Endlich«, flüsterte sie. Ihr Griff an meiner Schulter verstärkte sich und sie strich mein Haar zurück. »Das wurde auch Zeit.« Es war dunkel, anscheinend mitten in der Nacht. Straßenlaternen huschten wie Feuer an uns vorbei. Wir fuhren schnell und waren schon länger unterwegs.

Das war gut. Je mehr Raum zwischen Lynx, Shark und mir lag, desto besser.

Hauptsache, sie folgten uns nicht wieder.

Ich schloss die Augen und atmete durch. Der Tag war zu viel für mich gewesen. Beide setzten mir mehr zu als alles andere. Der emotionale Stress war zu groß. Ich wünschte, ich wäre nie in diese Welt geschickt worden.

Ich blinzelte und sah an die Decke. Es brachte ja doch nichts, damit zu hadern.

Wir waren hier. Der Auftrag bestand.

Daran ließ sich nichts ändern. Am liebsten hätte ich Nairne gebeten, so weit zu fahren, wie es ging. Irgendwohin, wo mit Sicherheit weder Lynx, noch Shark oder gar Viola waren.

Es nützte nichts. Ich musste mich wieder auf die Gegenwart konzentrieren.

Wie lange war ich ohnmächtig?

»Wo ...«, krächzte ich und brach ab. Meine Kehle fühlte sich staubtrocken an und ich hustete. Carnie reichte mir eine Flasche Wasser. Meine Hand zitterte, als ich sie zu meinen Lippen führte.

»Ich habe keine Ahnung, wo wir sind«, meldete sich Nairne. »Ich habe einfach Gas gegeben, als die Verrückten vom Strand rübergekommen sind.« Ich sah Rhona fragend an.

»Grant kam zurück. Er hat Lynx wortlos geschnappt und weggetragen, als gar nichts mehr ging. Sie hat nur noch geschrien, solche Beleidigungen habe ich noch nie gehört. Ich glaube, sie hat jeden, der je mit Shark zu tun hatte, entehrt. Und noch diverse andere«, berichtete sie. »Du kannst dir das Theater nicht vorstellen. Als Grant sie dann gepackt hat, ist sie völlig durchgedreht. Er hat sie kaum gebändigt bekommen.«

»Die Frau hat eine beeindruckende Kraft«, bestätigte Nairne. »Sie hat ihm das ganze Gesicht zerkratzt und Grant ist nicht leicht zu überrumpeln.« Das glaubte ich ihr unbesehen. Der Halbriese tat mir beinahe leid.

»Da dachten wir, bevor sie sich uns vorknöpft, fahren wir lieber los«, schloss Rhona den Bericht.

»Du hast dagelegen wie tot«, sagte Carnie vorwurfsvoll. Sie saß neben Nairne auf dem Beifahrersitz. »Hättest du nicht geatmet, hätte ich echt Panik bekommen. Was ist denn los mit dir?«

Ich wusste es selbst nicht. Ich versuchte, mich zu erinnern, was passiert war, aber da war nichts. Nur Schwärze.

»Hast du etwas gesehen?«, fragte Rhona. »Einen Hinweis auf Violas Aufenthaltsort?« Ich schüttelte den Kopf und die anderen sahen mich entmutigt an.

»Weit weg von Lynx ist immer eine gute Idee«, meinte Carnie. Nairne nickte nachdrücklich.

»Dann fahre ich einfach weiter. Wir sind jetzt in Litauen.« Sie gab Gas.

»Und dann?«, fragte Carnie.

»Ans Meer«, krächzte ich.

Nairne sah mich über ihre Schulter an. »Einverstanden.« Rhona half mir hoch ins Sitzen.

Mein Schädel brummte und ich trank zwei Flaschen Wasser, damit es einigermaßen ging. Ich fühlte mich hundsmiserabel und konnte mir die Ohnmacht nicht erklären.

War es die Aufregung gewesen, weil ich Lynx und Shark getroffen hatte? Oder etwas ganz anderes?

Ich sah hinab auf meine zitternden Hände und ballte sie zu Fäusten.

Was war nur los mit mir? Ich hatte das Gefühl, dass alles eine Nummer zu groß für mich war. Die Aufgabe war für mich nicht zu bewältigen. Ich schaffte es einfach nicht.

Die Erkenntnis war umso bitterer, weil ich gedacht hatte, endlich auf einem guten Weg zu sein.

Lynx hatte es vorgemacht und ich wollte nicht einfach so aufgeben.

Doch wenn ich jetzt auf meine zitternden Finger hinabschaute, verlor ich den letzten Mut. Ich war eine Enttäuschung für den ganzen Orden. Ich wurde den Erwartungen nicht gerecht.

Ich konnte nur hoffen, dass es Lynx gelang, Viola zu fassen, damit wir keine Strafe bekamen.

Tränen stiegen in meine Augen. So hatte das nicht laufen sollen. Ich wollte mich so nicht fühlen.

Etwas stimmte nicht mit mir, aber was?

Was?

Vor Frustration hätte ich schreien können.

Warum lief alles so aus dem Ruder?

Warum musste Viola eine Diebin sein?

Warum mussten sie mich aussuchen, um sie zu jagen?

Jetzt ließ mich auch noch mein Körper im Stich.

Ich roch Rhonas Besorgnis. Sie war genauso ratlos wie ich. Es würde mich wundern, wenn sie anders dachte.

Wir hingen hier fest, ob wir wollten oder nicht. Und uns war allen klar, dass es keinen Sinn hatte.

Die Sirene brachte mich nicht weiter, doch auch der Wolf war mir keine Hilfe. Ich spürte einen Unwillen, den Auftrag auszuführen. Ich wollte einfach nicht mehr. Am liebsten hätte ich die Sache sausen lassen.

Es ging nicht. Die Meister würden das nicht akzeptieren und ich hatte Angst vor dem, was Mistress mit uns tun könnte.

Ich sah aus dem Fenster in die schwarze Nacht.

»Wir müssen es weiter versuchen«, sagte ich. Die anderen drehten sich zu mir um. Ihre Gesichter waren ernst.

»Ich hab's befürchtet«, murmelte Carnie.

»Dann schauen wir mal, was das Meer für uns bereithält«, sagte Nairne und trat aufs Gas.

Ich wagte kaum zu hoffen, dass es überhaupt etwas gab.

Wir erreichten die litauische Stadt Klaipėda gegen Mitternacht.

Ich sah Nairne an, wie müde sie war, doch ich war froh, dass sie so lange durchgehalten hatte.

Klaipėda lag direkt am Meer. Gleich morgen konnte ich hingehen und herausfinden, was mit mir los war.

Rhona organisierte Hotelzimmer am Hafen und wir checkten ein. Ich fühlte mich wie erschlagen, Rhona ging es ähnlich.

»Was für ein furchtbarer Tag«, murmelte sie, als sie sich in ihre Decke kuschelte. »Was hat Shark zu dir gesagt, Lupa?«

Ich kratzte meine Erinnerungen zusammen und erzählte es ihr.

Sie riss die Augen auf. »Der Mann traut sich was.«

»Allerdings. Und Lynx hat alles nur noch schlimmer gemacht.« Ich starrte an die Decke. »Ihre besondere Gabe. Sie lässt mich genauso wenig in Ruhe wie Shark.«

»Was will er von dir?« Rhona seufzte. »Man könnte fast auf die Idee kommen, er sei in dich verliebt.«

Ich starrte auf die Deckenlampe. Das wollte ich nicht hören. Ich wollte gar keinen Gedanken an ihn verschwenden.

»Das wäre das Schlimmste für mich. Ich glaube eher, dass er langsam versteht, was er damals getan hat.« Meine Finger strichen über die Narbe an meinem Handgelenk. »Mit Liebe hat das nichts zu tun. Weder damals noch heute. Aber das schlechte Gewissen ist mindestens so lästig.«

Ich erinnerte mich an Lynx' wutverzerrtes Gesicht.

Für sie war es Liebe.

Anderthalb Jahre lang dachte sie, Shark sei der perfekte Partner für sie. Die Erkenntnis, dass dem nicht so war, traf sie fast so schlimm wie mich sein Übergriff damals.

Und genau wie mir war ihr nur der Hass geblieben.

Shark mochte biologisch etwas Besonderes sein, doch sein Charakter war schlecht.

Drei Jahre waren seit jenem Abend vergangen. Eine lange Zeit, doch ich konnte ihm nicht vergeben, egal ob er sich entschuldigte oder nicht.

Es änderte nichts daran, dass er es getan hatte.

Es änderte nichts daran, was er mit mir gemacht hatte.

Seinetwegen fühlte ich mich in Gegenwart von Männern unwohl.

Seinetwegen hatte ich Angst vor Berührungen.

Das hörte nicht einfach wegen ein paar leerer Worte auf. Genauso wenig wie der Hass auf ihn.

Damit mussten er und ich leben. Ebenso Lynx mit ihrem enttäuschten Herzen.

Wie viel lieber wäre ich sie.

Rhona kuschelte sich an mich. Ich roch ihre Müdigkeit und ihre Zuneigung. Ihre Nähe konnte ich zulassen.

Und ich hoffte, dass ich irgendwann jemanden fand, mit dem das auch in einer Beziehung möglich war.

Ich wachte auf, als ein Windstoß durch das Zimmer fuhr. Der Ostseewind drückte es auf und heulte mit aller Macht durch den Raum.

Rhona stöhnte und zog sich die Decke über den Kopf.

Ich spürte Gischt auf meiner Haut.

Müde wankte ich hinüber und packte das Fenster. Der Wind zerzauste meine Haare und ich nahm einen tiefen Atemzug. Ich schmeckte das Salz des Meeres auf meinen Lippen. Die Sehnsucht kam zurück. Ich musste schnell ins Wasser.

Ich verriegelte das Fenster und zog die Vorhänge wieder zu. Es war früh am Morgen, doch ich hatte genug geschlafen.

»Ich gehe zum Strand«, sagte ich.

»Warte, ich begleite dich«, murmelte Rhona, rührte sich aber nicht.

»Nicht nötig, du brauchst dort nicht auf mich zu warten.«

»Aber Lupa ...«

»Keine Angst, ich passe auf mich auf. Und ich komme zurück, versprochen«, sagte ich und sammelte meiner Kleider auf. Dann ging ich zur Tür.

Sie sah mir hinterher, blieb aber im Bett. Alles andere hätte ich auch nicht geduldet.

Das Meer und ich begegneten uns allein.

Sie konnte mich sowieso nicht begleiten.

Ich wollte es auch nicht.

Ich fuhr noch einmal mit der Zungenspitze über meine Lippen, schnappte mir meine Tasche und ein Handtuch und verließ das Zimmer.

Ich musste ein wenig nordwärts gehen, um aus dem Hafen herauszukommen.

Vor Klaipėda erstreckte sich eine Landzunge nach Süden und ich musste eine Weile laufen, bis ich endlich den Strand erreichte. Ich legte meine Sachen ab und trat ins Wasser.

Es war eiskalt.

Ich würde es nicht ewig aushalten, aber ich musste es so lang wie möglich versuchen.

Meine Augen glitten über den Horizont. Es war noch früh am Morgen, dennoch kreuzten einige Schiffe auf dem Meer. Fähren, die das viele Kilometer entfernte Schweden anliefen. Ich musste aufpassen, damit der Abstand groß genug blieb.

Wie gestern ließ ich die Strandströmung schnell hinter mir und drang in das tiefere Gewässer ein.

Ich orientierte mich weiter nach Norden, weg von den Fahrrinnen der Schiffe. Das Meer war hier wenig wild, kaum ursprünglich, doch vertraut genug, um mir zu geben, was ich brauchte.

Wieder konzentrierte ich mich auf die Barriere in meinem Kopf.

Wenn ich nur den Zauber auflösen könnte!

Ich ahnte, dass dahinter Antworten warteten.

Ich bekam Gänsehaut auf den Oberarmen und holte trotzig Luft. Auch, wenn die Antworten mir nicht gefielen, ich musste mich ihnen stellen.

Es gab keine Alternative.

Ich tauchte ab, so weit, dass mich Dunkelheit umgab.

Mein Haar waberte um mich wie schwarzer Nebel, meine helle Haut leuchtete wie Perlmutt im fahlen Licht. Meine Augen waren die eines Wolfs, ich sah gut im Dunkeln, doch unter Wasser bekam ich Probleme.

Ich musste vorsichtig sein und durfte kein Risiko eingehen.

Ich streckte mich innerlich und suchte nach den Rändern des Zaubers, die ich gestern schon gefunden hatte. Wie mit mentalen Fingernägeln schabte ich über die Wand des Zaubers in meinem Kopf.

Suchte nach den Rissen.

Fand sie endlich.

Mein Puls beschleunigte sich. Dieses Mal musste es mir gelingen! Ich würde endlich erfahren, was ich nicht mehr wissen durfte.

Mit aller Macht stemmte ich mich dagegen, packte die Ränder und versuchte, hindurchzukommen.

Sie waren hart und zäh und es kostete mich viel Konzentration und Kraft.

Ich musste auftauchen, meine Luft reichte nicht.

Krampfhaft hielt ich mich an dem Zauber fest. Ich durfte nicht nachlassen.

Meine Hände verkrampften sich, ich konnte sie plötzlich nicht mehr strecken.

Was hatte ich getan?

Panisch schwamm ich mit letzter Kraft an die Oberfläche.

Ich schnappte nach Luft, mir war schwarz vor Augen.

Meine Kraft verließ mich und ich konnte mich gerade noch auf den Rücken drehen, da verlor ich das Bewusstsein.

Ich liege im Wasser. Mir ist kalt.
Ich weiß nicht, wie lange ich hier bin.
Oder wo.
Über mir hängt schwer der Nachthimmel. Ich sehe unbekannte Sterne leuchten. Wolken treiben träge durch die Dunkelheit.
Es ist Neumond.
Mein Wolfsblut vermisst das hypnotische gelbe Licht. Bald wird es zurück sein.
Über mir spielen Lichter am Horizont.
Ich kenne sie von Zuhause.
Sie zeigen den Weg nach Norden. Mutter sagte immer, ich solle sie meiden.
Einem Warmblut wie mir bringen sie den Tod.
Ich bin nie zu ihnen geschwommen.
Ich durfte nicht.
Irgendwann wollte ich nicht mehr.
Doch jetzt spüre ich, dass ich dorthin muss.
Nach Norden.
Alle Fäden laufen hier zusammen.
Das Wasser leitet mich. Ich muss immer weiter.
Nach Norden.
Endlich kenne ich die Richtung.
Erleichterung steigt in mir auf. Ich wage ein wenig Hoffnung.
Da verschwinden die Lichter und Dunkelheit umhüllt mich.

Eine Stimme flüstert in mein Ohr. Ich bekomme
Gänsehaut am ganzen Körper. Es ist, als streiche kühler
Atem über meinen Nacken.

Eine gewaltige Macht erhebt sich.
Goldene Augen sind auf sie gerichtet.
Sie entscheiden über Aufstieg und Niedergang.
Grenzen zwischen Welten verschwimmen,
Magie steigt auf.
Groß. Mächtig.
Wie ein Sturm brandet sie gegen die Mauern der Welt.
Musik erklingt im Auge des Orkans.
Ein Lied, so klar, so scharfkantig wie Fels unter
Wasser.
Sie komme, die Macht, von Rot und Gold bewacht.
Von Schrift und Schlüssel begrenzt.
Im Zaum, so lange getrennt.

Ich riss die Augen auf und rang nach Luft, doch da war
keine. Ich war weit unter Wasser, um mich herum war es
dunkel.

Panisch sah ich mich um, fand die Wasseroberfläche und
schwamm hinauf.

Mir war so kalt.

Ich mobilisierte alle verbliebene Kraft und schwamm in
Richtung des rettenden Ufers.

Meine Muskeln fühlten sich an wie Stein. Ich wurde
immer langsamer, sank zwischen den Zügen immer tiefer
ins Wasser. Meine Lungen brannten wie Feuer. Meine
Sicht war getrübt. Es war noch so weit bis zum Strand ...

Ich schaffte es nicht.

Meine Bewegungen wurden immer kleiner und langsamer. Ich war komplett ausgekühlt.

Schon war meine Sicht schwarzgerändert.

Ich biss mir auf die Lippe.

Ich durfte nicht wieder ohnmächtig werden.

Das wäre mein Ende.

Meine Arme waren schwer wie Blei und mir gelangen nur noch kleine Bewegungen mit den Beinen. Mein Kopf sank unter Wasser, ich sah nichts mehr. Ich musste über der Oberfläche bleiben so lange wie es ging.

Ich drehte mich auf den Rücken, doch die Wellen schlugen über mir zusammen.

Mein Brustkorb zog sich zusammen.

Ich war verloren.

Ich wünschte mir, ich hätte Rhona gebeten, mich zu begleiten. Ich wünschte, ich hätte mich richtig von ihr verabschiedet.

Wenn ich es nicht schaffte ...

Wenn ich es nicht schaffte, waren sie, Carnie und Nairne frei. Sie mussten den Auftrag nicht mehr erfüllen.

Es wäre eine Erleichterung. Zumindest, was das anging.

Ich wollte weitermachen. Ich war noch nicht bereit, aufzugeben.

Ich musste Viola finden.

Ich musste den Zauber brechen und endlich in Erfahrung bringen, was ich vergessen hatte.

Ich musste herausfinden, was die Stimme gemeint hatte.

Die Worte verblassten bereits, ich hielt sie fest. Sang sie in meinem Kopf, um sie mir einzuprägen.

Rhona würde wissen, was damit zu tun war.

Viola würde wissen, was sie bedeuteten.

Ich musste unbedingt mit ihr sprechen.

Ich musste herausfinden, was sie getan hatte. Und warum.

Eine große Welle erfasste mich. Sie wirbelte mich herum, sodass ich die Orientierung verlor.

Ich wusste nicht mehr, wo die Oberfläche war. Mein Kopf schlug gegen etwas Hartes.

Ich sah Sterne und mir wurde schlecht.

Dann prallte mein ganzer Körper auf den Boden und das Wasser zog sich zurück.

Ich war an Land.

Ich hustete und krümmte mich zusammen. Menschen kamen angelaufen, um mir zu helfen. Sie zogen mich hoch und packten mich in eine Decke.

Langsam bekam ich wieder Gefühl in meinen Gliedmaßen. Auf der Stirn hatte ich eine riesige Beule, aber ich hatte es geschafft.

Es dauerte lange, bis ich mich aufsetzen konnte.

Ich sah in besorgte menschliche Gesichter. Wären sie auch noch so hilfsbereit, wenn sie wüssten, was ich war?

Mein Kopf schwirrte. Die Worte waren noch da, ich klammerte mich an ihnen fest.

Sie waren wichtig. Ich durfte sie nicht vergessen.

Mit weichen Knien kam ich endlich wieder auf die Füße. Ich lehnte das Angebot meiner Helfer, mich in ein Krankenhaus zu bringen, auf Englisch ab und dankte ihnen.

Ich musste zu Rhona. Wir mussten sofort weiter.

Ich war weit von der Stelle abgekommen, an der ich meine Sachen gelassen hatte, und musste zurücklaufen. Der Weg kam mir endlos vor und meine Beine waren schwach.

Mein Kopf schmerzte und ich fühlte mich, als sei ich mehrere Nächte durch den Wald gehetzt. Während ich lief, versuchte ich zu verstehen, was geschehen war.

Nur eine Sache wusste ich mit großer Sicherheit: Wir mussten weiter nach Norden.

So schnell wie möglich.

Ich fand Rhona, Carnie und Nairne am Hafen vor dem Hotel. Sie saßen auf einer Bank, Rhona zeigte Carnie neue Akkorde auf ihrem Bass. Nairne entdeckte mich als Erstes und sprang auf.

»Lupa? Was ist denn mit dir passiert?«, rief sie.

Sie kamen zu mir herüber und umringten mich. Ich beeilte mich, es ihnen zu erzählen.

Rhona zog mich zur Bank und schickte Carnie los, etwas zu Essen zu organisieren. Erst jetzt bemerkte ich, wie hungrig ich war.

»Wie ist das passiert?«, fragte Rhona und untersuchte meine Stirn. Sie kramte in ihrer Tasche nach einigen Utensilien, verband sie miteinander und zündete sie an. Als ich den Rauch des Heilzaubers einatmete, fühlte ich mich besser. Den Rest würde Essen richten.

Vorerst.

Dennoch sah ich ihr an, dass sie sich Vorwürfe machte.

Und mir auch.

»Ich weiß es nicht.« Ich sah hinaus aufs Meer. »Es ist lange her, dass ich für eine solche Zeitspanne im Wasser war. Mein Körper ist nicht mehr daran gewöhnt.«

»Sollte das nicht instinktiv bei einer Sirene ablaufen?« Nairne sah mich zweifelnd an.

Carnie kam zurück und drückte mir eine Tüte in die Hand. »Das war das Beste, was ich organisieren konnte«, sagte sie entschuldigend.

Mir wurde schlecht, als ich den Fisch roch, doch ich aß das Brötchen trotzdem.

»Ich bin nur zur Hälfte Sirene«, erinnerte ich Nairne. »Und das ist einer der Punkte, in denen sich meine Blutlinien nicht vertragen.«

»Ausgerechnet«, murmelte sie. »Es wäre schön, wenn unser magisches Blut auch einmal für uns arbeitete.« Carnie legte ihr die Hand aufs Knie.

»Du sagtest, du hast eine Stimme gehört«, nahm Rhona das Gespräch wieder auf.

Ich wiederholte die Worte. In Rhonas Gesicht arbeitete es und sie schwieg lange. Dann nahm sie einen Stift und ein Stück Papier zur Hand und notierte den Vers.

»Und was bedeutet dieses Gedicht?«, fragte Carnie. Ihre Augenbrauen zogen sich zusammen und sie tätschelte meine Hand. Ein warmes Gefühl der Dankbarkeit breitete sich in mir aus. Sie alle waren an meiner Seite.

»Ich glaube nicht, dass das ein Gedicht war«, sagte Rhona langsam.

»Nicht?«, wiederholte Carnie. »Und warum habe ich das ungute Gefühl, dass ich gar nicht wissen will, was es ist?«

»Für mich klingt es nach einer Prophezeiung«, sprach Rhona weiter.

Mein Magen krampfte sich zusammen. Der Gedanke war mir auch schon gekommen. Und ich hatte Angst davor.

»Prophezeiung?« Carnie sah mich an. »Und wofür?«

Ich zuckte mit den Schultern. »Keine Ahnung.«

Der Sukkubus schlug die Beine übereinander und verschränkte die Arme hinter dem Kopf. »Leute, ich habe ein ungutes Gefühl. So eins von der dummen Sorte.«

Ich schwieg, wollte nicht zugeben, dass es mir genauso ging.

»Und was möchtest du uns damit jetzt sagen?«, fragte Rhona. Carnie und Nairne tauschten einen Blick.

»Wir haben schon viel Mist erlebt und selbst verbrochen«, sagte Nairne. »Deswegen haben wir ein Gefühl dafür. Wir sollten vorsichtig sein.«

»Sehr vorsichtig«, ergänzte Carnie.

»Sind wir«, sagte ich und starrte aufs Meer. »Aber uns bleibt nichts anderes übrig.«

»Wissen wir, Lupa«, sagte Nairne sanft. »Keine von uns will Mistress gegenüberstehen und sich rechtfertigen. Aber du bist angeschlagen und von Viola fehlt jede Spur. Und jetzt noch dieser Traum ...«

»Ich kann nicht einmal sagen, ob es überhaupt eine Prophezeiung war«, wandte ich ein. »Woher sollte ich sie auch kennen? Was ich träume, muss ich wissen, oder nicht? Mein Unterbewusstsein denkt sich solche Sachen doch nicht aus.«

»Aber der Traum hat dir gesagt, dass wir nach Norden müssen«, hielt Nairne dagegen.

»Das ist ein Gefühl, eine Ahnung. Das hat nichts mit dem Vers zu tun. Das waren zwei unterschiedliche Episoden, die nichts miteinander zu tun hatten.« Ich barg mein Gesicht in den Händen und schloss die Augen. »Ich weiß es einfach nicht.«

Rhona legte mir die Hand aufs Bein.

»Wir sind auf deiner Seite«, sagte sie. »Und wir wollen hier heil herauskommen. Lass uns nach Norden fahren und herausfinden, was deine Ahnung dir sagen will. Und lass uns im Hinterkopf behalten, dass da etwas ist, wovor wir uns in acht nehmen sollten.«

Ich holte tief Luft, wollte protestieren, doch dann fühlte ich mich wie ein Ballon, aus dem alle Luft entwich. Ich sackte in mich zusammen und fühlte mich krank.

»So hatte ich mir das nicht vorgestellt«, flüsterte ich.

»Frag uns mal, wir dachten, wir gehen auf eine Party. Und was ist daraus geworden? Ein Road Trip durch halb Europa mit allem drum und dran. Das haben wir uns auch anders vorgestellt«, meinte Carnie schulterzuckend.

Ich lächelte sie an.

Mittlerweile schätzte ich ihr loses Mundwerk. Es ließ die Dinge weniger beschissen aussehen.

Doch an dieser Situation konnte auch ein flapsiger Spruch nichts mehr ändern.

Ich sah hinunter auf meine zitternden Hände. Mein ganzer Körper schmerzte von den Strapazen im Wasser. Und den Gedächtniszauber war ich auch nicht losgeworden.

Ein Fehlschlag auf ganzer Linie, denn der merkwürdige Vers, ob Prophezeiung oder nicht, brachte mich nicht weiter.

Wieder einmal hatten wir erschreckend wenig in der Hand, um unseren Auftrag zu erfüllen.

»Hast du eine Ahnung, wie weit wir nach Norden fahren müssen?«, fragte Nairne. Ich schüttelte den Kopf. »Na ja, da ist ja noch einiges an Land vor uns. Zur Not fahre ich uns bis zum Polarkreis.«

»Lass uns hoffen, dass das nicht notwendig ist.« Rhona stand auf und hielt mir ihre Hand hin. Ich ergriff sie dankbar und zog mich hoch.

»Die nächste große Stadt ist Riga«, sagte Nairne. »Ist glücklicherweise nicht so weit wie die letzte Strecke.«

Ich nickte. »Dann los.«

KAPITEL 13

W ir erreichten Riga um zehn Uhr abends.
Ich war ausgelaugt und wünschte mich in das nächste
Bett. Die Erlebnisse des Tages steckten mir in den
Knochen, ich war erschöpft und sehnte mich nach Ruhe.
Ich ahnte, dass ich sie so schnell nicht finden würde.

Unser Gespräch spukte mir dauernd im Kopf herum,
doch ich fand einfach keine Antworten auf die ganzen
Fragen. Je mehr ich darüber nachdachte, desto weniger
Sinn ergab das alles. Und mein ungutes Gefühl wurde
immer stärker.

Der Wolf meldete Flucht an. Er wollte sich der
Verantwortung und der Situation entziehen. Die Sicherheit
des Rudels war in Gefahr. Er beharrte darauf, mich und die
anderen wegzubringen. Irgendwohin, wo uns niemand
schaden konnte.

Ich hätte diesem Instinkt nur zu gern nachgegeben.

Rhona und Carnie organisierten ein Hotel. Nairne und
ich warteten im Auto. Ich spürte ihren besorgten Blick.

»Du brauchst mich nicht anzusehen, als würde ich gleich
kollabieren«, sagte ich.

»Da bin ich mir nicht so sicher. Du solltest mal dein
Gesicht sehen. Bleich wie Schnee.«

»Meine Haut ist immer so hell. Das ist das Sirenenblut«, sagte ich und starrte auf meine weißen Hände.

»Mag sein, aber jetzt siehst du aus wie ein Gespenst.« Sie seufzte und sah aus dem Fenster. »Ich lass dich ja in Ruhe, ich meine es nicht böse.«

»Weiß ich doch. Danke, dass du dich um mich sorgst. Du und Carnie, ihr seid gute Freunde.« Ihr Kopf ruckte zu mir herum, ich sah ihre Überraschung. Ein unangenehmes Ziehen entstand in meinem Bauch. Hatte ich es schon wieder übertrieben? Wir hatten nie darüber gesprochen. »Oder nicht?«

Nairne zog die Augenbrauen hoch. »Ich habe es dir schon in Krakau gesagt: Ich mag dich. Und Rhona auch. Und ja, irgendwie sind wir Freunde geworden.« Sie grinste. »Wer hätte das gedacht?«

Ich zuckte mit den Schultern. »Wenn du mich vor zwei Wochen gefragt hättest, hätte ich dich ausgelacht.«

»Verständlich. Sind wir echt erst zwei Wochen unterwegs? Mir kommt es vor wie Monate.«

»Mistress und den anderen bestimmt auch.« Ich sah hinaus in die Nacht und kämpfte gegen das ungute Gefühl in meinem Magen. »Wir müssen uns beeilen.«

»Wir machen so schnell wir können«, wandte sie ein. »Was sollen wir noch tun?«

»Ich weiß es nicht.« Ich schloss die Augen und sah wieder das Portal vor mir, durch das Viola verschwunden war.

Uns lief die Zeit davon.

Trotz meiner Erschöpfung schlief ich schlecht heute Nacht.

Ich wälzte mich endlos auf meiner Matratze hin und her und wünschte mir, ich hätte die Kraft, um einfach loszulaufen. Irgendwohin, ins Hinterland, durch Wälder, auf Berge, sogar zurück ins Meer würde ich laufen, wenn ich nur könnte.

Stattdessen blieb ich liegen und starrte an die Decke, bis mir irgendwann doch die Augen zufielen und ich in einen traumlosen Schlaf sank.

Ich wurde sogar noch vor Rhona wach und schwang müde die Beine über die Bettkante.

Meine Haut kribbelte, als wäre die Luft elektrisch geladen. Ich trat ans Fenster und sah hinaus. Unser Hotel lag direkt an der Düna, die hier in die Ostsee floss. Der Wind stand landeinwärts und trug die Seeluft zu mir herüber.

Ich bekam Gänsehaut. Noch waren wir nicht am Ziel, aber etwas zog mich hinaus, zurück ans Meer.

Mein Nacken prickelte, ich ahnte, dass dort etwas geschehen würde.

Aber was?

Ich weckte Rhona und machte mich fertig für den Tag.

»Wir sollten versuchen, hier noch einen Gig zu organisieren«, sagte ich.

»Hier?«, fragte sie überrascht. »Ich dachte, wir fahren nach dem Frühstück weiter.«

»Ich würde gern zuerst ans Meer fahren«, erwiderte ich. »Und anschließend mein Glück noch einmal versuchen. Anscheinend hat sich meine Sensibilität vergrößert, vielleicht kann ich Viola jetzt leichter finden.«

Rhona dachte nach, dann nickte sie. »Wir sollten es versuchen. Hol du Carnie und Nairne, ich frage an der Rezeption nach. Wir treffen uns im Frühstücksraum.«

Sie schnappte ihre Tasche und ging hinaus. Ich tat es ihr gleich und klopfte gegen die Tür nebenan.

Es dauerte nicht lange, bis Carnie öffnete.

»Du könntest dir wenigstens was überziehen, wenn es klopft«, sagte ich kopfschüttelnd. »Du weißt schließlich nicht, wer vor der Tür steht.«

»Doch, ich habe dich gleich erkannt.« Carnie rieb ihre nackte Haut, jetzt sah ich, dass ihre Augen grün leuchteten. Das war ein weiteres Problem, um das ich mich kümmern musste. Hoffentlich hatten wir Zeit genug, bis ihr Energielevel zu niedrig wurde.

»Rhona ist schon unten und erkundigt sich nach Clubs, wo wir heute Abend spielen könnten. Dann kriegen wir dich wieder hin.«

»Ich weiß nicht, ob ich so lange durchhalte.« Sie zuckte mit den Schultern und verschwand im Badezimmer. Nairne packte derweil die Taschen, sie war schon fertig.

»Mach dir keine Sorgen, Lupa. Sie findet eine Lösung«, sagte sie. »Wir kommen gleich, geh schon mal vor.«

Wir brachten das Frühstück schnell hinter uns und Rhona kontaktierte die Clubs. Sie erreichte niemanden, aber wir würden es am Nachmittag noch einmal persönlich versuchen.

Spätestens dann bekamen wir Carnie wieder hin, ihre Energie nahm minütlich ab. Ich hatte ein schlechtes Gewissen, dass wir dennoch zum Wasser fuhren, aber sie versicherte mir, dass sie durchhielt. Außerdem konnte sie auch dort Glück haben.

Es dauerte eine Stunde, dann erreichten wir den Strand. Es fühlte sich an, als wäre dies mein einziger Fixpunkt.

Ausgerechnet das Wasser.

Ausgerechnet das Element, das ich so lange gemieden hatte.

Wir stiegen aus dem Auto und überquerten die Düne, die den Parkplatz vom Sand trennte. Am Ufer standen mehrere Personen und ich entdeckte zwei, die mir leider bekannt vorkamen.

Mein Herz sank.

Ausgerechnet sie.

Schon wieder.

Was machten sie hier? Wie konnte das sein?

Ich blickte mich nach den anderen um. Carnie lief bereits zu den Leuten, die im Sand saßen. Ich sah Kinnon aufstehen und sie in die Arme schließen. Wenigstens eine freute sich, aber damit war nur eines meiner Probleme gelöst.

Die anderen waren viel größer.

Mir wurde schlecht, als sich Shark und Lynx zu mir umdrehten. Anscheinend hatten sie fürs erste einen Waffenstillstand geschlossen.

Aber warum waren sie hier?

Warum musste ich sie schon wieder treffen?

Was brachte es, wenn wir ständig am gleichen Ort waren?

»Endlich vereint«, höhnte Lynx. »Du also auch.« Sie wusste anscheinend mehr als ich.

»Was meinst du?«, fragte ich.

»Lynx und ich hatten einen Traum«, sagte Shark, offensichtlich unzufrieden über diesen Umstand. Nicht mein Problem, doch ich fühlte mich, als sei mir der Boden unter den Füßen weggezogen worden.

»Wovon?«, fragte ich mit dünner Stimme.

»Von einer Prophezeiung«, sagte Lynx aggressiv. »Goldene Augen, Mächte, die erwachen. Klingelt da was bei dir?« Ich nickte langsam. Wie konnte das sein? Sie schnaubte. »Ich wusste es. Das kommt von Mistress.«

»Wie kommst du denn darauf?« Damit hätte ich im Leben nicht gerechnet.

»Ist doch klar.« Lynx machte eine ausholende Handbewegung, ihr Gesicht war pure Herablassung. Natürlich hielt sie uns für dumm, aber ich tappte wirklich im Dunkeln. »Sie verliert die Geduld mit uns. Wir tingeln hier seit fast zwei Wochen herum und haben Viola erst einmal zu Gesicht bekommen. Also schickt sie uns eine Botschaft, die nicht misszuverstehen ist: Goldene Augen« Sie zeigte auf Shark, sich und mich. »Die auf etwas gerichtet sind, das großen Schaden anrichten kann. Das ist Viola, die mit ihrer Beute auf dem Weg zu ihrem Auftraggeber ist. Ich verstehe nicht, wie man so dämlich sein kann, das nicht zu kapieren.«

»Wie gut, dass wir uns getroffen haben«, sagte Shark augenrollend. »Ohne dich stünden Lupa und ich dumm da.« Sie schenkte ihm ein freudloses Lächeln.

Meine Knie waren weich und ich musste mich in den Sand setzen.

Jetzt ergab das alles einen Sinn.

Und erzeugte noch mehr Druck.

»Wir sollten uns endlich zusammentun, wie oft soll ich das noch vorschlagen?«, drängte Shark. Anscheinend war er von diesem Plan nicht abzubringen. »Die Konkurrenz ist doch hinfällig. Wenn der Traum von Mistress kommt, zeigt sie uns damit, dass sie Ergebnisse erwartet. Schnell. Ich kann mir nicht vorstellen, dass es sie jetzt noch interessiert, wer Viola findet.«

Ich sah Lynx an, dass sie das Gleiche von seinem Vorschlag hielt wie ich: nichts.

»Ich mache nicht die Drecksarbeit für dich!«, zischte sie. »Ihr wollt euch doch nur an mich dranhängen, damit ich sie fange und ihr das Lob kassiert. Das kannst du vergessen, Shark!«

»Ich brauche dich nicht, Lynx«, sagte er mit tödlicher Kälte.

Ich sah, wie die Worte sie verletzten.

Immer noch.

»Das hast du schon mehr als einmal deutlich gemacht!« Ihre Unterlippe zitterte. »Ihr könnt sehen, wie ihr allein klarkommt.«

Sharks Blick fiel auf mich, doch bevor ich etwas sagen konnte, spürte ich eine Veränderung der Luft. Das Prickeln auf der Haut, das mich seit dem Aufstehen begleitete, verstärkte sich.

Es wurde beinahe unerträglich.

»Scheiße«, sagte Shark. Ausnahmsweise gab ich ihm recht. Ich sah die anderen aufstehen und näher kommen, auch Kinnon und Carnie tauchten wieder auf, sich noch eilig anziehend. Sogar sie hatten es bemerkt.

Andererseits war es auch nicht zu ignorieren. Vor allem nicht hier, in dieser magiearmen Umgebung.

Mein Herz machte dennoch einen Satz, als ich Vipera, Blaine und Leonda auf uns zukommen sah.

Es war ein Schock, sie zu sehen, obwohl ich sie schon gespürt hatte. Die blauen Ordensumhänge wirkten vollkommen deplatziert an diesem Strand. Blaine lief wie ein Leibwächter hinter den beiden Frauen, seine Miene unbewegt. Im Gegensatz zu Vipera und Leonda, deren Gesichter Bände sprachen.

Ich fühlte den Blick von Viperas rotem Auge hinter der Haarsträhne auf mir und wand mich innerlich. Ihr Kommen konnte keinen guten Grund haben. Es machte Lynx' Theorie aber noch wahrscheinlicher.

Die Vision *musste* von Mistress sein, damit wir hier zusammenkamen.

Mein Magen fühlte sich wie ein Eisklumpen an. Vipera und ihre Begleiter blickten uns ohne die Spur von Freundlichkeit an. Vipera wirkte verärgert. Enttäuscht. Wenn es ihr schon so ging, wollte ich Mistress gar nicht begegnen.

Waren sie geschickt worden, um uns zu holen?

Unsere Begleiter schlossen zu uns auf, Rhona stand dicht bei mir. Das tröstete mich, doch sie konnte mir nicht helfen. Ich war es, die für uns geradestehen musste. Es gab kein gemeinsames Versagen, sondern nur meins.

»Sie sind vollzählig«, sagte Leonda zu Vipera. Die Banshee nickte.

»Ihr ahnt, warum wir hier sind, oder?«, fragte sie statt einer Begrüßung. Mir rutschte das Herz in die Hose, als ich nickte.

»Sollt ihr uns zurückbringen?« Eines musste ich Lynx lassen: Sie war eine Meisterin darin, ihre Angst zu verstecken, und wirkte gelassen. Nicht einmal Shark gelang das, ich sah seinen Kiefer zittern.

»Noch nicht, aber Mistress und die Meister schicken uns, um euch zu sagen, dass sie Ergebnisse erwarten. Schnell. Sie verlieren das Vertrauen in euch.«

Mein Mund fühlte sich staubtrocken an und es gelang mir nicht, zu schlucken. Das klang beängstigend.

»Wir geben unser Bestes«, verteidigte sich Lynx. »Die Aufgabe ist nicht so einfach zu erfüllen. Ihr wisst das.«

»Uns ist der Auftrag nicht erteilt worden«, unterbrach Vipera. Ihr goldenes Auge weitete sich. »Sondern euch. Und von euch erwarten sie Ergebnisse.«

»Aber wir können doch nicht mehr tun, als alles zu versuchen!«, sagte ich.

»Mag sein, Lupa, aber sie haben den Eindruck, dass ihr das nicht tut«, entgegnete Vipera mit einem vielsagenden Blick auf Kinnon und Carnie. Kinnons Hose war noch offen und Carnies halber Busen schaute aus ihrem Oberteil.

»Es ist sinnlos, jemanden wegen seines Blutes zu verurteilen.« Die Worte waren aus meinem Mund, bevor ich wusste, was ich tat.

Ich sah, wie sich Blaines Augenbrauen hoben - die erste Gefühlsregung, die ich überhaupt bei ihm wahrnahm.

Leonda schnalzte mit der Zunge.

»Eine schlechte Entschuldigung für eine schlechte Leistung«, knurrte sie. Ich wusste nicht, was ich sagen sollte.

»Wenn ihr selbst keine Chance seht, Viola zu fassen, kann ich es mir sparen, euch zu beaufsichtigen«, sagte Vipera. »Begleitet uns jetzt zurück, nehmt eure Strafe an und die Sache ist für euch erledigt.«

Ich tauschte einen Blick mit Lynx und Shark.

Sie hatte Strafe gesagt.

Eine Strafe für etwas, das wir nicht verantworteten.

Unwillen regte sich in mir.

Und Zorn.

Wir hatten diese Behandlung nicht verdient.

Diese Mission war uns auferlegt worden und es hatte keine Vorbereitung gegeben. Natürlich hätten Vipera und die Ordenswache ihre Sache besser gemacht, doch ihre Magie wirkte hier nicht oder nicht so, wie Mistress es brauchte.

Sie waren auch keine bessere Wahl als wir.

Ich wollte keine Strafe akzeptieren, doch ich spürte, dass mir keine Wahl blieb.

Ich hatte Angst vor dem, was kam. Angst davor, was auch Rhona, Carnie und Nairne abbekämen, wenn wir zurückmussten.

Wir durften nicht scheitern, ich konnte das nicht zulassen.

An Lynx' und Sharks Gesichtern sah ich, dass es ihnen genauso ging. Vielleicht waren ihre Motive nicht die gleichen, aber ich sah meine Wut in ihren Augen. Sie spürten die gleiche Enttäuschung.

»Ich folgte einer heißen Spur, bis ich hierher bestellt wurde«, sagte Lynx. Sie verschränkte die Arme vor der Brust. »Meine Pläne sind durch euch über den Haufen geworfen worden, aber das ist ja nicht das einzige Problem, das ich habe. Atra, Enigma und ich werden Viola schon wieder ausfindig machen.« Sie warf Shark und mir einen verächtlichen Blick zu. Wahrscheinlich war er echt, doch ich zweifelte an ihren Worten.

Viperas Stirn runzelte sich und ihr Mundwinkel zuckte. »Die Meister werden *begeistert* sein, das zu hören. Ich würde an eurer Stelle dafür Sorge tragen, dass ihr das Versprechen bald erfüllt.« Sie drehte sich um. »Sehr bald. Was steht ihr hier noch herum?« Sie und ihre Begleiter ließen uns grußlos stehen.

Ich beobachtete schweigend, wie sie den Strand verließen. Kurz darauf spürte ich das Aufwallen von Magie. Sie hatten das Portal wieder geöffnet und waren zurück nach Myrica gegangen.

Ich wagte nicht, aufzuatmen. Das Amulett um meinen Hals fühlte sich mit einem Mal zentnerschwer an. Angst erfasste mich. Konnten sie uns über dieses kleine Ledersäckchen belauschen? Manipulieren? Meine Hand schloss sich darum und ich bekämpfte den Drang, es abzureißen und wegzuwerfen. Das wäre wahrscheinlich das Schlimmste, was ich machen könnte.

Ich sah zu Boden und atmete tief ein.

»Das war knapp«, flüsterte ich.

Lynx schnaubte und rief Atra und Enigma zu sich. »Wir fahren weiter.«

»Jetzt warte doch mal«, sagte Shark. »Wir sollten wirklich über eine Zusammenarbeit sprechen, verstehst du das nicht? Uns steht das Wasser bis zum Hals. Du hast sie doch gehört: Auf uns wartet eine Strafe und ich habe das Gefühl, dass wir sie bekommen, egal wie die Sache ausgeht. Wir könnten uns gegenseitig den Rücken freihalten und versuchen, das Beste daraus zu machen. Seid doch bitte vernünftig.«

»Warum sollte ich das tun?«, fragte Lynx, ihre Augen glitzerten kalt wie goldenes Eis. »Ich schulde weder dir noch Lupa etwas. Ich habe es nicht nötig, auf euch Rücksicht zu nehmen. Wenn ihr euch zusammentun wollt, bitte, aber ich bin raus. Wir sehen uns.«

Sie ging, ohne sich noch einmal umzudrehen. Ich fing Blicke von Atra und Enigma auf. Sie waren mit Lynx' Entscheidung unglücklich. Dann sollten sie sich beeilen, mit ihr zu sprechen. Ich würde ihr nicht hinterherlaufen.

Shark wandte sich mir zu. Ich hasste es, dass er mich ansah. Ich wollte nicht mit ihm zusammenarbeiten. Ich hasste es, dass er recht hatte. Ich wollte die Wahl haben, doch ich hatte keine. Aber ich konnte sein Angebot nicht annehmen. Ich könnte ihn nicht um mich haben. Das wäre schlimmer als jede Strafe, die die Lehrer mir auferlegen könnten.

»Lupa?« Ich kaute auf meiner Lippe und zuckte zurück, als er seine Hand nach mir ausstreckte. Am liebsten hätte ich ihn gebissen.

»Lass das!«, fuhr ich ihn an. Er zog die Hand zurück, seine Miene zeigte Wut.

»Ich will uns doch nur den Arsch retten, verstehst du das denn nicht?«

»Doch, ich bin ja nicht bescheuert.« Ich wich vor ihm zurück. Ich ertrug seine Anwesenheit nicht mehr.

Erinnerungen kamen hoch, schlimmer als jede Angst.

»Vielleicht wäre es nicht die schlechteste Idee«, sagte Rhona zaghaft. Sie stand neben Laird. Mir kam die Galle hoch.

»Klärt das unter euch.« Ich musste hier weg. Weg von Shark, weg von Lynx und weg von dieser ganzen Scheiße.

Ich konnte einfach nicht mehr. Am liebsten wäre ich losgelaufen und nie wieder zurückgekommen.

Meine Hand tastete erneut nach dem Amulett, das Ahearn mir gegeben hatte. Ich wollte es abreißen und einfach wegwerfen, doch ich traute mich nicht.

Hinter mir hörte ich Schritte, doch es war nicht Rhona, die mir folgte.

Es war Shark.

Er packte mich an der Schulter und hielt mich fest. Ich unterdrückte nur mit Mühe einen Aufschrei.

»Jetzt warte doch mal! Lupa, verdammt!« Wir waren
außer Hörweite der anderen. Ich sah in sein aufgebrachtes
Gesicht mit den messerscharfen Wangenknochen. »Ich
will dich doch nur beschützen!«

»Du?« Ich lachte hysterisch. »Dann solltest du in euren
Wagen steigen und möglichst viele Meilen zwischen uns
bringen!«

»Lupa, es tut mir leid, was ich damals getan habe!« Er
griff nach meinem Handgelenk und drehte es nach oben,
sodass er die Narbe sah. Ich zerrte an meinem Arm, doch
er ließ mich nicht los. »Wirklich.«

»Schön für dich.«

Er ließ mich los. »Mir wird etwas einfallen, um es dir zu
beweisen. Und dann kannst du es vielleicht endlich gut
sein lassen zwischen uns.« Es war ihm ernst, aber ich war
für sein schlechtes Gewissen nicht verantwortlich.

»Das kannst du dir sparen«, knurrte ich. »Ich lege keinen
Wert darauf, von dir irgendwas bewiesen zu bekommen.
Wenn ich dich nie wiedersehen muss, reicht mir das.«

Sein Mund war nur noch ein schmaler Strich. »Bitte, den
Wunsch kann ich dir gern erfüllen. Ich habe es im Guten
versucht, wegen unseres Blutes und weil ich mich
schrecklich benommen habe. Ich hätte es gern wieder
gutgemacht.«

»Kannst du nicht, Shark!« Tränen stiegen in meine
Augen. »Was du getan hast, lässt sich nicht
wiedergutmachen. Es ist nicht nur die Narbe. Es ist alles,
was du getan hast oder beinahe getan hättest.«

Ich sah, wie bei ihm der Groschen fiel.

Ich hatte zu viel gesagt, zu viel preisgegeben.

Ihm zu viel Macht über mich gegeben.

Der nächste in einer langen Liste von Fehlern, die ich gemacht hatte.

Er sah mich an, die Lippen aufeinandergepresst. Verschiedene Gefühle stritten in seiner Miene.

Ich ertrug es nicht mehr. Ich musste hier endlich weg.

»Wir haben keine Zeit mehr«, sagte ich rau und wandte mich ab.

Dann hörte ich Schritte.

Er ging.

Endlich.

Rhona kam zu mir herüber, Carnie und Nairne folgten ihr. Hinter ihnen sah ich Shark und seine Leute abziehen.

»Lupa, ist alles in Ordnung?«

»Wir müssen los«, sagte ich nur. »Viperas Warnung war deutlich genug.« Sie tauschten Blicke, die ich ignorierte.

Ich musste mich auf meine Aufgabe konzentrieren.

Alles andere musste warten.

Wir verwarfen den Plan, in Riga aufzutreten. Ich war mir sicher, dass Viola hier nicht war. Falls doch, hatte sie Viperas Anwesenheit mit Sicherheit wahrgenommen und war weitergezogen.

Nach Norden?

In mir breitete sich Panik aus, der Druck wurde immens. Ich hatte das Gefühl, dass Vipera mit schnell ›heute‹ gemeint hatte.

Nairne steuerte den Bus zurück auf die Autobahn. Ich starrte durch die Windschutzscheibe auf die Straße. Sie wand sich endlos durch die Landschaft, ohne irgendwo hinzuführen. Es begann zu regnen und die Tropfen prasselten gegen die Windschutzscheibe.

Das Geräusch war tröstlich, doch es kam mir vor, als wäre es ein Omen für die Tränen, die noch vergossen werden würden.

Wieder versuchte ich, den Kloß in meinem Hals hinunter zu schlucken.

Erfolglos.

Meine Kehle fühlte sich eng an und es wurde immer schlimmer.

»Wohin soll ich fahren?«, fragte Nairne schließlich. Wir waren schon mehrere Stunden unterwegs und ich sah ihr an, dass sie müde war. Das Meer lag links von uns, wir waren an der Küste geblieben.

»Fahr ab, wir brauchen eine Pause.« Sie nickte und nahm die nächste Ausfahrt.

Pärnu las ich auf dem Schild. Wir waren noch immer in Lettland.

Carnie entdeckte ein Hotel und ein Restaurant, also hielten wir.

Wir stiegen aus und gingen hinein. Die anderen sahen aus, wie ich mich fühlte: erschöpft und hoffnungslos.

Ich starrte aus dem Fenster des Restaurants und bekam nicht einmal mit, dass Rhona Essen für mich bestellte.

»Verdammt«, murmelte ich. Die anderen sahen mich an. Sie erwarteten von mir, dass ich etwas sagte, dass ich ihnen einen Plan präsentierte, wie es weiterging. Ich war die Anführerin. Und eine sehr schlechte Wahl für diese Position. »Ich weiß auch nicht, was wir machen sollen.« Ich rieb mir den Nacken und fühlte mich elend.

Nairne zuckte mit den Schultern. »Wie auch? Aber können wir darüber sprechen, wie seltsam das Ganze ist?«

»Was meinst du?«

»Damit meine ich, welchen Druck Vipera gemacht hat«, führte sie aus. »Die Strafe, die sie uns angedroht hat. Warum? Wenn das Ding, das Viola gestohlen hat, so gefährlich ist, warum holt sie sie dann nicht selbst?«

»Wegen der Magie«, erinnerte Rhona sie. »Ihre Magie und auch die der anderen funktioniert hier nicht so gut wie Lupas oder meine.«

»Aber das kann doch nicht der Grund sein«, sagte Carnie. »Dara, Mistress' Liebling, ist doch auch ein Mensch. Warum sucht sie nicht nach Viola?«

Ich sah sie betroffen an. Darüber hatte ich noch nicht nachgedacht.

Ich hatte fest geglaubt, dass Lynx, Shark und ich die einzige Wahl des Ordens waren, doch Carnie hatte recht. Es gab durchaus Alternativen. Und wenn ich noch länger darüber nachdachte, fielen mir bestimmt noch mehr Leute ein, die infrage kämen. Ich wechselte einen Blick mit Rhona, die sich auf die Lippe biss und angestrengt nachdachte.

»Es spielt keine Rolle«, sagte ich, bevor sie zu einem Entschluss kam. »Egal, wer es noch tun könnte, wir haben den Auftrag erhalten. Und Vipera machte nicht den Eindruck, dass sie für Vorschläge offen ist. Sie will Ergebnisse sehen. Mistress will das. Das Einzige, was wir noch tun können, ist den Schaden so gering wie möglich zu halten, indem wir Viola bald fassen.«

»Shark hatte recht«, sagte Carnie. »Es wäre sinnvoll, wenn wir uns zusammengeschlossen hätten. Ich weiß, dass du das nicht hören willst, aber wenn du deinen Hass auf ihn wenigstens kurz vergisst, wirst du mir zustimmen.«

Ich wich ihrem Blick aus und starrte hinaus in die Dämmerung. Sie erwartete keine Antwort von mir. Wir wussten alle, dass sie recht hatte. Doch die Situation war nicht mehr zu ändern.

»Uns bleibt nicht viel übrig«, sagte Rhona. »Die Zusammenarbeit, ob sinnvoll oder nicht, steht nicht zur Debatte. Wir müssen versuchen, Viola zu orten und dann alles geben.«

Ich nickte, ohne sie anzusehen. Das war unsere einzige Chance.

Ich fühlte mich wie ein in die Enge gedrängtes Tier.

»Hey«, sagte Rhona und legte mir eine Hand auf den Arm. »Es ist noch nichts verloren. Ja, die Situation ist ...« Sie zögerte und zuckte mit den Schultern. »Mir fällt kein anderes Wort als ›scheiße‹ ein.«

»Das beschreibt es aber auch sehr zutreffend«, kommentierte Carnie und rührte in ihrer Limonade.

»Trotz allem ist noch nichts verloren«, sprach Rhona weiter. »Ich habe noch einen Suchzauber im Kopf, den wir anwenden können. Lass uns essen und ihn danach im Hotel anwenden, ja? Mit etwas Glück finden wir sie.«

Ich schaffte ein Lächeln.

»Haben wir denn eine Wahl?«, fragte Nairne.

»Nein«, entgegnete ich. Sie seufzte.

»Dachte ich's mir. Ich hatte noch nie so wenig Motivation, etwas für den Orden zu tun, wie nach der Aktion heute.« Sie rümpfte die schmale Nase und strich ihr Haar zurück, sodass der Sidecut sichtbar wurde.

»Andererseits hänge ich an meinem Leben, aber ich schwöre euch eins: Wenn diese Sache hier vorbei ist, werde ich den Orden so schnell verlassen, wie es geht. Bevor ich jemandem ernsthaft wehtue.«

»Ich finde, du hast dich in letzter Zeit sehr gut im Griff«, sagte Carnie, die während Nairnes Rede genickt hatte.

»Dank euch.« Sie sah Rhona und mich an. »Ist leichter, ruhig zu bleiben, wenn wir vier zusammen sind.« Sie sah schnell aus dem Fenster. Carnie lächelte.

»Tja, dann lasst uns reinhauen und zusehen, dass wir Viola finden.« Sie bekleckerte sich mit Tomatensoße und lachte. Mir ging es etwas besser, obwohl die Angst noch da war.

KAPITEL 14

Ich beobachtete Rhona beim Zusammensuchen der Zauberzutaten.

Wir saßen in unserem Hotelzimmer und bereiteten alles vor. Ich gab es nicht gern zu, doch ich klammerte mich an diese Möglichkeit. Es schien mir so, als wäre der Zauber der einzige Funken Hoffnung, den wir noch hatten.

Rhonas Augenbrauen zogen sich zusammen und ihre Bewegungen wurden schneller. Immer wieder durchsuchte sie ihre Tasche, holte Päckchen und Tütchen heraus, betrachtete sie und legte sie unverrichteter Dinge wieder zurück. Mehrmals zählte sie die Dinge ab, die sie schon auf die Decke gelegt hatte. Sie schüttelte den Kopf und schniefte. Unruhe breitete sich in mir aus. Das war nicht, was ich sehen wollte. Da stimmte etwas nicht.

»Fehlt etwas?«, fragte ich. Sie nickte unglücklich.

»Ja, ich bräuchte einen Moosachat, aber ich habe keinen. Aber warte, ich glaube ... Ha!« Sie hielt einen Aventurin hoch, den sie aus einer Seitentasche gekramt hatte. »Damit müsste es auch gehen.«

»Bist du sicher?« Ich starrte den grünen Stein an. »Meister Eóin sagt doch immer, dass das Austauschen von Zutaten eine heikle Angelegenheit ist.«

»Wir haben keine Wahl«, sagte Rhona und legte den Aventurin auf das geweihte Leder. Kräuter, ein Span Zedernholz und geweihtes Wasser in einer Phiole lagen bereits dort. Ich starrte auf ihre Hände. Ich müsste protestieren, Moosachate sollten sich leicht organisieren lassen, sogar in einer Kleinstadt, doch ich brachte es nicht über mich.

Wenn Rhona sagte, dass sie es auch mit einem Aventurin schaffte, musste ich ihr glauben.

Carnie und Nairne saßen neben uns auf dem Boden. Nairnes Kopf lehnte an Carnies Schulter. Sie sah müde aus. Es war schon zu spät, um in der Stadt nach einem Laden zu suchen, der Edelsteine verkaufte.

»Dann versuch es«, sagte ich leise.

Rhona goss etwas Weihwasser in den kleinen Zinnbecher und zerrieb Myrrhe zwischen ihren Fingern.

Die ätherischen Öle stiegen in meine Nase, schwer und beruhigend. Sie wusste, was sie tat.

Ich vermisste den täglichen Umgang mit der Zauberei, bemerkte ich. Die Konzentration und die Sicherheit, dass die Aktion gelang, wenn ich mich an die Anleitung hielt.

Momentan fühlte ich mich verloren wie ein Blatt im Wind. Ich fragte mich, ob die Sicherheit jemals zurückkam oder ich damit leben musste.

Dieses Mal für immer.

Rhona holte die Streichhölzer hervor und riss eines an. Vorsichtig hielt sie es an einen getrockneten Tollkirschzweig, der zischend Feuer fing. Beißender Rauch stieg in die Luft.

Nairne hustete. »Warum muss das eigentlich immer so stinken?«

Rhona ließ sich davon nicht beirren. Sie griff nach dem Zedernholz und legte es dazu, ebenso die restlichen Kräuter.

Vorsichtig gab sie vier Tropfen geweihten Wassers dazu, das fauchend verdampfte. Das Feuer nahm eine intensive orange Farbe an. Bis hierhin war alles gut gegangen, doch jetzt griff sie nach dem Aventurin und dem Schlageisen.

Ich hatte ein ungutes Gefühl, doch ich schwieg. Ich wollte sie nicht ablenken und was Zauber anging war sie viel besser als ich.

Ich musste darauf vertrauen, dass sie es hinbekam.

Rhona nahm den Stein in die rechte und das Eisen in die linke Hand. Das machte den Vorgang für sie als Rechtshänderin noch schwieriger. Sie holte tief Luft und schlug die beiden Komponenten gegeneinander.

Als ich das Poltern des Eisens auf den Boden hörte, wusste ich, dass etwas schiefgelaufen war.

Dann roch ich das Blut.

Ich sah in Rhonas weit aufgerissene Augen. Das Schlageisen hatte den Aventurin zersplittern lassen und ihre Hand verletzt. Fassungslos starrte ich auf den tiefen Schnitt in ihrer Handfläche.

»Oh Scheiße ...«, murmelte Nairne.

Carnie sprang auf, fischte das Eisen vom Boden und nahm Rhona vorsichtig die Splitter aus der Hand.

»Was muss ich machen, Rhona?«

Rhona sah aus, als komme sie gerade zu sich. Sie starrte Carnie an.

»Schlag drei Splitter vom Stein.«

Carnie nahm das größte Stück in die rechte Handfläche und setzte das Schlageisen an. Erst jetzt wurde mir klar, dass sie Linkshänderin war.

Deswegen hatte sie den Bass damals falsch gehalten und tat sich mit den Akkorden so schwer.

Ich war eine ignorante Idiotin.

Der Sukkubus warf drei Splitter in die bereits schwächelnde Flamme. Nairne drückte Rhona ein Taschentuch in die Hand, das sie auf die Wunde presste. Rhonas Gesicht war bleich, als sie mit der Beschwörung begann. Ich griff nach der Tasche, bereit, sofort etwas herauszusuchen, wenn sie es brauchte.

Uns lief die Zeit davon, in der der Zauber funktionierte. Außerdem suchte ich nach Heilkräutern, mit denen ich Rhonas Wunde behandeln konnte.

Rhonas Stimme wurde schwächer, sie verlor ihre Konzentration, wie ich erschrocken feststellte. Das war normalerweise unmöglich. Carnie griff nach ihrer Hand und stützte sie. Gleichzeitig erhob sich ein feines Summen, das nicht zum Zauber gehörte. Carnies Augen leuchteten grün. Sie gab etwas von ihrer Energie an Rhona ab.

Es war also auch so möglich.

Rhona kam wieder zu Kräften, ihre Wangen röteten sich. Schwer zu sagen, wie sich Carnies Energie anfühlte, aber ich hatte einen Verdacht. Ihre Stimme wurde lauter und endlich sprach sie das Aktivierungswort.

Der Nebel und alle Gerüche verschwanden, als seien sie von dem Zauber abgesaugt worden. Ich roch nicht einmal Carnie, die eben noch ihren intensiven Sukkubusgeruch verströmt hatte.

Ein Licht erschien, dünn und kurz wie eine glühende Nadel. Rhona schob mit ihrer gesunden Hand das Buch mit der Karte in die Mitte des Zaubers, direkt unter die magische Erscheinung.

Die Nadel zitterte und verfiel in eine kleine kreisende Pendelbewegung.

Atemlos verfolgte ich, wie sie ihre Position über der Karte veränderte.

Sie suchte ihren Weg.

Mit einem Zischen stieß sie hinab und verschwand. Keuchend warf Rhona sich nach vorn, es war zu schnell gewesen, um zu sehen, welchen Punkt sie getroffen hatte.

Ein kleiner Brandfleck verriet mir alles, was ich wissen musste:

Tallinn, Estland.

Der Schnitt in Rhonas Hand blutete heftig und es dauerte, bis er versorgt war.

Die Ungeduld brannte in mir und ich musste den Verband zweimal neu anlegen, weil ich ihn zu fest gebunden hatte. Rhona ließ alles klaglos über sich ergehen, doch neben mir bemerkte ich ein anderes Problem: Nairne lehnte an der Wand und hatte die Augen geschlossen. Mehrfach rollte ihr Kopf zur Seite, bis Carnie sich neben sie kauerte und anlehnte.

»Was hat sie?«, fragte ich.

»Wir sind viel gefahren heute. Sie muss schlafen.« Carnie schlang ihre Arme um Nairnes Brust und drückte sich an sie. Nairne seufzte leise und kuschelte sich an. »Sie ist hinüber, das wird nichts mehr.«

»Wir müssen nach Tallinn«, widersprach ich.

»Aber nicht mehr heute«, sagte Rhona sanft. »Wir brauchen alle etwas Ruhe.«

»Es sind nur etwa zwei Stunden Fahrt, das muss doch machbar sein«, beharrte ich. Rhona deutete mit dem Kinn auf die schlafende Nairne und ich musste einsehen, dass es nicht funktionierte. Frustriert verknotete ich die beiden Enden des Verbandes und stand auf. »Verdammt.«

»Ich weiß, aber es lässt sich nicht ändern.« Rhona starrte auf ihre Hand. »Damit kann ich nicht spielen und uns fehlen Zutaten für einen Heilungszauber. Ich habe kein Binsenkraut mehr.«

Ich hätte schreien können.

Toben.

Irgendetwas gegen die Wand werfen.

Durch die Nacht rennen, bis ich nicht mehr konnte.

Stattdessen fühlte ich mich plötzlich kraftlos und sank auf die Bettkante.

»Ich sage dir Bescheid, wenn Nairne wieder fit ist«, bot Carnie an. »Gib ihr ein bisschen Zeit. Wir wollen ja heil ankommen.« Ihre Augen leuchteten immer intensiver. Auch das noch.

»Du glühst«, sagte ich rau. Sie seufzte.

»Das hatte ich befürchtet.« Sie rappelte sich auf und stupste Nairne an. »Ich bringe sie in unser Zimmer und gehe noch mal los. Sollte nicht lange dauern.«

»Ich begleite dich«, sagte ich und stand auf. Sie zog die Augenbrauen hoch. »Nur nach draußen. Ich muss mich noch ein bisschen bewegen.« Sie nickte.

»Ich bleibe hier«, sagte Rhona und schlich ins Badezimmer.

Auch ihr sah ich die Erschöpfung an. Der Zauber hatte sie viel Kraft gekostet. Es war besser, wenn wir heute Nacht hierblieben. Ich sollte meinen Frieden mit dieser Tatsache machen. Es ließ sich nicht ändern.

Doch ich fand keine Ruhe, also zog ich meine Stiefel und meine Lederjacke wieder an und wartete im Flur, bis Carnie zurückkam.

Ich musste mich noch ein wenig abreagieren, damit ich schlafen konnte. Noch war ich viel zu aufgekratzt.

Carnie kam heraus und lächelte schmal. Ihre Augen brannten wie grünes Feuer. Ich bekam Gänsehaut und mir wurde heiß.

»Ich wusste nicht, dass du auch Energie über Hautkontakt abgeben kannst«, sagte ich im Losgehen und wandte den Blick ab. Je weniger ich mich dem Sukkubus-Charme aussetzte, desto besser.

»Das ist auch nicht meine bevorzugte Weise. Es kostet mich viel Kraft und das meiste geht verloren. Aber immerhin konnte Rhona den Zauber beenden.« Carnie zupfte ihre Corsage zurecht und wischte sich einen Soßenfleck von der Haut. »Was machen sie mit Viola, wenn wir sie zurückbringen, Lupa?«

»Ich weiß nicht, ob ich die Antwort kennen möchte.«

Sie nickte, in ihrem Gesicht arbeitete es. »Die müssen richtig wütend auf sie sein. Vipera sah aus, als hätte sie selbst schon einen Anschiss bekommen, weil wir noch nicht zurückgekommen sind.« Der Gedanke war mir auch schon gekommen. »Was hat Shark vorhin zu dir gesagt?«, wollte sie wissen.

»Nichts, was uns weiterbringt«, erwiderte ich knapp. Sie holte tief Luft. Ich sah sie aus dem Augenwinkel an. Sie rang mit sich. »Sag es einfach«, meinte ich. »Das Recht haben Freunde.«

Sie lächelte. »Stimmt. Ist nur nicht so einfach, die richtigen Worte zu finden.« Sie sammelte sich. »Ich weiß nicht genau, was sich damals zwischen euch abgespielt habt, aber es tut mir leid für dich.«

Ich sah sie an. »Danke.«

»Weißt du, es geht mir gar nicht so sehr darum, was er mit dir gemacht hat, sondern was ES mit dir gemacht hat. Ich sehe dir an, dass du damit kämpfst und dass es dich behindert.«

»Es gibt Schlimmeres, als Männern aus dem Weg zu gehen.«

»Mag sein und ich bin nicht die richtige, um das zu beurteilen. Aber selbst wenn mich mein Blut nicht antreiben würde, wollte ich nicht darauf verzichten. Mit der richtigen Person ... du weißt schon.« Sie zwinkerte und warf einen Blick zurück zum Hotel.

»Ja, weiß ich.« Wir traten auf die Straße und ich sah in den Nachthimmel. »Ich habe immer noch die Hoffnung, dass sich jemand findet, bei dem es mir egal ist. Irgendwann.« In mir regte sich etwas, das mir nicht gefiel.

Die Sirene.

Sie wollte nicht darauf warten und das bereitete mir Magenschmerzen. Seitdem sie an die Oberfläche kam, hatte ich Angst davor, was sie noch forderte.

Morgen, in Tallinn, brauchte ich den Auftritt.

Ich brauchte menschliche Energie und es war mir lieber, sie durch meinen Gesang zu gewinnen, als zukünftig mit Carnie losziehen zu müssen, wie mein Blut es immer stärker verlangte.

Energie, direkt aus dem Körper eines anderen ... Rein und unverfälscht. Über Körperkontakt. Über Blut. Mein Instinkt wollte, dass ich mir alles nahm. Restlos alles.

Die Gier nahm zu. Noch konnte ich sie niederkämpfen, doch ich wusste nicht, wie lange noch.

Davor hatte ich am meisten Angst.

Carnie machte eine Bar ausfindig und ich verabschiedete mich von ihr.

Ich wollte nicht in einem überfüllten geschlossenen Raum voller Menschen sein. Die Sirene sollte durch Carnie nicht noch mehr angestachelt werden.

Stattdessen lief ich nach Norden, weg vom Meer.

Ich brauchte Wald, die Erde.

Ich brauchte einen Anhaltspunkt, dass der Wolf noch da war.

Dass ich noch ich war.

Der Wolf war mein Anker, auch wenn er ebenfalls Tücken hatte. Doch mit ihnen konnte ich umgehen, diese Instinkte waren mir näher als die Lust nach Fleisch und Blut. Ein Wald würde mich wieder erden, doch ich roch keinen, egal, wie weit ich die Häuser hinter mir ließ.

Ich war nicht bereit, so einfach aufzugeben. Der Wunsch war stärker als der Frust.

Also lief ich weiter, über Felder und Wiesen, die rund um Pärnu lagen. Ich schlug einen großen Bogen durch das Umland und fand schließlich doch ein paar Bäume, doch kümmerlich wenige. Sie reichten nicht, also lief ich weiter, bis ich endlich erschöpft war und mich wieder der Stadt zuwandte.

Meine Kleidung war schmutzig und ich völlig verschwitzt. Keine Ahnung, wie viele Kilometer ich gelaufen war, doch es ging mir besser. Die Probleme waren noch da, doch das Laufen hatte mich wieder ein Stück zurückgebracht.

Auch wenn die Sirene dicht unter der Oberfläche auf ihre Gelegenheit lauerte.

Mit schweren Beinen lief ich zurück zum Hotel, trug meine Kleidung auf den Balkon und warf mich aufs Bett, wo ich in einen traumlosen Schlaf fiel.

»Lupa?« Jemand rüttelte mich an der Schulter.

Ich tauchte nur langsam aus dem tiefen Schlaf auf, als müsste ich eine endlose Schlucht durchschwimmen.

Endlich öffnete ich meine Augen und blickte in Rhonas Gesicht. Es war bleicher als sonst, aber sie sah fit aus.

Besser, als ich mich fühlte.

»Wir können los«, sagte sie. »Nairne ist ausgeruht. Lass uns frühstücken und dann nach Tallinn fahren.«

Ich setzte mich auf und rieb mir die Augen. Sie blieb vor mir stehen.

»Wie sieht deine Hand aus?«, fragte ich.

»Ich habe mich noch nicht getraut, nachzusehen«, gestand sie.

»Glaubst du, dass du spielen kannst?«

»Im Moment nicht, aber ich werde einen Heilungszauber versuchen. Die gelingen mir immer, also haben wir eine Chance«, sagte sie lächelnd.

»Ich habe das Gefühl, dass heute etwas passiert. Es wäre gut, wenn wir heute Abend spielen könnten.« Ich sah aus dem Fenster.

Die Sonne ging gerade auf und tauchte den Raum in ein kühles goldenes Licht.

»Das werden wir«, versprach Rhona und bückte sich nach meinen Sachen. »Und jetzt mach dich fertig, damit wir loskönnen.«

Ich lächelte und ging ins Bad.

Schon zweieinhalb Stunden später waren wir im Stadtzentrum Tallinns. Nairne kam wegen des Verkehrs ins Schwitzen, doch schließlich fanden wir einen Parkplatz.

Schnaubend stellte sie den Motor aus und wischte sich über die Stirn.

»Nicht schlecht für zwei Wochen Fahrpraxis«, meinte Carnie, die zwischen den Vordersitzen klemmte und ihr über die Schulter sah. »Ich hätte schwören können, dass die Lücke zu klein ist.«

»Du hast auch kein räumliches Denkvermögen.« Nairne stieß die Fahrertür auf, sprang hinaus und streckte sich. Ihr Nacken knackte. »Okay, wie gehen wir vor?«

»Ich will als Erstes einen Auftritt organisieren«, sagte ich und tat es ihr gleich. Mein ganzer Brustkorb fühlte sich an, als stecke er in einem zu kleinen Korsett. Das lange Sitzen tat mir nicht gut. Hoffentlich hatte es bald ein Ende. »Wenn das erledigt ist, können wir von mir aus etwas essen und uns ausruhen.«

»Da hinten ist ein Hotel«, sagte Rhona und deutete auf ein großes Gebäude auf der anderen Straßenseite. Mir war egal, wo wir unterkamen. Hauptsache, wir bekamen die Informationen, die wir brauchten. Schnell.

»Also wie immer«, rief Carnie, warf ihre Tasche über die Schulter und lief los.

Die Zimmer waren schnell gebucht und die Frau an der Rezeption hilfsbereit. Sie belud Rhona mit bunten Broschüren zu Clubs, Bars, Theatern und Konzerten und gab uns außerdem Tipps für Restaurants und Sehenswürdigkeiten.

»Etwas übereifrig, die Gute«, meinte Nairne und nahm die überzähligen Flyer entgegen. Ihre Hände waren voll und sie warf die Broschüren in einen Mülleimer.

»Aber sie konnte mir sagen, wo ich ein Geschäft mit Kräutern finde«, erwiderte Rhona und reichte mir drei Blätter. Mehr blieb von dem Stapel nicht übrig.

»Ich glaube, hier könnte es klappen. Sie sagte, die Clubs seien in der Nähe.«

»Gut, dann teilen wir uns auf. Carnie, Nairne und ich gehen zu den Clubs und du besorgst deine Heilkräuter.« Ich wollte keine Zeit mehr verlieren, auch wenn ich Rhona ungern allein losgehen ließ. Ich glaubte nicht, dass sie in Gefahr schwebte. Als Mensch war sie am sichersten von uns allen. Außerdem sah ich, dass sie ihre Hand schonte.

Ich brauchte sie heute Abend unbedingt einsatzbereit.

Ein Stück konnten wir zusammen gehen, dabei erspähte Carnie ein Restaurant, das ihr gefiel.

»Können wir uns hier zum Essen treffen?«, bettelte sie und ihr Magen knurrte wie auf Kommando.

Ich nickte. Jetzt hatten wir auch einen Treffpunkt. Rhona bog an der nächsten Kreuzung nach links ab, Carnie, Nairne und ich liefen geradeaus weiter.

»Ich habe ein ganz merkwürdiges Gefühl«, sagte Carnie. Sie blieb stehen und sah sich um, zwischen ihren roten Augenbrauen bildete sich eine steile Falte.

»Wie meinst du das?«, fragte ich. Ich spürte nichts, wollte aber nichts übersehen.

»Es liegt was in der Luft.« Sie zuckte mit den Schultern. »Ehrlich gesagt, habe ich keine Ahnung, was es ist, aber mein Nacken prickelt so komisch.«

»Vielleicht ist Viola uns näher, als wir denken. Oder du entwickelst plötzlich ungeahnte Fähigkeiten«, sagte Nairne. Carnie grinste und schüttelte sich, als wolle sie so das Gefühl vertreiben.

»Ich bin mit beidem einverstanden.« Ich konzentrierte mich auf die Wegbeschreibung und suchte die Gesichter der Menschen ab.

Keine Viola.

Wir erreichten den ersten Club, doch der Besitzer konnte uns so kurzfristig nicht unterbringen. Im Zweiten hatten wir mehr Glück, doch er war so klein, dass ich bezweifelte, eine gute Reichweite aufbauen zu können. Das Energiepotenzial der Zuhörer war zu gering. Es würde die Sirene nicht zufriedenstellen. Also gingen wir auch noch zur dritten Adresse.

Hier stimmte alles, doch der Besitzer war nicht gewillt, uns zu helfen.

»Von einer Girlband halte ich nichts«, schnauzte er mich an. »Das ist nicht das, was mein Publikum sehen will. Außerdem ist das viel zu kurzfristig. Und wer seid ihr überhaupt?«

»*Vixen's Desire*«, sagte Carnie mit ihrem verführerischsten Augenaufschlag. »Du wirst es nicht bereuen, wenn du uns spielen lässt. Die Leute kommen von ganz allein.«

Sein Widerstand wurde geringer, hörte aber nicht auf. Er riss sich von Carnie los. »Kein Interesse.«

Ich hielt ihn auf, als er einfach gehen wollte. In mir drängte sich die Sirene in den Vordergrund und in meine Stimme. »Lass uns spielen. Es ist zu deinem Besten.«

Seine Augen weiteten sich und sein Blick hing an meinen Augen. Seine Lippen bewegten sich, doch es kam kein Ton heraus.

Ich spürte die Macht, die ich über ihn hatte. Ich genoss sie. Ich summte eine Melodie und empfing sofort eine Resonanz: seine Energie, die über unseren Hautkontakt zu mir floss.

Mir wurde heiß. Ich wollte mehr davon.

Viel mehr.

»Lupa?« Carnies Gesicht tauchte vor mir auf. Vorsichtig nahm sie meine Hand und entfernte sie vom Arm des Mannes. »Ich glaube, er hat ja gesagt.« Sie drehte sich zu ihm um. »Oder?« Er nickte benommen. »Wunderbar. Dann sind wir um acht da. Bis später.«

Sie zog mich hinter sich her. »Meine Güte, das war ja eine Show ...«

»Was?« Ich fühlte mich, als käme ich gerade erst zu mir.

»Na, was du mit dem Kerl abgezogen hast. Ich dachte, du springst ihn an«, sagte sie.

Ich blieb stehen und starrte sie an.

Angst kam über mich.

Die Sirene wurde immer stärker.

Unkontrollierter.

Wenn Carnie mich nicht unterbrochen hätte ... ich wusste nicht, wie weit ich gegangen wäre.

Die gestohlene Energie pulsierte in meinen Adern.

Ich war noch lange nicht satt und zählte die Minuten, bis der Gig begann und ich mehr davon bekam.

Die Gier verdrängte beinahe jeden anderen Gedanken.

Es war wie ein High, auf das ich viel zu lange verzichtet hatte.

Mein Herz schlug mir bis zum Hals und ich ballte die Hände zur Faust.

Es wurde Zeit, dass ich wieder nach Hause kam. Heute Abend würde ich alles dafür tun.

EPILOG

Rhona lief durch die Straßen der Tallinner Innenstadt und klammerte sich an ihren Stadtplan, auf dem der Kräuterladen eingezeichnet war.

Er musste hier in der Nähe sein, aber wo?

Ihre verletzte Hand brannte wie Feuer. Vielleicht steckten noch ein oder zwei Splitter des Aventurins in der Wunde.

Sie schluckte. Sie musste all ihren Mut zusammennehmen und nachsehen.

Doch fürs Erste brauchte sie diesen verfluchten Kräuterladen.

Ein schwacher Geruch nach Weihrauch stieg in ihre Nase. Das war ein Anhaltspunkt.

Erleichtert folgte sie ihm und fand das Geschäft. Hier waberte der Geruch schwer heraus. Sie war richtig.

Sie betrat das Geschäft und wurde sogleich von einer Verkäuferin angesprochen. Mashas Englisch war schlecht und es kostete sie viel Mühe, ihr zu erklären, was sie brauchte.

Masha suchte vier der fünf Zutaten zusammen und zuckte dann entschuldigend mit den Schultern.

»Nicht da«, sagte sie.

Rhonas Hoffnung sank. Ausgerechnet das Binsenkraut fehlte, eine der wichtigsten Komponenten des Heilungszaubers.

Es gab noch einen zweiten Teeladen in der Innenstadt. Masha rief sogar mit dem Fernsprecher dort an und erkundigte sich, ob er Binsenkraut vorrätig hatte. Abermals zuckte sie entschuldigend mit den Schultern.

»Tut mir leid. Sie haben es auch nicht.«

Mit tauben Fingern bezahlte Rhona dennoch die vier anderen Zutaten und bedankte sich. Mit der Tüte in der gesunden Hand trat sie hinaus auf die Straße.

Was sollte sie jetzt tun?

Ohne den Heilungszauber konnte sie nicht spielen.

Sie konnte Lupa nicht im Stich lassen. Ohne sie funktionierte die Musik einfach nicht.

Rhona spürte Tränen hochsteigen. Sie hatte es ihr doch versprochen! Das war vielleicht ihre letzte Chance, Viola zu finden. Lupa ging es nicht gut. Rhona sah ihr jeden Tag an, wie es ihr schwerer fiel, gegen die beiden Blutlinien anzukämpfen. Es machte ihr Angst, ihre Freundin so zu sehen. Es gab nichts, was sie für sie tun konnte. Nur eine Sache: Sie konnte spielen und sie unterstützen. Es sah nicht so aus, als könne sie auch nur das tun.

Sie ließ Lupa im Stich.

Ihr Herz krampfte sich zusammen, als sie an Viperas Gesichtsausdruck dachte. Wie sie ausgesehen hatte, als sie sie zurückholen wollte. Rhona hatte ihr angesehen, dass sie Angst vor der Strafe hatte, die im Raum stand.

Sogar Vipera, die Anführerin der Ordenswache, fürchtete sich vor dem, was sie erwartete.

Das machte Rhona noch mehr Angst.

Die ganze Sache mit der Suche nach Viola erschien ihr utopisch wichtig. Viel zu wichtig, um Lupa, Shark und Lynx darauf anzusetzen.

Seit ihrer Abreise zermarterte sie sich das Gehirn, worum es ging. Ihr Mund wurde trocken, als sie sich daran erinnerte, wie durcheinander Lupa gewesen war, als sie in jener Nacht, als Viola den Diebstahl beging, auf ihr Zimmer kam. Sie war völlig außer sich gewesen, hatte keinen vollständigen Satz herausbekommen.

Rhona hatte es mit der Angst zu tun bekommen und etwas getan, das sie immer noch bereute.

Ihr war damals doch keine andere Wahl geblieben.

Und wie war es jetzt?

Was konnte sie noch tun, um Lupa zu schützen?

Vor ihr blieb jemand abrupt stehen. Überrascht sah Rhona auf.

Ihr Atem stockte.

Sie sah in veilchenblaue Augen in einem bekannten Gesicht, die sich bei ihrem Anblick weiteten.

Sie hatte sie auch gesehen.

Tausend Gedanken rasten durch ihren Kopf.

Egal, was sie tat, sie war nicht schnell genug.

Egal, was sie versuchte, sie unterlag, magisch und physisch.

Ihr blieb nur eins zu tun.

»Hallo Viola.«

»Hallo Rhona.«

Viola ließ sie nicht aus den Augen. Sie machte einen Schritt zurück und drehte sich bereits um. Ihr Jägerblut machte sie zu schnell, als dass Rhona ihr folgen könnte.

»Bitte warte«, bat sie.

»Damit du mich angreifen kannst?«

Rhona lachte hilflos. »Wie soll ich das machen? Du bist doch eh besser als ich.«

Viola drehte sich wieder zu ihr um, ihr Blick war misstrauisch. »Was willst du dann von mir?«

»Ich will mit dir reden. Ich habe tausend Fragen«, sagte Rhona.

»Die werde ich dir nicht beantworten können.«

»Aber vielleicht zumindest ein paar.«

»Rhona ...« Viola drehte sich wieder weg.

»Bitte, Viola.« Rhona hob die Hände. »Ich bin allein hier, es gibt keinen Hinterhalt.«

Violas Blick glitt über sie. Prüfend. Rhona spürte einen leichten Windhauch, als sie einen Wahrheitszauber sprach, also wiederholte sie ihre Worte.

»Ich möchte wissen, warum du das tust«, setzte sie hinzu.

Viola holte tief Luft und verschränkte die Arme vor der Brust. »Nein, willst du nicht.«

»Doch, ganz sicher.«

Ihr Mundwinkel verzog sich zu einem freudlosen Lächeln. »Nichts von dem, was ich dir erzähle, würde dir gefallen. Du würdest es sowieso nicht glauben.«

»Bei Erstem magst du recht haben, beim Zweiten nicht. Rede mit mir«, bat Rhona.

Sie sah, dass Viola mit sich rang, doch sie spürte ihren Wunsch, sich mitzuteilen.

»Bitte. Aber ich habe dich gewarnt.«

Ende Teil 1 „Sirenenblut“

DIE CHARAKTERE

Vixen's Desire

- *Lupa (Sirene/Wolf)*
- *Rhona (Mensch)*
- *Nairne (Berserker/Nymphe)*
- *Carnie (Sukkubus)*

From Within

- *Lynx (Sirene/Luchs)*
- *Atra (Dunkelelfe)*
- *Enigma (Orakel)*
- *Vulpix (Fuchs)*

Leprechaun's Gold

- *Shark/Seamus (Sirene)*
- *Laird (Druide)*
- *Grant (Riesenblut)*
- *Kinnon (Inkubus)*

Ordenswache

- *Vipera (Banshee)*
- *Leonda (Löwenblut)*
- *Blaine (?)*

Lehrer (Auszug)

- *Mistress (?)*
- *Oolph (Druide)*
- *Ahearn (Zentaur)*

Weitere Charaktere

- *Viola (Jägerin/Orakel)*
- *Innes (Sylphe)*
- *Stacia (Faun)*

GLOSSAR

Nachfolgend werden die wichtigsten erwähnten magischen Wesen sowie Orte erklärt:

Banshee: „Todesfee", weiblicher Geist, der angeblich den Tod ankündigt. Magisch sehr begabt, vor allem in Geistmagie.

Berserker: Blutfluch, der den Betroffenen unkontrolliert und jähzornig macht. Sehr großes Gefahrenpotenzial für das Umfeld. Keine Heilung möglich.

Blutlinien: Zugehörigkeit zu einer Familie oder Art. Vereint eine Person mehrere Blutlinien in sich, spricht man von einem Mischwesen. Diese haben es meist schwerer als Personen mit einer Blutlinie.

Druide: Magisch begabte Menschen, die einem Druidenzirkel angehören. Eng mit der Natur verbunden, sehr traditionsreich. Keltische Bräuche, meist patriarchisch geprägt.

Dschinn:	Orientalischer Geist, der aus dem Feuer geboren wurde, liebt Schätze und Edelsteine, sehr mächtig, kann nur mit äußerster Mühe gebannt werden.
Dunkelelfe:	Dunkle Verwandte der Waldelfen, dunkle Haut und Haar, helle Augen, musikalisch sehr begabt, wirken Nachtmagie.
Erskina:	Heimatdorf von Lupa und Lynx, Sirenenkolonie.
Faun:	Waldgeist, Tierchimäre aus Mensch und Ziege, meist überwiegend menschlich mit tierischen Merkmalen. Herdenorientiert, sozialverträglich, territorial.
Fuchsblut:	Tierchimäre mit Charakterzügen des Fuchses: scheu, klug, gerissen, auf den eigenen Vorteil bedacht, geschickt.
Inkubus:	männlicher Lustdämon, der sich von Sexualenergie ernährt. Saugt dem Opfer beim Liebesakt Lebensenergie aus. Tötet nicht.
Jäger:	Menschen mit besonderem Gespür für die Jagd nach Tierchimären, waren früher sehr gefürchtet, da schnell, stark und äußerst klug. Die Jäger verpflichteten

sich einst, keine Tierwesen mehr zu jagen und wurden in die magische Gemeinschaft aufgenommen.

Löwenblut: Tierchimäre mit Charakterzügen des Löwen: Rudeltier, auf Leitperson ausgerichtet, wild, stark, ausdauernd, Spieltrieb.

Luchsblut: Tierchimäre, die Charakterzüge des Luchs' aufweist: Einzelgängerisch, Spieltrieb, klug, gerissen, etwas hinterhältig.

Magie: Lebt entweder im Geist oder Körper ihres Nutzers oder wird erlernt (s. Menschen). Das Magiepotenzial ist von Wesen zu Wesen unterschiedlich. Am verbreitetsten ist Elementarmagie, die sich aus Wind, Erde, Feuer und Wasser speist. Zudem gibt es noch Geistmagie, die deutlich schwerer zu erlernen ist.

Mensch: speziell: magisch begabte Menschen, sind selten und werden meist von ihrer Familie oder ihrem Heimatdorf verstoßen. Menschliche Magie ist nach außen gerichtet und verwendet Energien der Umgebung/anwesender Personen, deswegen sind magiebegabte Menschen in der Magischen Gemeinschaft unbeliebt.

Myrica: Erste Dimension, Entwicklungsstand aus Erdensicht ca. 1870, Landschaft und Länder ähnlich der Erde, doch kleiner.

Nymphe: Überwiegend weiblicher Naturgeist, lebt in Wäldern und Quellen, verführerisch, aber ungefährlich.

Orden der Lichten Ewigkeit: Schule für magisch begabte Kinder und Jugendliche, die keine Familie haben oder verstoßen wurden. Der Orden liegt geografisch im irdischen Irland.

Orakel: Überwiegend Frauen mit seherischen Fähigkeiten in Zukunft, Vergangenheit oder Gegenwart.

Reinblütig: Die Blutlinie besteht ausschließlich aus Personen und Wesen einer Art und wurde nicht vermischt. Hierbei werden die letzten drei Generationen berücksichtigt. Sehr selten und nur wenigen in der Gemeinschaft noch wichtig.

Riese: Menschenähnlich mit enormen Körperbau und Stärke. Leben zurückgezogen und abseits, wenige Halbblute, doch das Riesenblut hält sich lang in einer Blutlinie.

Sirene: Meeresbewohnerin, lockt Seefahrer mit ihrem Gesang zu Klippen und Untiefen, um die Schiffe zu versenken. Ernährt sich von Lebensenergie und Blut. Leben in Kolonien in Uferdörfern, kein Fischschwanz.

Sukkubus: weiblicher Lustdämon, der sich von Sexualenergie ernährt. Saugt dem Opfer beim Liebesakt Lebensenergie aus. Tötet nicht.

Sylphe: Luftgeist, können schweben, leben meist in Wäldern oder auf Bergen, beherrschen Luftmagie.

Wesen: Bezeichnung für alle „Nichtmenschen", um sich abzugrenzen. Unter Wesen wird die Magische Gemeinschaft zusammengefasst und bezeichnet sich auch als solche. Für viele ist die Definition ihrer selbst sehr wichtig, jemanden zu fragen „was er ist", gilt als sehr unhöflich (solche Fragen stellen meist Menschen).

Wolfsblut: Tierchimäre, die wölfische Charakterzüge hat: Rudelgedanke, ausgeprägter Geruchssinn, große Ausdauer.

Zentaur: Tierchimäre, Mischung aus menschlichem Oberkörper und Unterleib eines Pferdes. Sehr große Magie, erdverbunden, Waldgeist.